Dark Fantasy Collection 1

人間狩り

フィリップ・K・ディック● 仁賀克雄 訳

Second Variety **Philip K. Dick**

論創社

Dark Fantasy Collection 1

Second Variety **Philip K. Dick**

目 次

これまで『幻想と怪奇』三巻（ハヤカワ文庫）や『海外シリーズ』三五巻（ソノラマ文庫）で、海外のホラー、ファンタジー、ＳＦ、ミステリの長短編の翻訳紹介に当たってきた。

今般、その系統を継ぎ、さらに発展させるものとして、英米のホラーを中心にファンタジー、ＳＦ、ミステリなどの異色中短編集やアンソロジーを〈ダーク・ファンタジー・コレクション〉の名称のもとに、一期一〇巻を選抜し、翻訳出版することにした。

具体的には、ウィアード・テールズ誌の掲載作やアーカム・ハウス派の作品集、英国ホラーのアンソロジー、ミステリやＳＦで活躍した有名作家の中短編集など、未訳で残されたままの傑作を次々と発掘していきたい。

また、日本には未紹介の作家やその作品集、雑誌に訳されたままで埋もれてしまった佳作も、今後新たに訳して刊行していくので、大いに期待して欲しい。

二〇〇六年八月　仁賀克雄

パパふたり

The Father-Thing

「夕食の支度ができたわよ」ミセス・ウォルトンは指図をした。「パパのところに行って、手を洗うようにいってきてね。あんたもよ、坊や」彼女は湯気の立つキャセロールを、きちんと整えられたテーブルに運んできた。「パパはガレージにいるわ」

チャールズはもじもじした。彼はまだ八歳だったから、いま悩んでいる問題を打ち明けたりすると、大人をまごつかせるのではないかと迷った。「ぼく――」彼はおどおどしながらいいかけた。

「どうかしたの？」ジューン・ウォルトンは息子の声音が普通でないのを聞きとがめ、母親としての胸中が急に騒ぐのを覚えた。「パパはガレージにいないの？　まさか、ついさっきまで植木鋏《ばさみ》を研いでいたのよ。アンダースンさんの家に行ったはずはないし、もう夕食の支度はできたといっておいたのに」

「パパはガレージにいるよ」チャールズはいった。「だけど、自分としゃべっている」

「ひとりごとを！」ミセス・ウォルトンは明るい色をしたビニールのエプロンを外すとドアのノブに掛けた。「テッドが？　まあ、ひとりごとなんかいう人じゃないわ。すぐ行って呼んでいらっしゃい」彼女は沸かしたてのブラックコーヒーを小さな薄青い陶器のコップに注いだ。そしてクリームコーンを掬《すく》って鍋に入れはじめた。「どうしたというの？　早く呼んでいらっしゃい！」

「どっちに話したらいいのかわからないんだもの」チャールズは絶体絶命になって、つい口を滑らせた。「両方ともよく似ているんだ」

ジューン・ウォルトンの持っていたアルミ鍋から指が滑って、危うくクリームコーンがとび出しかけた。

「坊や――」彼女は怒り出した。その時テッド・ウォルトンが鼻をくんくんいわせ、両手をこすりながら大股で台所へ入ってきた。

「おう」彼はうれしげに叫んだ。「ラムシチューか」

「ビーフシチューよ」ジューンは小声でいった。「テッド、あそこで何をしていたの？」

テッドは自分の椅子に腰を下ろすとナプキンを拡げた。「植木鋏を剃刀《かみそり》みたいに研いでいたのさ。油を塗ってピカピカにしてね。あれには触らない方がいいな――手を切るぞ」

彼は三十歳になりたてのハンサムな男だった。豊かな金髪、太い腕、たくましい手、角張った顔、輝く褐色の眼をしていた。

「こいつはうまそうなシチューだ。今日は忙しい一日だったよ――金曜日だからな。仕事は山と積まれており、それを五時までに片づけるんだからな。アル・マッキンレーは、昼食時間をうまくやりくりしろ、いつもだれかが社にいるように時間をずらせば、部全体で仕事の能率が今より二十パーセントは上がると文句をつけるんだ」彼はチャールズを手招きした。「坐って喰べなさい」

ミセス・ウォルトンは冷凍のエンドウ豆をよそった。「テッド」彼女はゆっくりと自分の席に着きながらいった。「何か気がかりなことでもあるの?」

「私がかい?」彼は目をぱちくりさせた。「ないよ。何も気がかりなことなんかないよ。いつものとおりだ。どうして?」

不安そうにジューン・ウォルトンは息子を見た。チャールズは自分の椅子にしゃちこばって坐っていた。その顔は白墨のように白く無表情だった。身じろぎもせず、ナプキンも拡げず、ミルクにも触れない。あたりに緊張が立ちこめている。それは彼女にも感じられた。チャールズはなるべく父から椅子を遠ざけていた。父からできる限り離れて、緊張した小さな塊《かたまり》みたいにうずくまっている。唇はひくひく動くが何を喋《しゃべ》っているのか彼女にはわからなかった。

「どうしたの?」彼女は息子に身を寄せて訊《き》いた。

「ほかのやつだよ」チャールズは息を潜めて囁《ささや》いた。「別のが来たんだよ」

「それどういうことなの?」ジューン・ウォルトンは大声を出した。「別のやつって何なの?」

テッドは身体をピクンと動かした。奇妙な表情が顔をかすめる。それはすぐ消えた。しかしほんの一瞬の間にウォルトンの顔はまるで別人のようにいつもの親しみやすさを失っていた。何か異質で冷たいものが輝く、ねじれてのたうつ塊だった。眼は霞《かすみ》がかかったように引っこんで、古びた光沢に覆われている。いつもの疲れた中年亭主の表情はあとかたもなかった。

それはすぐに元に戻った——あらまし元どおりになった。テッドはにやりと笑い冷凍豆とクリームコーンをがつがつ喰べはじめた。声を立てて笑いコーヒーをかき回し冗談をとばし喰べた。しかしどこか場ちがいな印象が抜け切らなかった。

「別のやつなんだ」チャールズは蒼白《そうはく》な顔で手を慄《ふる》わせながら呟《つぶや》いた。そして突然椅子から立ち上がるとテーブルから離れて叫んだ。「出て行け！　ここから出て行け！」

「おい！」テッドは低い不気味な声を出した。「どうしたというんだ？」彼はいかめしい声で息子の椅子を指さした。「ちゃんと腰かけて喰べなさい。ママのせっかくの料理が台なしになるじゃないか」

チャールズは背を向けると台所から駆け出し、二階の自分の部屋に駆け上った。ジューン・ウォルトンは狼狽《ろうばい》し胸がドキドキした。「いったいどうしたという――」

テッドは喰べ続けていた。その顔は冷酷そうで眼は厳しく暗かった。「あの子にはな」彼は耳ざわりな声でいった。「もう少ししつけを教えなくてはいけないな。私と二人だけでよく話し合ってみよう」

チャールズはうずくまって聞き耳を立てていた。

パパもどきが階段を上って次第に近づいてくる。「チャールズ！」怒りのこもった声でどなった。「そこにいるのか？」

彼は返事をしなかった。こっそり部屋に入りドアを閉めた。心臓がドキドキと高鳴った。パパもどきは踊り場まで上ってきた。すぐにでも部屋に入ってくるだろう。

彼は急いで窓辺に走った。恐ろしかった。あいつはもう暗い廊下からドアのノブに手を伸ばしているんだ。彼は窓を開けると乗り越えて屋根に出た。そしてぶつぶついいながら玄関のそばにある花壇にとび下りた。よろめき息が切れたが立ち上がると、夕闇の中に黄色いパッチを当てたような窓から洩《も》れる光の届かない所まで逃げ出した。

彼はガレージまでやってきた。それは夜空を背景に黒く四角く前方に浮き出ている。息を弾ませながらポケットから懐中電灯を取り出すと、注意深くドアを開け中に入った。

ガレージはがらんとしていた。車は外に駐《と》めてある。左側にパパの仕事台がある。ハンマーやノコギリが木壁に掛けてある。奥には芝刈器、熊手《くまで》、シャベル、鍬《くわ》がある。灯油缶。ナンバープレートがいたるところに釘で留めてある。コンクリートの床は埃《ほこり》だらけだ。中央にはかなり油がこぼれ汚れており、油が沁《し》みて真黒になった草の束が懐中電灯のちらちらした光の中に見える。

ドアのすぐ内側には大きなゴミ樽《たる》があった。上の方は湿ってかびた新聞紙や雑誌が詰まっており、チャールズがかき回すと腐ったひどい悪臭が流れた。蜘蛛《くも》がコンクリートの床に落ちて慌てて逃げて行く。彼はそれを足で潰《つぶ》しながら探し続けた。

やっとそれを見つけた彼は金切り声をあげた。懐中電灯を取り落とすと慌ててとびのいた。ガレージは一瞬暗闇の中に投げこまれる。彼は勇気を奮い起こして膝をつき、長いことかけて蜘蛛と油だらけの草の間から、やっと懐中電灯を拾い上げた。その光を樽の中に向けると、雑誌の束を引っ張り上げ樽の底を照らした。

それはパパもどきに樽の底に押し込まれたのだ。枯葉や破れたボール紙、かびの生えた雑誌の切れはし、カーテンなど、ママがいつか燃やしてしまおうと屋根裏部屋から持ってきたがらくたの間にあった。

それはまだパパの面影を少し残しており、彼にもよくわかった。やっとそれを見つけたのだ——その光景に胸がむかついてきた。彼はゴミ樽にしがみついたまま眼を閉じた。しばらくしてやっとまた見直すことができた。樽の底にはパパの抜殻が残っていた。本物のパパのだ。それはパパもどきがいらなくなって棄てた滓《かす》だった。

チャールズは熊手を取ると抜殻を掻《か》き出そうと中に突っ込んだ。それはすっかり干涸《ひから》びていた。熊手に触れると破けて崩れるのだ。まるで蛇の抜殻みたいに、薄く丸まってかさこそ音を立てる。それはただの皮膚で中味はなくなっていた。大事な中味がないのだ。残っているのはかさこそ崩れる皮膚だけで、それがゴミ樽の底に小さな塊となって押しこまれていた。パパもどきがこれだけ残してあとはすっかり喰べてしまったのだ。中味をそっくり取って——パパと入れ替ったのだ。

足音がした。

彼は熊手を落とすと急いでドアに走って行った。パパもどきが庭の小径を歩いてガレージの方にやってくる。砂利を踏む靴音が響く。おぼつかなげに歩いてくる。「チャールズ！」怒りをこめて呼んだ。「そこにいるのか？　私が行くまでそこから逃げるなよ！」

ママのでっぷりした、不安そうな姿が家の明るい戸口にくっきり浮かんだ。「テッド、お願いだから手荒なことをしないでね。チャーリーは何かで動転しているのよ」

「乱暴はしないさ」パパもどきは嗄《しわが》れ声を出した。立ち止まるとマッチをつけた。

「少しやつにお説教してやろうと思ってね。もうすこし行儀作法を憶えさせなくちゃ。あんな態度で食卓から逃げ出して、夜なのに外に出て屋根からとび降りるなんて――」

チャールズはガレージから忍び出た。マッチの光が彼の動く影を捕えた。パパもどきはうなり声をあげて突進してきた。

「こっちへこい！」

チャールズは走った。パパもどきよりこの辺の地理なら詳しい。あいつもパパを喰べてしまったのだからかなり詳しいだろう。しかしチャールズほど知りつくしている人間はいない。彼は生垣に突き当たると、そこを乗り越え、アンダースン家の中庭にとび降り、物干綱の下を走り抜け家の小径を回って、メープル・ストリートに出た。

聞き耳を立てうずくまり息をひそめた。パパもどきは跡を追ってこなかった。引き返したか、もしくは歩道を回ってくるかもしれない。

チャールズは深呼吸をして身を慄わせた。ここに留まっていられない。遅かれ早かれ、あいつに見つかってしまう。彼は左右を見回し、そいつが見ていないのを確かめてから一所懸命に走った。

「何の用だ？」トニー・ペレッティは突っかかるようにいった。トニーは十四歳、ペレッティ家のダイニングルームの樫《かし》の板張りのテーブルに坐っていた。本や鉛筆があたりに散らかり、ハムとピーナッツバターのサンドイッチと、コーラが一本ころがっている。「おまえはウォルトンとかいったな?」

トニー・ペレッティは学校が終わった後、ダウンタウンのジョンスン家庭電器店で、レンジや冷蔵庫の解梱《かいこん》のアルバイトをしていた。大柄で鈍重な顔をした少年で、黒い髪にオリーヴ色の肌、白い歯をしていた。チャールズは二度ばかり彼に殴られていた。近所の子供たちはあらまし彼に苛《いじ》められていた。

チャールズは身をよじっていった。「ねえ、ペレッティ、ぼくを助けてくれないか?」

「だから何をしろというんだ?」彼は苛立《いらだ》った。「おまえ、痛い目に遭いたいのか?」

チャールズは拳《こぶし》を握りしめ悲しげにうつむきながら、いままで起こったことを手短かにぽつりぽつり説明した。

彼が話し終えると、ペレッティは低く口笛を吹いた。「まさか」

「本当なんだ」彼は急いでうなずいた。「見せてあげるよ。ぼくが連れて行ってあげる」

ペレッティはゆっくりと立ち上がった。「よし、見せろ。面白そうだ」

彼は部屋から空気銃を持ってきた。それから二人してチャールズの家の方へ静かに暗い通りを歩いていった。どちらも口数が少なかった。ペレッティは真面目くさった顔で考えこんでいた。チャールズは呆然としたまま頭の中は白紙状態だった。

二人はアンダースン家の車寄せに入りこみ、裏庭を横切り生垣を越え、チャールズ家の裏庭にそっと下り立った。動くものは何もなく庭は鎮まりかえっている。玄関ドアは堅く閉じていた。

二人は居間の窓から中を覗いた。ブラインドが下りていたが、狭い隙間から黄色い光が洩れている。長椅子に坐ってミセス・ウォルトンは木綿のTシャツをつくろっていた。彼女の肥った顔には悲しげな悩みの色が浮かんでいる。うわの空で、ものうげに働いていた。その向かい側にはパパもどきがいた。パパの安楽椅子に深々と腰を下ろし、靴を脱いだまま夕刊に読み耽《ふけ》っている。部屋の隅ではテレビがつけ放しになっていた。安楽椅子の肘《ひじ》かけには、缶ビールが乗っている。パパもどきは本物のパパと寸分たがわずどっかり腰を下ろしている。随分よく憶えこんだものだ。

「おまえの親父《おやじ》じゃないか」ペレッティは疑わしげに耳打ちした。「おれをかつぐつもりじゃないだろうな?」

チャールズは彼をガレージに連れて行きゴミ樽を見せた。ペレッティは日焼けした長い腕を底まで突っ込んで、干涸びた薄皮を慎重に引き上げた。二人でそれを拡げると父の全体がはっきりした。ペレッティは床にそれを置き、破けた部分をつき合せた。抜殻は透明に近かった。琥珀《こはく》のような黄色で紙のように薄い。乾いてすっかり生気が失くなっていた。

「それだけさ」チャールズはいった。涙が湧き出てきた。「パパの残したのはそれだけなんだ。あいつが中味を喰べちゃったんだ」

ペレッティは青くなった。慄えながら抜殻をゴミ樽に詰め戻した。「こいつはうそじゃないな」彼は呟いた。「おまえは二人をいっしょに見たんだな」

「喋っていたんだ。二人はうりふたつだった。ぼくはすぐ家の中に駆けこんだけど」チャールズは涙をぬぐった。そして鼻をすすり上げた。とても我慢しきれなくなったのだ。「ぼくが家にいる間に、そいつはパパを喰べちゃった。それから家の中に入ってきたんだ。あいつはパパのふりをした。だけど本当のパパじゃない。パパを殺して中味を喰べちゃったんだ」

しばらくペレッティは無言のままだった。

「こいつは厄介だな」彼はぽつりといった。「そんな話は前にも聞いたことがある。かなり手《て》強《ごわ》いぞ。頭を使うんだ。怖がっちゃいかん。恐れるなよ?」

「うん」チャールズはやっと小さな声を出した。

「まず、あいつを殺す方法を考えよう」彼は空気銃をカチャカチャ鳴らした。「これだって役に立つかどうかな。おまえのパパのにせ者をやっつけるのはかなり骨が折れるな。なんせでっかいからな」ペレッティは考えこんだ。「ここを出ようぜ。あいつは戻ってくるかもしれないからな。人殺しはたいてい現場に戻るんだそうだ」

かれらはガレージを出た。ペレッティはかがみこんで、もう一度窓越しに居間をうかがった。ミセス・ウォルトンが立ち上がっていた。彼女は心配そうに話している。くぐもった声が洩れてくるだけだ。パパになりすましたやつは新聞を投げ出した。二人は口論していた。

「頼むよ、そんなばかげたことをするのはよしてくれ」パパもどきは叫んだ。

「どうもおかしいわ」ミセス・ウォルトンはうめくようにいった。「何だか恐ろしいわ。病院に電話して診《み》てもらおうかしら」

「だれも呼ぶな。あの子は何でもない。おそらく通りで遊んでいるよ」

「あの子はこんな遅くまで遊んでいることはないわ。とても聞きわけのよい子よ。気が動転しているんだわ――あなたを怖がっているのよ！　あの子が悪いんじゃないわ」その声は悲痛にとぎれた。「あなたはどうかしたの？　まるで別人みたいだわ」彼女は居間から廊下に出た。「近所の人たちを呼んでくるわ」

パパもどきは彼女が見えなくなるまでじっと後姿を見つめていた。それから恐ろしいことが起こった。チャールズは息がとまりそうになった。ペレッティでさえ呻《うめ》き声をもらした。

「ねえ」チャールズは囁いた。「いったい――」

「あれ！」ペレッティは黒い眼を丸くした。

ミセス・ウォルトンが部屋から出るや、パパもどきは椅子の中でぐずぐずと崩れぐんにゃりした。口はだらしなく開き眼はうつろだった。首は捨てられたぬいぐるみ人形みたいにがっくり前に垂れた。

ペレッティは窓から離れた。「やっぱりそうだ」彼は耳打ちした。「これですっかりわかったぞ」

「何がわかったの？」チャールズは尋ねた。ショックでまだぼんやりしていた。「だれかに息の根を止められたみたいだ」

「そのとおりさ」ペレッティは恐ろしそうに慄えながらゆっくり頷《うなず》いた。「外から操られているんだ」

チャールズはぞっとした。「そうすると別の世界から？」

ペレッティは気分悪げに首を振った。「家の外さ！　庭だな。どうやって探したらいいと思う？」

「よくわからないけど」チャールズは頭の働きを取り戻した。「見つけるのがうまいやつは知っている」彼は頭をしぼって、その名前を思い出した。「ボビー・ダニエルズだ」

「あの黒ん坊のチビかい？　やつは本当に探すのがうまいのか？」

「一番だよ」

「よし」ペレッティはいった。「やつのところに行こう。外にあるものを見つけないと話にならん。そいつがこの中にいるやつを作ったんだ。そして操って……」

「ガレージのそばだぞ」ペレッティは暗闇にうずくまっている、やせた顔の小柄な黒人の少年にいった。「そいつにチャーリーが会ったのはガレージの中だった。だからあたりを探してみろ」

「ガレージの中かい？」ダニエルズは尋ねた。

「まわりだ。中はウォルトンが調べた。外側を見ろ。このあたりだ」

ガレージの横には小さな花壇があった。ガレージと家の裏手の間には竹藪と捨てられたごみが山をなしていた。月が出ていて冷たくおぼろな光があたりを照らしている。「早く見つけなくちゃ」ダニエルズはいった。「家に帰らなけりゃならないんだ。あんまり遅くまでいられないよ」彼はチャールズといくらも違わない。おそらく九歳ぐらいだろう。

「わかったよ」ペレッティは承知した。「それじゃ探そうぜ」

三人は手わけして熱心に地面を探しはじめた。ダニエルズは信じられない早さで行動した。そのやせたちびっ子は風のように走り回った。花の間をかきわけ石をひっくり返し、家の床下を覗きこんだ。草の根を分け、慣れた手つきで葉や茎、堆肥《たいひ》や雑草のしげみを改めた。一インチたりとも見のがさなかった。

しばらくしてペレッティは立ち止まった。「おれが見張りをしよう。危ないからな。あいつが出てきておれたちの邪魔をするかもしれない」チャールズとダニエルズが探している間、彼は後ろに退《さが》って空気銃を構えていた。チャールズの動きは鈍かった。疲れて身体が冷たく痺《しび》れていた。パパもどきのことや、今夜起こったことがまるでうそみたいだった。恐怖が身体を駆けめぐった。もしもそれがママや自分にも起こったら？　みんなそうなったら？　世界中がそうなったら？

「見つけたぞ！」ダニエルズが細く甲高い声で叫んだ。「みんな急いでこっちにきてくれ！」ペレッティは銃を持ち上げそっと立ち上がった。チャールズが走り寄ってダニエルズの立っている所に懐中電灯の黄色い光を向けた。

黒人の少年はコンクリートの塊を持ち上げていた。湿った腐土《ふど》の中に金属体が光に照らし出された。無数の曲がった脚を持つ、細い節だらけの生きものが、けんめいに土を掘っている。メッキした蟻《あり》のようで、人目を避けて身を隠そうとしている様子は赤茶けた南京虫《なんきんむし》みたいだ。並んだ脚が土を引っ掻いている。地面がたちまち掘られていった。それは作ってあったトンネルにもぐりこもうとして気味悪い尻尾をよじっている。

ペレッティはガレージに駆けこみ熊手を持ってきた。それで虫の尻尾を突き刺した。

「いまだ。空気銃で射て！」

ダニエルズは空気銃をつかむと狙いをつけた。一発目が虫の尻尾を裂いた。そいつは身をよじり狂ったようにのたうった。尻尾はだらりと役に立たなくなり脚も何本か折れた。一フィートもあり大ヤスデを思わせた。そいつは必死になって穴の中へもぐりこもうとしていた。

「もう一発射て！」ペレッティが命令した。

ダニエルズは銃を不器用にいじり回した。虫はずるずる滑りしゅっしゅっと音を立てた。頭が前後にゆれる。身体をねじって自分を押えつけている熊手に噛《か》みついた。気味悪い眼のような斑点《はんてん》が憎しみに光った。そいつはしばらく狂ったように熊手を攻撃していたが、突然予告もなく激しいケイレンを起こした。それに驚いてみんなは後ずさりした。

チャールズの頭の中で何かが音を立てた。大きなブーンという音で金属的な耳ざわりなものだった。十億本もの金属ワイヤーがいっせいに踊り出し震動した感じだった。彼はその圧力で放り出された。金属のぶつかり合う音がして、耳が聞こえなくなり頭がくらくらした。足がふらつきひっくり返った。残りの二人も同様で蒼白になり慄えていた。

「銃で殺せなけりゃ」ペレッティがあえぎながらいった。「水に溺《おぼ》れさすか、焼いてしまうかだ。頭にピンを突き刺すのがいいかもしれないぞ」彼は熊手をつかんで虫を突き刺そうとした。

「フォルムアルデヒドなら一瓶ある」ダニエルズが呟いた。彼はいらいらと空気銃をいじっていた。「これどうやるのかな？　どうもうまくいかない――」チャールズはその空気銃をひったくった。

「おれが殺してやる」彼はかがむと片目をつぶって狙いをつけ、引金に指をかけた。虫は暴れ回っていた。その力場《りきば》が耳に作用してガンガンしたが、彼は銃を握りしめたまま指を引きしぼった――

「もうよせ、チャールズ！」パパもどきがいった。力強い指が彼をつかんだ。手首が痺れるような圧力だった。もがいていると銃が地面に落ちた。パパそっくりなやつはペレッティをつきとばした。ペレッティがとびはなれると、虫は熊手から逃れてトンネルの中に勝ち誇ったようにもぐりこんだ。

「お仕置をされたいのか、チャールズ」パパもどきはものうげにいった。「何でそんなことをするんだ？　可哀そうなママは心配でおろおろしているぞ」

そいつは陰に隠れて、ずっとそこにいたのだ。暗闇にうずくまってかれらを監視していたのだ。落ちつきはらった感情のこもらぬ声、恐ろしいほどパパを真似た声が、少年の耳元で聞こえた。そして邪険に彼をガレージに引っ張って行った。その冷たい息が彼の顔にかかった。腐植土みたいな冷たく甘ったるい匂い。その力は強く反抗すらできなかった。

「じたばたするな」それは落ち着いた声でいった。「ガレージに入るんだ。その方が身のためだぞ、チャールズ。悪いようにはしない」

「チャールズは見つかったの？」裏口のドアが開いてママが心配そうに声をかけた。

「ああ、見つかったよ」

「どうするつもり?」

「ちょっとお仕置をね」パパもどきはガレージのドアを開けた。「ガレージでね」薄暗い中でユーモアのない無感動な笑いが口の端に浮かんだ。「居間にいなさい、ジューン。この子は私に任せてくれ。父親の役目だからな。おまえはこの子に罰をくわえたことがなかったろう」

裏口のドアが渋々閉まった。灯が消えた。ペレッティは光が消えると空気銃をまさぐった。

パパもどきの顔が凍りついた。

「さあ、家に帰りなさい。きみたち」パパもどきは嗄れ声を出した。

ペレッティは空気銃を握ったまま思案していた。

「帰るんだ」パパそっくりなやつは繰り返した。「そのおもちゃをおいてここから出て行くんだ」そいつはチャールズを片手でつかんだままゆっくりとペレッティに近づき、残りの手でペレッティをつかまえようとした。

「空気銃はこの町では禁止されているんだぞ。おまえの親は知っているのか? 町の条例というものがあるんだ。それをこちらに寄こしなさい。さもないと――」

ペレッティはそいつの眼を射った。

パパもどきはうめき、射たれた眼をおさえた。そして不意にペレッティに襲いかかった。ペレッティは車寄せを逃げながら銃の撃鉄《げきてつ》を起こそうとした。パパもどきは突進した。その力強い指でペレッティの手から銃をもぎ取った。そして無言で空気銃を家の壁に叩きつけた。

チャールズは腕を振り払うと一目散に逃げた。どこに隠れよう？　あいつは家と彼の中間にいた。すでにあいつはこっちに近づいてきている。黒い影がそっと忍び寄って暗闇をうかがいながら、彼を見つけ出そうとしていた。チャールズはじりじりと後ずさりした。隠れ場所さえあれば……

竹藪があった。

彼はすばやく竹藪の中にもぐりこんだ。竹の幹は太く年を経ていた。彼が分けて入ると後でかさこそ音を立てて元通りになった。パパもどきはポケットを探ってマッチを取り出すと火をつけた。あたりは光に包まれた。「チャールズ、おまえがこの中にいるのはわかっている。隠れてもむだだ。こんなことをすれば、もっとお仕置がひどくなるぞ」

心臓がドキドキする。チャールズは竹藪にうずくまった。がらくたや腐った汚物がある。雑草、ゴミ、紙きれ、箱、ボロ布、板、缶、瓶も。蜘蛛や蜥蜴《とかげ》が群がっている。竹は夜風に吹かれて揺れていた。虫と汚物。

そしてほかにもあった。

音も立てず固定したものが汚物の山の中から夜に生えるキノコみたいに盛り上がってきた。白い柱状のものでパルプの塊みたいに月の光に濡れて光っていた。蜘蛛の網に覆われた、かびたさなぎに似ている。そこにおぼろげな手足まがいのものがついている。頭はまだはっきりと形を成していない。これだけでは目鼻立ちもわからない。しかしチャールズには、それが何かは見当がついた。

ママもどきだ。ガレージと家の間、生い茂る竹藪の裏に汚物と湿気の中で育っていた。それはあらまし出来上がっていた。もう二、三日もすれば完全に成熟するだろう。いまはまだ幼虫みたいなもので白く柔らかくパルプ状だった。しかし太陽がそれを乾かし暖める。その殻を固くする。黒ずんで強くなってくる。そいつは繭《まゆ》を破って出てくる。そしてある日、ママがガレージのそばにくると……

ママもどきのうしろにもう一匹パルプ状の白い幼虫がいた。あの虫が産みつけたばかりのやつだ。小さかった。やっと育ってきたという感じだ。パパもどきが産まれたのもここなのだ。ここで成長したのだ。完全に成熟しガレージでパパと出会ったのだ。

チャールズは呆然としてそこを離れた。腐った板、汚物とがらくた、パルプ状のキノコみたいな幼虫を後にした。ふらふらと彼は生垣に取りつき——よじ登った。

もう一匹いた。幼虫だ。最初は気がつかなかった。白くないからだ。すでに黒ずんでいる。蜘蛛の糸も、パルプのような柔らかさも湿り気もない。もう成熟しているのだ。そいつは少し身動きし、腕を弱々しく振った。

チャールズもどきだ。

竹藪を分けてパパもどきが現われ、少年の手首をしっかりつかんだ。「おまえはここにいるんだ」そいつはいった。「ここがおまえにはふさわしい場所だ。動くなよ」そいつは片手でチャールズもどきが入っている繭を破きはじめた。「手伝ってやるぞ——まだ少し弱いからな」

湿っぽい灰色の皮の最後の切れはしが剥《は》がれると、チャールズもどきがよろよろと出てきた。

足どりがおぼつかないのでパパもどきが道を空けてやった。

「こっちだ」そいつはいった。「おまえのためにこいつをつかまえておいてやる。こいつを喰べれば強くなるぞ」

チャールズもどきは口をパクパクさせた。そしてがつがつとチャールズの方へ近寄った。少年はめちゃくちゃに暴れたが、パパもどきは大きな手で彼を押さえつけた。

「やめろ」パパもどきは命じた。「おとなしくしないと、ためにならないぞ――」

そいつはいきなり悲鳴をあげ、ケイレンを起こした。チャールズから手を放しよろめきながら退いた。その身体は激しくねじれた。ガレージにぶつかり手足にひきつけを起こした。しばらくころがり、ばたばたと苦しんで暴れ、それからうめき、泣き、もがいて逃げようとした。しかししだいに静かになった。チャールズそっくりのやつも音を立てずころがって動かなくなった。そいつは竹藪と腐ったゴミの間にばかみたいな格好で伸びていた。身体はくずれ顔はぼんやりとうつろだった。

ようやくパパもどきも動かなくなった。夜風が竹藪の中でかすかな音を立てた。

チャールズはぎこちなく起き上がった。セメントの車寄せに下りると、ペレッティとダニエルズが眼を丸くしておそるおそる近づいてきた。「そばに寄らないで」ダニエルズが厳しく命じた。「まだ死にきっていない。もう少し時間がかかる」

「何をしていたの?」チャールズは呟いた。

ダニエルズはほっとため息を洩らして灯油の缶を置いた。「これをガレージで見つけたんだ。

うちではヴァージニア州にいた頃から蚊を殺すのにはこれを使っていたんだ」

「虫のトンネルに灯油を流しこんだんだ」ペレッティは恐ろしげに説明した。「ダニエルズの思いつきでね」

ダニエルズはパパもどきのねじれた身体をこわごわ蹴とばした。「もう死んだよ。あの虫が死ぬと同時に死んだんだ」

「ほかのも死んだろうな」ペレッティはいった。そしてがらくたの間のあちこちに育っている幼虫を調べに竹を押し分けた。チャールズもどきはペレッティに棒の先で胸を突かれても全く動かなかった。

「これも死んでいる」

「間違いなく確かめておいた方がいいよ」ダニエルズは冷たくいった。彼は灯油の重い缶を竹藪のきわまで引きずって行った。「あいつはマッチを私車道に落とした。拾ってきてよ、ペレッティ」

かれらはお互いに顔を見合わせた。

「いいとも」ペレッティは静かにいった。

「ホースを使う方がいいな」チャールズはいった。「拡がるとまずいから」

「さあ、探そうか」ペレッティは苛々しながらいった。彼はすでに歩き出していた。チャールズは急いで彼の後を追い、二人しておぼろな月の下でマッチを探しはじめた。

ハンギング・ストレンジャー
The Hanging Stranger

五時になったので、エド・ロイスは手を洗い帽子をかぶり、上着を着て車に乗ると、町を横切って自分のテレビ販売店へと走らせた。彼は疲れていた。地下室から土砂を掘り出し、手押し車で裏庭に持って行く作業をしていたので背中や肩が痛かった。しかし四十男としてはかなりがんばっていた。手間賃を節約した金で妻のジャネットは新しい花瓶を買うことができた。自分で家の土台を手入れする思いつきは悪くなかった。

町は黄昏《たそが》れかけていた。疲れて険しい顔をした急ぎ足の通勤者、買物袋や包みを抱えた主婦、大学からぞろぞろと家路を辿《たど》る学生、活気のない会社員などの群れに、夕陽が長い影を落としていた。

彼は赤信号でパッカードを停め、すぐにまた発進させた。店は彼がいなくても開いていた。夕食の交替時間に間に合うように着き、一日の売り上げを調べ、自分でもう二、三台テレビを売ったら店を閉めよう。

車は通りの中心にある小さな緑地帯、町の小公園をゆっくりと通り過ぎていった。〈ロイス・テレビ販売サービス〉の店先には車を停める場所がなかった。彼は口汚くののしりながら、車をUターンさせた。もう一度小さな緑の広場を通り過ぎた。そこにはぽつんと水飲み場とベンチと街灯が一本あった。

その街灯に何かが吊り下がっていた。ぐんにゃりした黒っぽい包みのようなものが風にかすかにゆれていた。一種の人形みたいだった。ロイスは車の窓を下ろして覗いた。何だろうあれは？　何かの展示だろうか？　商工会議所は時々広場で展示をすることがあった。

彼はもう一度Uターンすると車を回し、小公園を過ぎて、その黒い包みに近づいた。それは人形ではなかった。それが展示品であるとすればいたって奇妙なものだった。うなじの毛がいきなり逆立ち思わず唾を呑んだ。顔や手から汗がどっと噴き出した。

それは死体だった。人間の死体だった。


「大変だ！」ロイスはどなった。「ここへきてくれ！」

ドン・ファーガスンはもったいぶって、細かい縦縞《たてじま》の服のボタンをはめながらゆっくりと店を出てきた。

「いいお客さんがきているんだぜ、エド。あそこに立っているお客さんを放っとくわけにはいかないよ」

「見たか？」エドは暮れかけた空を指した。街灯は空に向って突き出し、その支柱から包みがゆれていた。

「あれはいつからあるんだ？」彼の声は上ずっていた。「みんなどうかしているのか？　平気で通り過ぎて行くじゃないか！」

ドン・ファーガスンはゆっくりとタバコに火を点けた。「落ち着けよ。それには理由があるんだろう。さもなきゃあんなところにあるものか」

「理由だって！　どんな理由だ?」

ファーガスンは肩をすくめた。「交通安全協会が事故車を展示しておくようなものさ。何か市の関係だろう。おれにはわかるわけないさ」

靴店のジャック・ポッターが仲間に加わった。「何かあったかね、諸君?」

「あの街灯に死体が吊り下がっている。おれは一走り警察へ行ってくるよ」ロイスはいった。

「警察なら多分知ってるはずだ。さもなきゃあんなところにおいておくはずはない」ポッターは平然としていた。

「商売、商売」ファーガスンは店へ戻っていった。「遊ぶより仕事が大事だ」

ロイスはいらいらしはじめた。「おまえたちには眼がないのか！　そこに首吊り死体があるんだぞ！　人間の死体だ。死人なんだぞ！」

「そうだとも、エド。おれは昼すぎにコーヒーを飲みに出かけた時見つけたよ」

「それじゃ、昼からずっとそこにあったのか?」

「そうさ。それがどうした?」ポッターは腕時計を見た。「こりゃいかん。またあとでな、エド」

ポッターは身をひるがえすと、歩道の人ごみの中にまぎれこんでしまった。男も女も公園のそばを通り過ぎて行く。幾人かがおやというふうに黒い包みを見上げるが、すぐそのまま通り過ぎる。立ち止まる者もいない。だれも関心を払わない。

「おれがおかしくなったのかな」彼は呟きながら縁石を越えて車道に出ると、交差する車の中へ歩いていった。警笛が怒りをこめて鳴らされた。彼は縁石に上り、緑の小公園に近寄って行った。

首吊り人は中年男だった。衣服はずたずたに引き裂かれ、グレーの背広は乾いた泥がこびりついている。見かけない男だ。ロイスには初めて見る顔だった。このあたりの人間ではない。いくぶん顔がねじれていた。夕方の風の中で男は静かにゆっくりとゆれていた。男の皮膚は抉《えぐ》られ、切られていた。赤く口を開けた切り傷、内出血の斑痕《はんこん》、片耳から鉄縁のメガネが吊り下がり、呆《ほう》けたようにゆれている。両眼ともとび出していた。口は開き、だらりと垂れた舌はふくれ、醜い青色を呈していた。

「こいつはひどい」ロイスはつぶやき、気持ちが悪くなった。むかつきを押さえて、彼は歩道に戻った。全身が慄えている――激しい嫌悪と恐怖とで。

どうしてだ？　あの男は何者だ？　なぜあそこに吊るされているのだろう？　どういう意味なのか？　それに解せないのは、だれもそれに注意を払わないことだ。

彼は歩道をせかせかやってくる小男とぶつかった。

「気をつけろ！」男はどなった。「おや、きみはエドじゃないか」

エドはぼんやりとうなずいた。「やあ、ジェンキンズ」

「どうしたんだい？」文房具店の店員はエドの腕をにぎった。「顔色が悪いぞ」

「死体だ。あの公園にあるんだ」

「わかっているよ、エド」ジェンキンズは彼を〈ロイス・テレビ販売サービス〉の入れ込みに連れていった。「落ちつくんだ」

マーガレット・ヘンダースンが宝石店からかれらの間に割りこんできた。

「どうかしたの？」

「エドが気分が悪いんだ」

ロイスはジェンキンズの腕をふりほどいた。

「きみたちはよく平気でいられるな？　あれが見えないのか？　頼むから――」

「彼、何のことをいってるの？」マーガレットはじれったそうに尋ねた。

「死体だよ！」エドは叫んだ。「あそこに死体が吊り下がっているんだ！」

人がだんだん集まってきた。「病人かい？　エドじゃないか。大丈夫かい、エド？」

「死体だ！」ロイスは絶叫した。そして人ごみを分けようともがいた。周囲から手が伸びて彼をつかんだ。彼はふり放した。「行かせてくれ！　警察だ！　警察を呼べ！」

「エド――」

「医者を呼んだ方がいい！」

「病気なんだ！」

「酔っているのかもな」

ロイスは無理やり人ごみをかきわけた。よろめきなかば倒れそうになった。ぼんやりした眼で好奇心、不安、心配に充ちた顔々を見た。男も女も立ち止まって混雑の原因を眺めている。

彼は人を押しのけ店に向かった。店の中ではエマースン製テレビを客に見せて説明しているファーガスンが見えた。サービスカウンターの後ろでピーター・フォーリーがフィルコの新製品を組立てている。ロイスは狂ったようにかれらを呼んだ。その声は往来の騒音と周囲の人々のざわめきとで届かなかった。

「何とかしろ!」彼は叫んだ。「何をぐすぐずしているんだ! おかしいぞ! 何かある! 何かが起こっているんだ!」

屈強な警官が二人、てきぱきとロイスの方へ近づくのを見て群衆は安心して散っていった。

「名前は?」メモを持った警官が小声で訊いた。

「ロイスです」彼は不安げに額をぬぐった。

「エドワード・C・ロイス。私の話を聞いて下さい。あの後ろに――」

「住所は?」警官は尋ねる。パトカーは往来をすばやく縫い、車とバスの間に突っこんで停まった。ロイスは疲労と困惑でシートにぐったりしていた。彼は大きく震えながら息を吸いこんだ。

「ハースト・ロード一三六八番地です」

「パイクヴィルのか?」

「そうです」ロイスは辛うじて身体を起こした。「まあ、聞いて下さい。あの後ろの、小公園の街灯に人が――」

「今日おまえはどこにいた?」運転していた警官が訊いた。

「どこに?」ロイスがおうむ返しにいった。

「店にはいなかったんだな?」

「いえ。家にいました。地下室に」

「地下室に?」

「掘っていたんです。新しい土台を作るために。コンクリートを流しこむために土を掻き出していましたが。どうしてです? それが何か関係がありますか?」

「そこにはだれか他にいたか?」

「いいえ。妻はダウンタウンへ出かけ、子供は学校に行っていました」ロイスは屈強な警官を見比べた。希望が彼の顔をかすめた。勝手な希望であったが。「私が地下室にいたので、説明を聞きそこなったというんですか? 私にはよくのみこめないんですが、他にもいますか?」

沈黙の間があって、メモを持った警官がいった。「そうだ。おまえは説明を聞きそこなったんだ」

「それは公式なものですか? それであの死体は——あそこに吊るされることになったのですか?」

「そうだ。見せしめにな」

エドは弱々しく笑った。「へえっ、私はいささかかっとなりすぎていました。何かが起こったんだろうとは思っていましたが。クー・クラックス・クラン騒ぎのようなことがね。ある種の暴力ですな。コミュニストか、ファシストに支配されたとか」彼は胸のポケットからハンカチを出して顔をぬぐったがその手は慄えていた。「はっきりと教えてもらえませんか?」

「はっきりしているよ」パトカーは裁判所の近くを走っている。太陽はすでに沈んでいた。通りは黄昏れていたが灯はまだ点いていなかった。

「もう落ちつきました」ロイスはいった。「あの時はかなり興奮していましたが。一時的に頭に血が昇ったんです。やっとわかりました。もう許してもらえますか?」

二人の警官は何もいわなかった。

「店に帰りたいんですが。店員たちはまだ夕食をすませていないんです。すっかり納得しました。もう騒ぎは起こしません。何も——」

「手間は取らせない」運転していた警官が言葉をさえぎった。「簡単な取調べだ。ほんの二、三分あればいい」

「そう願いたいですな」ロイスは呟いた。車は赤信号にスピードを落とした。「平和を乱した罪ですかな。妙に興奮しすぎまして——」

ロイスはぐいとドアを開けた。彼は道路にころがり出ると駆けた。車が彼のまわりをかすめて走っていく。信号が変わるといっせいにスピードをあげた。ロイスは歩道の縁石にとび上り、人ごみを走り群衆の中にまぎれこんだ。背後から物音、叫び声、人々の追いかけてくるのを聞いた。

あの二人は警官ではない。彼はすぐそれに気づいた。パイクヴィルの警官ならみんな顔を知っている。すべての警官の顔も知らないで、この小さな町で二十五年も店を持ち、商売を営める道理がない。

かれらは警官じゃない。説明など何もなかった。ポッター、ファーガスン、ジェンキンス、だれもが死体があった理由など知らなかったんだ。かれらは知らないし、知ろうともしない。それはいかにも奇怪なことだった。

ロイスはひょいと頭を下げると金物店に入った。そして裏口へと駆けていった。驚く店員や客を尻目に店から裏口のドアを通り抜けた。ゴミ缶をとび越えコンクリートの階段を駆け上り、フェンスをよじ登り、向う側にとび下りてハアハア息を切らした。

背後には何の物音もしなかった。うまく逃げおおせたのだ。

彼は裏通りの入口に立っていた。板切れ、こわれた箱、古タイヤなどが散らばり暗かった。そこから向こうの通りが見えた。街の灯がひとつまたたいて点いた。男、女、店、ネオンサイン、車。

右の方に——警察がある。

彼は近づいた。恐る恐る近づいた。雑貨店の陳列台を過ぎると白いコンクリートの裁判所が見える。格子窓。警察のアンテナ。大きなコンクリートの塀が暗闇の中にそびえていた。彼にとっては具合の悪い場所が近くなった。あまりに近寄りすぎた。それらから少しでも遠ざかるために、歩き続けなければならなかった。

それらから?

ロイスは用心しながら裏道を歩いていった。警察の向こうには市庁舎があった。旧式な黄色い木造建築で、真鍮《しんちゅう》の手すりと幅広い石段があった。オフィスと暗い窓がずっと並び、入口の両側に杉木立と花壇があった。

そして——何か他のものが。

市庁舎の上は周囲の闇よりも濃密な闇の中心、暗黒の空間があった。暗黒のプリズムが拡がり、空へと消えていた。

彼は耳をすました。何かが聞こえてきた。彼はその音を受け入れまいとして、必死になって耳や心を閉じた。それはブーンという音で、ミツバチの大群のハミングを思わせた。

ロイスは恐怖に身を堅くして見上げた。暗黒の大斑点が市庁舎の真上を覆っていた。暗闇は厚く、まるでそこだけ凝集しているようだった。その渦の中に何かが動いていた。ゆらめくものがあった。それが空から降りてきて、市庁舎の真上でしばらく停まっていたが、密集した大群となってひらひら舞いながら静かに屋根に落ちてきた。

そのかたち。空から舞い下りるかたち。暗黒の割れ目から彼の上にもかぶさってきた。

彼ははっきりと見た——そのかたちを。

長い間、ロイスは汚い水たまりの中の崩れた塀の陰にうずくまって、それらを見つめていた。それらは舞い降りつつあった。群をなして市庁舎の屋根に下り、中に消えて行った。それらは翅《はね》を持っていた。一種の巨大な昆虫のようだった。それらは羽ばたき休んだ。それからカニのように斜めに這い、屋根を横切り建物の中へ入っていった。

彼はむかつきを覚えた。そして竦《すく》んだ。冷たい夜風がまわりを吹き身体が慄えた。疲労とショックで呆然としていた。市庁舎の入口の階段には男たちが三々五々立っていた。かれらはその建物から出て行動を起す前にしばらく立ち止まっていた。

かれらの大部分は前からそこにいたのだろうか？

そうは思えない。彼が見た黒い裂けめから降りてきたものは人間ではなかった。かれらは別の世界、他の次元からきたエイリアンなのだ。宇宙の外殻に割れめがある。その裂けめに滑りこんできたのが別世界の生命体、あの翅のある昆虫なのだ。

市庁舎の階段にいた一群の男たちは散っていった。幾人かは待っていた車の方へ。残っていた一人は市庁舎へ戻りかけたが、思い直すとみんなの後をついていった。

ロイスは恐怖のあまり眼を閉じた。頭がくらくらとした。彼は崩れた塀に固くしがみついた。その生きもの、人間もどきは急にはばたくと、ばたばたとかれらの後を追って行った。それは歩道まで飛んでいくと、かれらの間で止まった。

人間もどき。模造人間。人間に変貌する業《わざ》を持つ昆虫。地球の昆虫に似た保護色。擬態《ぎたい》。

ロイスは塀から離れるとゆっくりと立ち上がった。もう夜だった。路地は真っ暗だった。しかしかれらは暗闇の中でも眼が利くのかもしれない。暗がりなどかれらにとっては何でもないかもしれない。

彼は用心しながら路地を後にして歩道へと出た。通行人はいたがもうそれほど多くなかった。

バスの停留所には行列ができている。巨大なバスが重々しく通りをやってきて、そのライトが夕闇の中に光った。

ロイスは前に出た。行列に割りこみバスが停まった時、彼は乗り込んだ。そして奥のドアの近くに腰かけた。すぐにバスは動き出し音を立てて通りを走っていった。

ロイスは少し安堵《あんど》した。周囲の乗客をうかがった。とろんとした疲れた顔。みんな職場から家へ帰るところだ。全くあたりまえの顔ばかりだ。彼を注視している者などだれもいない。みんなおとなしく坐っている。バスの震動に身を任せながら。

彼の隣りに坐っている男は新聞を拡げていた。唇を動かしながらスポーツ欄を読み耽っている。ありふれた男だ。ブルーのスーツにネクタイ、ビジネスマンかセールスマンだろう。妻子のいる家庭に帰宅の途中といったところだ。

通路の向かいは若い女性、おそらく二十歳ぐらい。黒い髪に黒い眸《ひとみ》、膝の上に包み、ナイロンのストッキングにハイヒール、赤いコートに白いアンゴラのセーター。ぼんやりと前の方を見つめている。

高校生が一人。ジーンズに黒いジャケット。

買った物を一杯詰めこんだ大きなショッピングバッグを持つ三重顎の肥満婦人。そのむくんだ顔は疲労で隈《くま》ができている。

平凡な市民ばかりだ。毎晩バスに乗っている連中だ。家族の待つ自宅へ、夕食にと帰るのだろう。

魂の抜けた心での帰宅。かれらの町に、かれらの生活に、取り憑《つ》いたエイリアンの仮面に覆われ操られる人々。彼自身もそうなるところだった。たまたま店にいる代わりに、地下室にいたために免れたのだ。ともかくも彼は見逃された。かれらの失敗だった。かれらの支配力も不完全で絶対確実なものではなかったのだ。

その例は他にもあるかもしれない。

ロイスのなかに希望が生まれた。かれらは全能ではなかったのだ。かれらは過ちを犯した。彼を自由にできなかった。かれらの統制網も彼を洩らしたのだ。その力が弱まった後で彼は地下室から出たのだ。明らかにかれらの勢力範囲にも限界がある。

少し後ろの通路側の席で、一人の男が彼をじっと見つめていた。ロイスの思考の鎖が中断した。やせた男で黒い髪とちょびひげを生やしていた。茶色のスーツを上手に着こなし、光る靴を履き小さな手に本を一冊持っていた。彼はロイスに注目していた。意味ありげに彼をうかがっていたが、ふいに視線を外らせた。

ロイスは緊張した。やつらの一人か？　さもなければやつらが見逃した人間か？

男は再び彼に視線を移した。小さな黒い眼は生々《いきいき》として賢そうだった。抜け目なさそうな男。その目つきは乗客の一人にしては鋭すぎる。あるいは別世界のエイリアン昆虫の仲間か。

バスが停まった。一人の老人がゆっくり乗ると乗車券を料金箱に入れた。彼は通路をやってきた。そしてロイスの反対側に腰を下ろした。

老人は鋭い眼をした男の視線を捕らえた。ほんの一瞬、二人の間に何かが閃《ひらめ》いた。かなり意味のある一瞥《いちべつ》だった。

ロイスは立ち上がった。バスはもう動き出している。彼はドア口まで走るとステップに下り、非常口のドアのコックを引いた。ラバードアはさっと開いた。

「おい！」運転手はどなると、ブレーキをかけた。「いったいこれは――」

ロイスはもがいて降りようとした。バスはスピードを落とした。あたりは住宅地だった。芝生と高層アパート群。彼の背後から光る眼の男がさっと立ち上がった。老人も立ち上った。かれらは彼の後を追ってきた。

ロイスはとび降りた。すごい勢いで舗道にぶつかり縁石までころがった。全身が痛んだ。痛みと闇がどっと押し寄せる。必死で彼はもがき膝をついて立ち上がったが、また滑ってころんだ。バスは停まり乗客がぞろぞろ降りてきた。

ロイスはあたりを手さぐりした。指が何かに触れた。石だ。彼は溝の中に倒れていたのだ。溝を這い上りながら痛みで唸《うな》った。ひとつのかたちがぼんやりと彼の前に現われた。男だ。あの本を持った光る眼の男だ。

ロイスは男を蹴とばした。男はうめき声をあげて倒れた。ロイスは石をつかんで振り下ろした。男は悲鳴をあげころがって避けようとした。「待ってくれ！　頼むから聞いてくれ――」

後はもう一度振り下ろした。恐ろしい骨の砕ける音がした。男の声は途切れつぶやくような泣き声の中に消えた。ロイスは急いで立ち上ると後ずさりした。他の連中がもうそこにきて、周囲を取り巻いていた。彼は無茶苦茶に路地を走り抜け車道を駆け上がった。だれも後を追ってこなかった。かれらは立ち止まると、彼の後をつけてきた本を持つ光る眼の男の動かなくなった身体にかがみこんでいた。

あの男は失敗を犯したのだろうか？

しかしそんなことに気を使っている余裕はなかった。逃げなければ——かれらから遠ざからなければいけない。パイクヴィルから、暗黒の亀裂《きれつ》の彼方へ、彼我《ひが》の世界の裂けめの向こうに逃げるんだ。


「エド！」ジャネット・ロイスはびっくりして身を退《ひ》いた。「どうしたの？　いったい——」

エド・ロイスは背後でドアをバタンと閉め居間に入った。

「ブラインドを降ろせ。早く」

ジャネットは窓の方へ行った。「でも——」

「いう通りにしろ。ここにだれか来ているか？」

「だれも。あとは子供だけよ。二人とも二階の自分の部屋にいるわ。どうしたの。変よ、あなた？　どうして家に帰ってきたの？」

エドは玄関のドアの錠を掛けた。彼は家の中を歩きまわり台所に入った。流しの引き出しの中から大きな肉切り包丁を取り出すと指の腹に滑らせた。よく切れる。彼は居間に戻った。

「いいか、よく聞いてくれ」彼はいった。「あまり時間がないいんだ。やつらはおれが逃げたことを知っている。じきに捜しにくるはずだ」

「逃げたですって?」ジャネットの顔は当惑と怯《おび》えでゆがんだ。「だれが?」

「町は占領された。町の連中は操られている。おれにはそれがよくわかった。やつらは上層部から攻略しはじめた。市役所や警察の連中からだ。やつらは本物の人間を始末して——」

「あなたは何の話をしているの?」

「われわれは侵略されたんだ。どこか別の宇宙、異なった次元からだ。やつらは昆虫みたいだ。擬態に長《た》けている。それ以上だ。心を操る力を持っている。おまえの心もな」

「私の心?」

「やつらの侵入口がここなんだ。パイクヴィルなんだ。やつらは町中を占領した——おれを除いてな。われわれは信じられない力を持つ敵と直面している。やつらの力にも限度がある。そこがつけめだ。やつらも万能じゃないんだ! 失敗も犯すんだ!」

ジャネットは首を振った。「さっぱりわからないわ、エド。あなた気がふれたんじゃないでしょうね」

「気がふれた? いや。運がよかっただけだ。もしも地下室に下りていなかったら、あの連中の仲間入りをしたことだろうよ」ロイスは窓の外をのぞいた。「ここで演説している余裕はない。上着を着てこい」

「私の上着を?」

「ここを出るんだ。パイクヴィルを離れるんだ。助けを求めるんだ。この事態と闘うんだ。

やつらを倒すことはできる。やつらにだって隙はある。だが事態は焦眉《しょうび》の急だ——先手を取れば勝てるかもしれない。早くするんだ！」彼は妻の腕を乱暴につかんだ。「上着を取ってこい。子供たちを呼ぶんだ。みんなで出ていくんだ。荷造りなんかするな。そんなひまはない」

蒼白な顔をして妻はタンスの方へ行き上着を取った。「どこへ行くつもり？」

エドは机の引き出しを開け中身を床にぶちまけた。そして道路地図をつかみ上げ拡げた。

「やつらは当然ハイウェイには網を張っているだろう。だが裏道がある。オーク・グローヴへの道だ。おれは一度行ったことがある。そこは廃道になっている。おそらくやつらも気づかないだろう」

「あの古いランチ・ロード？　まあ、あそこは完全に閉鎖されているわ。あそこをドライヴしようとはだれも思わないわ」

「だからやるんだ」エドは地図を上着に突っこんだ。「願ってもないチャンスだ。子供を呼びなさい。行こう。おまえの車はガソリンは満タンかい？」

ジャネットは面くらった。

「シボレー？　昨日の午後入れたばかりだわ」ジャネットは階段の方へ行った。「エド、私——」

「子供たちを呼ぶんだ！」エドは玄関のドアを開け外をのぞいた。動くものは何もなかった。何も生きもののしるしはない。まだ大丈夫だ。

「降りていらっしゃい」ジャネットは慄え声で双生児を呼んだ。「しばらく外出するのよ」

「いま?」トミーの声が帰ってきた。

「急ぐんだ」エドはどなった。「降りてこい、二人とも」

トミーは階段の上に現われた。「ぼく、宿題をやっているんだよ。いま分数を始めたところなんだ。パーカー先生はぼくたちがこの宿題をやってこないと――」

「分数なんか忘れるんだ」エドは息子の腕をつかむと階段からひきずり下ろした。そしてドアの方へ押し出した。

「ジムは?」

「くるよ」

ジムはゆっくりと階段を降りはじめた。「どうしたの、パパ?」

「車で出掛けるんだ」

「出掛ける? どこへ?」

エドはジャネットの方を向いた。「電灯はそのままにしておくんだ。テレビも点けろ」彼は妻をテレビの方に押しやった。「そうすればやつらはわれわれがまだここに――」

彼はブーンという音を聞いた。はっとなって思わず長い肉切り包丁を取り落とした。ぞっとしながら彼は階段を降りてくる息子を見た。それは飛び上がりながら翅をゆっくり動かした。まだおぼろげながらジミーに似ていた。小さく赤ん坊のようだ。一瞬の間にそれは音を立てて彼の方へ飛びかかってきた。冷たい人間ばなれした複眼、翅、身体は黄色いTシャツとジーンズをつけており、擬態の外形がその中に浮き出ている。彼に近づくにつれ半身をひねって奇妙な体勢をとった。何をするのだろう？

毒針だ。

ロイスは思わずめちゃめちゃに包丁を振りまわした。それは退きブンブンと狂ったように音を立てた。ロイスはころがりドアの方へ這って行った。トミーとジャネットは彫像《ちょうぞう》のように立ちつくしたままぽかんとした顔をしている。無表情でそれを見つめていた。ロイスは包丁を突き出した。今度は切先が突き通った。そいつは悲鳴をあげ、ひるんだ。壁にぶつかり羽ばたいて倒れた。

何かが彼の心に翳《かげ》をさした。力の障壁、エネルギー、エイリアンの意識が彼の心に探りを入れた。不意に身体が麻痺した。エイリアンの意識が彼の心の中に入りこみ、ほんの一瞬だが衝撃的接触をした。全くの異質の存在が全身にのしかかってきた。だがすぐにジミーが絨毯の上にこわれた塊のように崩れると、心を捕えていた意識がずっと消えた。

それは死んだ。彼は足の爪先でそれをひっくり返した。昆虫類で、蝿《はえ》の一種を思わせた。黄色いTシャツとジーンズ。息子のジミーは……彼は心を固く閉ざした。しょせん考えてみたところで手遅れだった。彼は乱暴に包丁を引き抜いた。それからドアの方へ行った。ジャネットやトミーは石のように硬直したまま、どちらも動こうとはしなかった。

車はなくなっていた。通り抜けるのは不可能だ。やつらは待ちかまえているはずだ。徒歩で十マイルある。荒野、峡谷、田畑、丘陵、森林を十マイルも歩くのだ。それも彼ひとりでだ。

ロイスはドアを開けた。ほんの一瞬彼は妻と息子を振り返った。それから背後のドアを閉め、玄関の石段を駆け下りていった。

次の瞬間には急いで暗闇を走り抜け、町外れへと向っていた。


夜明けの太陽はまぶしかった。ロイスは立ち止まりハアハア息をつくと身体が前後にふらついた。汗が伝って眼に入った。衣服は這いくぐってきた藪や茨《いばら》のためにずたずたに裂けていた。手と膝を使って十マイルもやってきたのだ。這いずりながら夜の中を忍び出てきたのだ。靴には泥がこびりついている。身体中が搔き傷だらけ、足を引きずり全く疲れ果てていた。

行く手にはオーク・グローヴの町が横たわっていた。

彼は深呼吸してから丘を降りていった。二度ばかりふらついて倒れ、やっと起き上るととぼとぼ歩き出した。耳がじんじん鳴った。あらゆるものが遠くなりゆれていた。だがとうとうそこにやってきた。パイクヴィルから脱出したのだ。

畑の農夫が彼をぽかんとして見ていた。家からは若い女性が不思議そうにながめていた。ロイスは道路に出ると、そこを歩いていった。前方にガソリンスタンドとドライブインがあった。二台のトラック、数羽のニワトリが土の中を突っつき、犬が一匹、縄につながれていた。

白い服の店員は足をひきずりながらやってくる彼の姿に不審を抱いた。

「助かった！」彼は塀に寄りかかった。「ここまでこられるとは思わなかった。やつらはずっと私を追ってきた。かれらのブーンという音を耳にした。ブンブンうなり、ひらひらと私の後から追ってきたんだ」

「どうしたんだい?」店員が訊いた。「行き倒れか? 追い剝ぎに遭ったのかい?」

ロイスは弱々しく首をふった。「やつらは町中を支配した。市役所も警察もだ。やつらは街灯に人間を吊るした。私が見た発端はそれだった。全部の道路は封鎖された。やってくる車の上をやつらがひらひら飛んでいるのを見た。今朝四時頃やっと逃げきった。私にはそれがすぐわかった。やつらから離れて行くのがわかった。その時太陽が昇ったんだ」

店員は不安そうに唇をなめた。「あんた頭がいかれているのかね。医者に診てもらった方がいいよ」

「私をオーク・グローヴに連れていってくれ」ロイスはあえいだ。彼は砂利の上に倒れた。「われわれはやつらを一掃しなければならないんだ。すぐ始めなくては」


彼の話はすべてテープレコーダーに納められた。話し終わった時、警察署長はレコーダーを切って、立ち上った。しばらくの間じっと考えこんでいた。それからタバコを取り出すと、ゆっくりと火を点け肉付きの良い顔を曇らせた。

「私の話は信じられないでしょうね」ロイスがいった。

署長は彼にタバコをすすめた。ロイスはいらいらして押し返した。「けっこうです」

署長は窓辺へと行き、しばらく佇《たたず》んで、オーク・グローヴの町を見下ろしていた。「きみの話を信じるよ」彼はぽつりといった。

ロイスはほっとした。「ありがとうございます」

「それできみは逃げてきたのか」署長は首をふった。「店にいた代わりに地下室に下りていたとはな。僥倖《ぎょうこう》だ。百万に一つの偶然だ」

ロイスは運ばれてきたブラックコーヒーをすすった。

「私は一つの仮説を考えました」彼はつぶやいた。

「何だね、それは？」

「やつらに関することです。かれらは何者なのか。一時に一地域を占領する、最初は上層部、その町の指導者層から攻略する。そこからだんだんに輪を拡げていく。やつらはゆっくりと確実に浸透していく。それが長い間続いてきたと思っています」

「長い間？」

「そうです。数千年にわたって。それは耳新しいことではありません」

「どうしてそんなことがいえるのかね？」

「私が子供の頃、聖書連盟で一枚の絵を見ました。宗教画で、古いものでした。エホヴァに敗れた敵の神々、モロク、ベルゼブブ、モアブ、バーリン、アシュタロス――」

「それで？」

「かれらはみんなあるかたちをしていました」ロイスは署長を見上げた。「ベルゼブブは巨大な蝿の姿をしていました」

署長は唸った。「また古い闘争だな」

「かれらは敗れました。聖書《バイブル》はかれらの敗北のあかしです。かれらは一時的には増加したが、最終的には敗れました」

「どうして負けたのかね？」

「全人類を支配することができなかったからです。やつらが私を捕えそこなったようにです。かれらはヘブライ人を手中にはできませんでした。ヘブライ人はそれを記した文書を全世界に伝えました。危険を明らかにしたのです。バスには二人の男が乗っていました。かれらにはわかっていたのだと思います。それで私のように逃げてきたのです」彼は拳をにぎりしめた。「私はその一人を殺してしまったのです。失敗でした。勇気がなかったのです」

署長はうなずいた。「そうだ。かれらはきみがいうように確かに逃げてきた連中だ。めったにない機会だった。しかし町の大部分は完全に占領されたのだ」彼は窓からふりかえって、「ところで、ロイス君、きみはすっかり事態を理解したようだが」

「いいえ、まだです。首吊り男がいます。街灯に吊り下がっていた死人です。私にはそれがわかりません。なぜでしょう？　どうしてあの男をわざとあそこに吊るしておいたのでしょう？」

「そいつは簡単に説明がつくのではないか」署長はかすかに笑った。「おとりだよ」

ロイスは身を堅くした。心臓が停まった。「おとり？　どういう意味です？」

「きみみたいな人間をおびき出すためさ。きみのような人間を明らかにし、支配下においた者と、逃げた者とを区別するためだ」

ロイスは恐怖で慄え上がった。「そうか。やつらは落ちこぼれも計算に入れていたのか！予測していたんだ――」後は言葉を切った。「やつらは罠を用意していたのか」

「それできみは自分の正体をさらした。きみの反応で、やつらはそれを知ったのだ」署長は急にドアの方へ行った。「きたまえ、ロイス君。やるべきことが山ほどある。まず行動だ。ぐずぐずしているひまはない」

ロイスはゆっくりと立ち上がった。なかば呆然としていた。「それではあの男は。あの男は何者なのだろう? 初めて見た顔だった。あの町の人間じゃない。よその人間だ。泥と埃にまみれ、顔は傷だらけ、めった切りにされて——」

署長は奇妙な表情を浮べてそれに答えた。「おそらく、きみもまもなくわかるよ。私ときたまえ、ロイス君」

彼はドアを開けたままふり返った。その眼は光っていた。ロイスは何気なく警察の前の通りをちらっと見た。警官、木の台のようなもの。電柱——それにロープ!

「こちらだ」署長はそういうと冷たい笑いを浮べた。

太陽が沈んだので、オーク・グローヴの商業銀行副頭取は地下室から出て、重いタイムロックを掛け帽子をかぶり上着を着た。それから小走りに歩道へ出た。そこには二、三の通行人が家路を急いでいた。

「ごくろうさまでした」守衛はそういうと、彼の背後のドアに錠をかけた。

「またあした」クラレンス・メイスンは小声でいった。彼は道に沿って車の方へ歩いていった。疲れていた。一日中地下室にいて、貸金庫をもう一列ふやせる余裕はないかどうか、あれこれ置き方を検討していたのだ。彼は終わってほっとしていた。

町角で彼は立ち止まった。町の灯はまだ点いていなかった。通りは薄暗かった。あたりはおぼろげだった。彼は見渡しているうちに――凍りついた。

警察の前の電柱に大きなぐんにゃりしたものが吊り下がっている。それは風に少しゆれていた。

いったい何だろう?

メイスンは恐る恐る近寄った。彼は早く家に帰りたかった。疲れていたし腹も減っていた。妻のこと、子供のこと、食卓に並ぶ暖かい夕食を思い浮かべた。

しかし、そこにある黒い包みに何故か気になるものがあった。何となく不吉な忌わしい感じがした。

灯は点いていなかったので、それが何であるかはわからなかった。しかし、それに惹かれるように、よく見るために近づいて行った。そのぐんにゃりした物体に彼は愕然とした。驚き、慄え、竦んだ。

そして不思議なのは、それに注目する者がだれもいないことだった。

爬行動物

The Crawlers

彼は巣を作っていた。巣作りに励めば励むほどその楽しみはますます大きくなった。暑い日ざしが巣を通って洩れてくる。せっせと楽しげに精を出している彼のまわりを夏のそよ風が吹きすぎていった。材料を使いつくすとしばらく一服した。その巣はそれほど大きいものではなかった。本物というよりそれを模したものだった。頭の片隅ではそう思う醒《さ》めた部分もあるが、一方では興奮と誇りとでぞくぞくしていた。ともかく中に入れるだけの大きさは充分あった。彼は入口の穴にもぐりこみ満ち足りた堆積物の中で身体を丸めて横になった。

屋根の隙間を通してこまかい砂が雨のように降りそそいだ。彼は分泌液《ぶんぴつえき》をにじみ出し弱い個所を補強した。巣の中の空気は澄んでいて涼しくほとんど埃もなかった。この前、内壁に這い上がって、いたるところに速乾性の分泌液を残してきた。あと何が残っていただろう？ ねむけを催してきた。すぐに眠ってしまいそうだった。

彼はそのことを思いめぐらした。それから開けてある出入口に身体の一部を伸ばした。その部分は油断なく見張りを続けたが、残りの肉体は満足気なまどろみをむさぼっていた。心はおだやかで豊かな気持ちを満喫しており、少しはなれたところからそれを意識していた。あたりに見えるのは黒い粘土で作ったふんわりとした築山《つきやま》だけだった。それに気づく者もおらず、その下に何が横たわっているのか考える者もいない。

たとえ気づかれたところで、彼はそれを処理する手段を持ち合わせていた。

その農民はブレーキをきしませて古いフォード製トラックを停めた。口汚くののしりながらトラックを数ヤードバックさせた。

「こんなところにいた。とびおりて調べてみるといい。車に気をつけてな——ここではかなりぶっとばすからな」

アーネスト・グレイトリーは車のドアを押し開けると、陽の高い熱した舗道に用心深くおり立った。あたりは太陽と枯れ草の匂いがした。虫がまわりでぶんぶんいっている。彼はズボンのポケットに手を入れ、やせた身体を傾け慎重にハイウェイを歩き出した。それから立ちどまって道路の表面を見下ろした。

そいつは見事に潰れていた。タイヤの跡が四カ所に残っており、内臓器官は破裂してとび出している。全体は蛇を思わせゴムみたいに伸び縮みする管状で、一方の端には感覚器官がついており、反対側は原形質の混沌《こんとん》たる塊である。

ぎょっとしたのはその顔だった。しばらくはそれを正視出来なかった。仕方なく丘陵、道路、大杉などに目を移さざるをえなかった。死んだ小さな眼には何か訴えるものがあった。その輝きは急速に消えつつあった。それは魚の眼みたいに光沢のない愚かなうつろなものではなかった。彼の見た生命体が絶えず頭につきまとった。トラックがその上を走り、轢《ひ》きつぶしたのを彼はちらっと見ていた。

「やつらは時々ここを横切るんだ」農夫は静かにいった。「時には町の方まで出かけて行く。おれが最初に見たやつはグランド・ストリートの中央へ時速五十ヤードぐらいで向かっていた。やつらはかなり遅い。ティーンエージャーのなかにはやつらを駆り立てるのが好きな連中もいる。おれとしてはやつらを見ても避ける方だね」

グレイトリーは何ということなしにそれを蹴とばした。藪や丘陵にあとどのくらいいるのだろうとぼんやり考えた。道路からひっこんだところにある農家、テネシーの暑い太陽に白く光る広場が見える。放牧の馬や眠っている牛。埃だらけの鶏がつつき合いをしている。ねむくなるようなのどかな農村が晩夏《ばんか》の陽を浴びていた。

「放射能研究所はここから遠いかい?」彼は尋ねた。

農夫は指でさし示した。「あそこだ。あの丘の向こう側にある。残りのやつらを集めにきたのかね?　スタンダード石油のガソリンスタンドの大きなタンクの中にも一匹いるよ。もちろん死んでいるがね。灯油をタンクに詰めてそれを保存しているよ。そいつはかなり原型を保っている。こいつに比べればね。ジョー・ジャクスンは材木でそいつの頭を潰した。ある夜そいつが自分の土地を這い回っているのを見つけたんだ」

グレイトリーは身ぶるいをしてトラックに戻った。胃の腑が裏返しになったようで何度も深呼吸しなければならなかった。

「そんなにたくさんいるとは思いもよらなかった。ワシントンから派遣された時の話では、ほんの少しばかり見かける程度ということだった」

「たくさんいたよ」農夫はトラックを発車させ舗道の死骸を慎重によけて通った。「あいつらに慣れようとしたがだめだったね。あまり気持ちのよいものじゃないからな。それを嫌って引っ越して行く者も少なくない。何ともいえぬ重苦しい雰囲気を感じるだろう。おれたちはこの問題を抱えて対処していかなければならないんだ」彼はスピードを速め、革みたいな硬《こわ》ばった手でハンドルをがっしりと握っていた。「いつもその数は増えているようだ。そしてほとんど正常な子供はいない」

町に戻ると、グレイトリーは粗末なホテルのロビーの電話ボックスから長距離電話をフリーマンにかけた。

「何とか手を打たなくてはならんな。やつらはこの辺にまんべんなくいる。おれは三時にやつらの集落を見に行く。タクシー乗り場を経営している男が居場所を知っている。そこには十一、二匹集まっているそうだ」

「そのあたりの住民の感じはどうだ?」

「いったい何を期待しているんだ?　かれらはそれが神の審判だと考えているよ。おそらくその見方が正しいだろうな」

「やつらをいち早く移すべきだった。その周辺数マイルの全地域から一掃すればよかった。そうすればこんな問題にならずにすんだろう」フリーマンは一息入れた。「きみの意見は?」

「われわれが水爆実験用に接収したあの島だ」

「あれはかなり大きな島だ。われわれが立ち退《の》かせた原住民の一団が再び定住しているよ」

フリーマンは息を詰まらせた。「おい、そんなに多いのか?」

「忠実な市民はとかく大げさにいうよ。でもおれでさえ百匹は下らないという印象を受けた」

フリーマンは長いこと沈黙していた。

「私は実感がわかんね」彼はやっといった。「とにかく方針を決めなければならない。われわれはあの島でさらに実験を重ねようとしていた。でもきみの指摘はわかるよ」

「おれも手を貸すよ」グレイトリーはいった。「こいつはやっかいな仕事だ。しかしそのままにはしておけない。住民はやつらと共存できない。きみもここにきて見るべきだ。頭に入れておくべきことだ」

「自分の——できることはわかっている。ゴードンに話してみよう。明日また電話をくれ」

グレイトリーは受話器をおくと、くすんだ汚いロビーを出て明るい歩道を歩いて行った。煤《すす》けた店と停まっている車。老人が幾人か階段やたわんだ籐椅子に背を丸めて坐っていた。彼は煙草に火をつけた。そして身ぶるいをして時計を改めた。もう三時近かった。彼はゆっくりとタクシー乗り場に歩いて行った。

町は死んだように静かだった。動くものとてない。ただ椅子にじっと坐っている老人たちと、郊外からきた車がハイウェイをとばしているだけだった。埃と静寂があたりを支配している。灰色の蜘蛛の巣のように、過去がすべての家々や商店を覆っていた。笑い声も聞こえない。なんの物音もしなかった。

外で遊んでいる子供たちもいなかった。

汚れたブルーのタクシーが静かに彼のそばで停まった。

「いいですよ、旦那」運転手がいった。三十代のネズミ面の男で反り歯に楊子《ようじ》をくわえている。彼は曲がったドアを蹴とばして開けた。

「どうぞ」

「どのくらいある?」グレイトリーは車に乗りながら尋ねた。

「ちょうど町外れでさあ」タクシーはスピードをあげやかましい音をたてて突進し乱暴にとびはねた。「旦那はＦＢＩの人かね?」

「いいや」

「その服装や帽子からそうだと思ったよ」運転手は好奇の目を彼に向けた。「あの爬行《はこう》動物のことをどこから聞いたのかね?」

「放射能研究所からだ」

「そうか。そういえばあそこにはやばいものがあったな」運転手はハイウェイを下り埃っぽい脇道を走り続けた。「あいつはヒギンズ農場にも現れたよ。あの化け物はヒギンズばあさんの地所を掘り返して、自分たちの巣を作っちまった」

「巣を?」

「やつらは地下に町みたいなものをこしらえたのさ。その入口ぐらいは見られるぜ。みんな一緒になって大騒ぎして作ったものだ」

彼は埃っぽい道路から車をそらせ、二本の大杉の間のでこぼこの空き地に乗り入れ岩だらけの溝の端で車を停めた。

「ここだ」

グレイトリーははじめて生きている爬行動物を見た。

彼はぎこちなくタクシーから降りると、足が痺れて感覚がなくなっていた。かれらは開墾地の中央につくった地下道と森の間をゆっくりと動いていた。巣作りの材料である粘土や枯れ草を運んでいた。それらに分泌する粘液をなすりつけしっくい状にして注意深く地下に運んでいた。

爬行動物は体長が二、三フィートあり、なかには歳を経て黒々とした大きなやつもいる。かれらは一様にやりきれないほどゆっくりと動いていく。太陽に灼けた地面を静かに流れるような動作を見せる。かれらは柔らかそうで殻もなく一見無害だった。

その顔を見ると、彼はまたしても恍惚《こうこつ》として催眠術にかかったようになった。人間の顔の気味悪いパロディだった。しなびた赤ん坊みたいな表情、靴ボタンのような小さな眼、裂けた口、ねじれた耳、ひとにぎりの濡れた髪の毛。腕もどきの部分が偽足《ぎそく》を伸ばす。それは生パンのごとく伸び縮みする。爬行動物には信じがたいほどの柔軟性があった。その身体を思い切って伸ばし、触手が障害物に当たると急いで元に戻る。かれらは二人の男に何の注意も払わなかった。意識さえしていないようだった。

「やつらは危険か?」グレイトリーがしばらくして尋ねた。

「ああ、かれらは毒針を持っているんだ。犬を刺したのを知っている。かなりひどくやられた。犬は身体が脹《は》れ上がり舌が黒ずんだ。けいれんを起こし苦しみぬいて、しまいには死んだ」運転手はなかば弁解めいてつけ加えた。「犬はあたりを嗅ぎまわり、やつらの巣作りをじゃましたんだ。やつらはいつもせっせと働いている。仕事を続けているんだ」

「かれらの大部分はここにいるのか?」

「そう思うね。やつらはここに集まってくるようだ。おれはこの道を這ってくるのを見た」彼は身ぶりで示した。「いいかい、やつらは別の所で生まれるんだ。放射能研究所の近くの一、二軒の農家でな」

「ミセス・ヒギンズの家はどっちだ?」グレイトリーは尋ねた。

「あっちだ。林の間に見えるだろう? 行くつもり――」

「すぐ戻る」グレイトリーは急ぎ足で歩き出した。「ここで待っていてくれ」

老婆は玄関のポーチの周囲に生えている濃紅のゼラニウムに水をやっていた。そこにグレイトリーは近づいて行った。彼女は気づいて顔を上げた。老いてしわだらけの顔は疑い深げで、手にしたじょうろを武器のごとく構えた。

「こんにちは」グレイトリーは声をかけた。彼は帽子を傾け身分証を見せた。「私は爬行動物を調査しています。お宅の地所の隅にいるやつです」

「どうしてそんなことをするんだい?」彼女の声はうつろでさみしく冷えびえとしていた。

まるでその萎《しな》びた顔と肉体みたいだ。

「われわれは解決方法を探しているんです」グレイトリーはぎごちなく落ちつかなかった。

「かれらをここからメキシコ湾の小島に移す計画がありましてね。ここに置いておくのは不適当です。近所の方々には不快でしょうし好ましくありません」最後はしどろもどろだった。

「ああ、好ましいものではないね」

「それでわれわれは放射能研究所付近から全員の移送をはじめています。もっと早い時期に手を打つべきだったと思います」

老婆の眼がきらりと光った。

「おまえさんたちとあの機械が何をやったかわかっているのかい！」彼女は骨ばった指で興奮気味に彼を突っついた。「いまここでそれをはっきりさせるんだね。どうしてくれるんだい」

「ま、なるべく早くかれらを島へ送ろうとしているんですが。ここにひとつ問題があります。親のことをはっきりさせる必要があります。かれらは完全に親の保護下にあります。われわれには――」彼は余計な話をはしょった。「親たちはどう感じるでしょう？　子供たちを荷馬車に乗せ運んで行くのを許すでしょうか？」

ミセス・ヒギンズはくるりと背を向け家の方に歩いて行った。不安を感じながらグレイトリーは彼女について薄暗く埃っぽい家に入った。かび臭い部屋は石油ランプ、褪色《たいしょく》した絵、古いソファやテーブルでいっぱいだった。彼女は広い台所を通りぬけて行った。そこには鋳物《いもの》の大きな湯沸かしと鍋類がところ狭しと並んでおり、木造の階段を下りると白いペンキ塗りのドアがあった。老婆は激しくノックした。

内部で狼狽した動きがあった。人のささやき声と慌ただしい物音がした。

「ドアを開けなさい」ミセス・ヒギンズは命令した。しばらく迷った後、ドアはゆっくりと開いた。ミセス・ヒギンズはドアを大きく開き、グレイトリーにも入るように合図した。

部屋の中には若い男女が立っていた。二人ともグレイトリーの入ってくるのを見てあとずさりした。女は細長いボール箱をしっかりと抱きしめていた。それは男がいきなり彼女に押しつけたものだった。

「何者だ?」男は詰問した。彼はボール箱をひったくり返した。急に軽くなったので彼の妻の手は震えていた。

グレイトリーは爬行動物の親の一組をじっと見ていた。若い女は褐色の髪をして、まだ二十歳にも充たない。ほっそりとした小柄な身体を安物の緑色の服で包み、怯えた黒い眼に胸だけがむっちりとしている。男は大柄でたくましく、ハンサムな黒人青年で、陽灼けした太い腕と手で、ボール箱をしっかりと握りしめていた。

グレイトリーの眼は自然にボール箱の方にいった。箱の上蓋にはいくつも穴が開いている。箱は男の腕の中でわずかに動いていた。箱をゆするかすかな震動があった。

「この人は」ミセス・ヒギンズは夫の方にいった。「それを取りあげにきたのだよ」

若いカップルはその言葉を黙って受け入れた。夫は箱をつかみ直したほかは身動きもしなかった。

「この人はかれらをそっくり集めて島に送るつもりだよ」ミセス・ヒギンズはいった。「もうすっかり手配はできているんだよ。だれもかれらを傷つけたりしない。何の不安もなく、望み通りに生きられるのさ。だれも見ていないところで巣を作り這いまわるんだよ」

若い女はぼんやりとうなずいた。

「それを渡しなさい」ミセス・ヒギンズはたまりかねて指図した。「この人に箱を渡しなさい。きっぱりとかたをつけるんだよ」

すぐに夫はその箱をテーブルに運び、その上においた。

「あんたは扱い方を知っているだろうな?」彼は詰問した。「何を喰べるかも?」

「われわれは――」グレイトリーは仕方なく口を開いた。

「葉っぱを喰べるんだ。木の葉と草だけだ。若葉を探しては与えてきたんだ」

「まだ産まれて一か月にしかならないのよ」若い女はしゃがれ声でいった。「それはもう仲間と一緒に暮らしたがっているのよ。でも私たちはここに置いといたわ。あそこに行かせたくないの。まだ早いわ。もっとあとでいいと考えたの。どうしたらいいかわからなかったわ。それで態度があやふやなの」彼女の大きな黒い眼は無言の訴えできらりと光り、それからまた消えた。「決めるのもつらいことだわ」

夫は太い茶色の紐をほどき箱の蓋を開けた。

「さあ、これなら見えるだろう」

それはグレイトリーの見た中で一番小さかった。生白くふにゃふにゃして一フィートもなかった。箱の隅を這いまわり、いまは嚙んだ葉とワックスのようなものを混ぜた乱雑な巣の中に、丸くなって横たわっていた。半透明の膜が不格好にそのまわりに張られている。その下でそれは眠っていた。こちらには何の注意も払っていなかった。その視野の外だった。グレイトリーは奇妙な救いがたい恐怖が身内に盛り上がってくるのを感じた。彼はその場をはなれ、若い男は蓋を閉じた。

「産まれたとたん、それが何だかを知った」彼はしゃがれ声でいった。「道路で見かけたことがあった。最初の一匹だ。ボブ・ダグラスはおれたちをつかまえてそれを見せた。それは彼とジュリーの子供だった。かれらがやってきてあの溝のそばに集まりはじめる前のことだった」

「何があったのかこの人に話しなさい」ミセス・ヒギンズはいった。

「ダグラスは岩でそいつの頭を潰した。それからガソリンをかけ火をつけて焼き払った。先週彼とジュリーは家をたたんで去った」

「かれらの大部分が殺されたのか？」グレイトリーはやっとのことで尋ねた。

「少数だ。大勢の人間がそれに似たものを見ており幾分興奮している。あんたはかれらを非難できない」男の黒い眼に絶望が走った。「おれも同じことをしたと思う」

「たぶん私たちはそうした方がいいんだわ」彼の妻はつぶやいた。「あなたに頼むのが道理かもね」

グレイトリーはボール箱をつかむとドアの方に歩いて行った。

「できるだけすみやかにこれを処分するよ。トラックはもう途中まできている。一日で終わるはずだ」

「ありがたいことだわ」ミセス・ヒギンズは短く無感動な声でいった。彼女はドアを開けた。グレイトリーは箱を手に薄暗くかび臭い家の中を抜け、崩れかけた玄関の階段を下り、燃えるような午後の太陽の中に出た。

ミセス・ヒギンズは赤いゼラニウムのところで足を止めじょうろを取りあげた。

「つかまえるなら、残らずつかまえるんだよ。あとに一匹も残すんじゃないよ。いいかい？」

「わかった」グレイトリーはつぶやいた。

「それからおまえさん方のところの人間とトラックをここにおいておいてチェックを続けるのだよ。あの連中が出没しなくなり、見なくてすむようにね」

「放射能研究所の付近の住民を移住させれば、もう出なくなる——」

彼は急に口を閉じた。ミセス・ヒギンズは背を向けてゼラニウムに水をやっていた。ミツバチが彼女のまわりでうなっていた。花は熱風にげんなりと首を振っている。老女は家の脇にまわり、身をかがめて水をやり続けた。しばらくして彼女の姿は見えなくなり、グレイトリーは箱を抱えてとり残された。

当惑と気恥ずかしさで、彼はゆっくりと箱を抱えて丘を下り野原を横切って谷間に入った。タクシーの運転手は車のそばに腰をおろし、煙草をふかしながら辛抱強く彼を待っていた。爬行動物の集落がそこに確実に育っていた。そこには道路もあった。出入口の盛り土のいくつかには文字のような複雑なひっかき傷があった。爬行動物のあるものは群れを成し、彼には理解できないこみ入ったものを作っていた。

「さあ、行こう」彼は疲れたように運転手を促した。

運転手はにやりと笑うと、後部のドアをぐいとひっぱった。

「メーターを倒しっぱなしにしていた」彼はずるそうなネズミ面を輝かせた。「あんたたちは社用交際費というものがあるから、めじゃないよな」

彼は巣を作っていた。巣作りに励めば励むほど、その楽しみはますます大きくなった。いまでは集落は八十マイル以上の奥行きと五マイルの幅があった。島全体がひとつの大きな集落に変わり、蜂の巣のような住居が毎日増えていった。そのうち海をへだてた陸地にも届くかもしれない。やがて本気で仕事にかかるようになる。

彼の右側には何千という律義に働く仲間が、中央飼育室を補強するための支柱の上で骨を折っていた。そこがきちんとすればすぐにでもかれらは住みよさを感じるだろう。すでに母親たちは子供を産みはじめていた。

それは彼が心配したことだった。巣作りの楽しみを奪ってしまった。彼は最初に産まれてきた子供を見た——それが急いで隠され秘密にされる前のことだった。ちらっと見えたのは、球型の頭、短い胴、身体は信じがたいほどに硬直していた。それは金切り声をあげ泣き出し、顔を真っ赤にした。ごろごろ咽喉を鳴らし、あてもなく手を握りしめ足を蹴った。

恐怖にかられてだれかが岩で、その先祖返りした子供を潰してしまった。そしてもうこれ以上起こらないことを願った。

よいカモ

Fair Game

アンソニー・ダグラス教授は赤革の安楽椅子に深々と身を沈めほっとした溜息を洩らした。長い溜息が終わると靴を脱ぎ、しきりとぶつぶつ呟きながら部屋の隅に靴を蹴とばした。その肥えた腹の上で腕を組み、背を椅子にもたれ眼をつむった。

「疲れたの?」ローラ・ダグラスは台所の調理台からちらりと振り返り尋ねた。その黒い眸には同情の色が浮かんでいる。

「ああ、ひどくね」ダグラスは長椅子にあった夕刊に眼を走らせた。何か役に立つ記事でもあるか? いや、全く何もない。彼は上着のポケットを探ってタバコを取り出すと、ゆっくりと所在なさそうに火をつけた。

「そうだとも、疲れ果てたよ。全く新しい研究方針がスタートしたんだ。今日ワシントンから優秀な若い連中がどっと来たよ。ブリーフケースと計算尺を持ってね」

「それじゃ、あなたは――」

「おいおい、私はまだ担当を外されたわけではないよ」ダグラス教授は屈託《くったく》なく笑った。「そんな杞憂《きゆう》は捨てなさい」薄いグレーのタバコの煙が周囲を波のように漂った。「あの連中が私を追い抜くにはまだ数年はかかる。もう少し計算尺の扱いが達者になる必要があるね」

彼の妻は笑い、夕食の支度に戻った。これがコロラドの小さな町の雰囲気といってもいい。

周辺はどっしりと落ちついた山の峰々に囲まれている。空気は薄く冷たい。物静かな町民たちである。いかなる時にも、彼女の夫が同僚たちといざこざを起こすような緊張や疑惑に煩《わずら》わされることもなかった。ところが最近かなりの攻撃的な新参者が原子物理学講座に数を増してきている。古顔の連中は地位に動揺を来たし、唐突な不安にかられていた。各大学の物理学部門、研究室は優れた若い研究者の群れに占領されかけている。ここブライアント大学でもかなり伝統が乱されていた。

ところが、アンソニー・ダグラスは内心の不安はあるにしろ、それをおくびにも出さなかった。彼は倖せそうに安楽椅子に坐り、眼を閉じ満面の笑みを浮かべていた。疲れてはいるが——平和だった。もういちど溜息をついた。今度は疲労というより愉悦からだった。

「うそじゃない」彼はぼそぼそと呟いた。「私はもうあの連中の父親といっていい歳だ。それでもかれらより何歩も先んじている。当然その要領《ロープ》も心得ている。それに——」

「ワイヤーでしょう。人を裏で操る」

「それもだ。とにかくいま着手している新しい研究は成功するだろうと考えており……」

彼の声が途切れた。

「どうしたの?」

ダグラスは椅子から上半身を起こした。その顔はにわかに蒼白となっていた。椅子の肘をしっかりと握り口をぱくぱくさせ、恐怖の表情で外を見つめていた。

窓のところにひとつの巨大な眼があった。その巨眼は部屋の内部を意味ありげに見回して、彼を吟味している様子だった。眼だけで窓一杯を占めている。

「なんてこった！」ダグラスは叫んだ。

その眼は不意に引っ込んだ。外にはただの夕闇とたそがれた丘や木立、町並みがあるだけだった。ダグラスはゆっくりと椅子に沈み込んだ。

「いったいどうしたというの？」ローラはきつい声で尋ねた。「あなたは何を見たの？　だれかが外にいたの？」


ダグラスは両手を握ったり開いたりした。唇がひきつれてゆがむ。

「実をいうとね、ビル。私はそれをこの眼ではっきり見たんだ。それは事実なんだ。それでなければわざわざ打ち明けはしない。わかってくれるね。私を信じてくれるだろうな？」

「ほかにも見た者がいるのか？」

ウイリアム・ヘンダースン教授は鉛筆を考え深げに噛みながら尋ねた。彼は夕食のテーブルの場所を空け、皿と銀食器を押し戻すとノートを拡げた。

「ローラは見たのか？」

「いや、ローラは背中を向けていた」

「何時頃の話だ？」

「三十分ほど前だ。ちょうど帰宅した時だった。六時半だったかな。靴を脱ぎほっとしたところだった」ダグラスは慄える手で額を拭った。

「それが窓にくっついていたわけじゃないのか？　他には何もなかったか？　眼——だけか？」

「眼だけだ。ひとつの巨大な眼が私を見つめていた。しげしげとね。まるで——」

「まるで何だ？」

「まるで顕微鏡でも覗いているみたいだった」

沈黙。

テーブル越しにヘンダースンの赤毛の妻が話しかけた。「あなたはかねがね厳格な経験主義者よね、ダグ。ばかばかしい趣味もないわ。でもこれは……だれも見てなかったことは不利だわ」

「もちろんその他にはだれも見ていなかった！」

「それどういう意味？」

「あの眼だけが見ていたんだ。この私を探るようにね」ダグラスの声はヒステリックに高くなった。「きみの考えを聞きたいな——ピアノなみの巨大な眼に監視されていたんだぞ！　ちくしょう、平静に対処していなかったら、発狂したところだ！」

ビル・ヘンダースンは妻と顔を見合わせた。彼は黒い髪をしたハンサムな男で、ダグラスより十歳若かった。陽気なジーン・ヘンダースンは児童心理学の講師で、しなやかな身体と豊かな胸をナイロンのブラウスとスラックスに秘めていた。

「これをどうすべきかな？」ビルは彼女に訊いた。「きみの方の専門だ」

「いや、きみの専門だよ」ダグラスが口をはさんだ。「病的妄想で片付けないでくれよ。ここに来たのはきみが生物学の権威だからだ」

「それが動物だと思うか？　巨大なナマケモノか何かと？」

「動物であることは確かだ」

「悪戯《いたずら》かも知れないわ」ジーンが示唆した。「さもなければ広告。眼科医の看板かしら。それをだれかが窓の向こうに持ってきたのかもね」

ダグラスは拳を握りしめた。「あの眼は生きていた。私を見ていた。私のことを探っていた。それから引っ込んだ。まるでレンズから離れたようにね」彼は身を震わせた。「そいつは私を調べていたんだ！」

「きみだけを？」

「私だけさ。他のだれでもない」

「それが上から見下ろしていたと確信しているのね」ジーンがいった。

「そう、見下ろしていた。その通りだ」ダグラスの顔に奇妙な表情が走った。「わかってくれるね、ジーン。そいつは天から来たみたいだった」彼は手で空を指した。

「神かも知れん」ビルはもっともらしくいった。

ダグラスは何もいわなかった。その顔は灰のように白く歯はがちがちと鳴った。

「ナンセンスよ」ジーンはいった。「神というのは無意識の力を表す心理的に超越した象徴なのよ」

「それはきみのことをとがめだてするような目付きで見ていたのかね？」ビルが訊いた。「何か悪いことでもしたという風に？」

「いや。興味をもって見ていた。それもかなりのね」ダグラスは身体を起こした。「もう帰らなくては。ローラは私が妄想にかられたと思いこんでいるようだ。だから何も話していない。彼女は科学的訓練ができていないからな。このような概念は把握できないだろう」

「そいつはわれわれにとっても耳が痛いな」ビルがいった。

ダグラスは落ちつきなく戸口へ歩いて行った。

「何かうまい説明は考えられないかな？　絶滅したはずの何か動物がまだ近くの山脈に出没しているとか」

「知っている限りではないね。もしそういう話を耳にしていれば――」

「それは見下ろしていたといったわね」ジーンが口をはさんだ。「あなたを覗くのに身をかがめなかったとすれば、それは――」彼女は考え深げに「普通の動物でもなければ地球上の生物でもないわ。私たちは観察されているのかもね」

「きみたちじゃない。私だけだ」ダグラスはみじめにいった。

「別の人類」ビルが口をはさんだ。「とは考えられないか――」

「その眼はおそらく火星から来たのだろうよ」

ダグラスは慎重に玄関のドアを開け外を窺《うかが》った。闇は深かった。かすかな風が木立を吹きすぎハイウェイに去った。彼の車は山脈を背景にした黒い広場にかすかに見えた。

「何か思いついたら、電話をくれ」

「眠る前に睡眠薬を飲んだ方がいいわ」ジーンは勧めた。「神経を鎮めるためにね」

ダグラスはポーチに出て行った。「それはいい考えだ。ありがとう」彼は首をたてに振った。

「おそらく少し頭がおかしかったんだろう。まあいい。じゃあ、さようなら」

彼は手すりをしっかりと握りながら石段を降りて行った。「おやすみ！」ビルは叫んだ。玄関のドアを閉じポーチの灯を消した。

ダグラスは注意しながら車の方に向かった。暗がりに手を伸ばし車のドアハンドルを探った。一歩、二歩。何となくばかげていた。よい歳をした大人が――実際に中年だが――この二十世紀の世の中に。三歩進んだ。

やっとドアを見つけ開くと、すばやく車内に滑りこみ、後ろ手でドアをロックした。エンジンを急いで動かしヘッドライトを点けると、静かに神に感謝した。全くばかげたことだ。あの巨眼。一種の曲芸か。

彼は心の中であれこれ考えてみた。学生の悪戯か？　人をかつぐのが好きな連中か？　共産主義者か？　自分を発狂させようという陰謀か？　彼は重要人物だった。おそらくこの国で最も貴重な原子物理学者だ。それに今度の新しい計画では……

彼はゆっくりと車を発進させ、静かなハイウェイに乗り入れた。スピードを速めながら藪や木立に注意した。

共産主義者の陰謀か。学生の一部は左翼のクラブに属している。マルクス主義者の研究グループもある。かれらが仕掛けたのかもしれないし——

ヘッドライトの光の中に何かが輝いた。ハイウェイの端に何かある。

ダグラスはじっと眼を凝らした。ハイウェイの片側の草叢《くさむら》の中に、角ばった長い塊のようなものが見える。その先は大きな暗い森になっている。それはきらきらと微光を帯びて輝いていた。彼は車のスピードを極力落として停まる寸前までにした。

路傍に落ちていたのは黄金の延べ棒だった。

信じがたいことだった。おもむろにダグラス教授は車の窓を下ろし外を覗いた。本物の黄金だろうか？　彼はから笑いをした。そんなことはあるまい。もちろん黄金は何度も見ている。それもいかにも黄金らしくは見えるが、おそらく鉛だろう。鉛のインゴットに金メッキをしたものだ。

ところで——どうしてだ？

ジョークか。悪ふざけか。大学のガキどもか。かれらはダグラスの車がヘンダースン家の方に行ったのを見て、やがて戻ってくると見当をつけたのだ。

とはいえ——それはまさしく黄金だ。金運搬車が通ったのかも知れない。カーブを速く曲がりすぎ、インゴットがずれて草叢に落ちたのだ。そういうめったにない幸運がハイウェイの端の暗がりに転がっていたのだ。

しかしその金をネコババしてしまうのは法律に触れる。それを政府に返す責任がある。ところでこの金塊を見すごしにできるか？　それを届ければ少なからぬ報償があるはずだ。多分数千ドルはかたい。

おかしな計画が一瞬頭にひらめいた。インゴットをネコババして箱に詰め飛行機で国外へ、メキシコへ送ったらどうだろう。エリック・バーンズはパイパー・カブ機を所有している。簡単にメキシコに持ち出せるはずだ。それを売って退職する。余生は倖せに送れる。

ダグラス教授は不機嫌そうに鼻を鳴らした。届け出るのが自分の義務だ。デンヴァーの鋳造局に電話し、それを知らせよう。警察署でもいい。彼は金塊の落ちている所まで車をバックさせた。エンジンを切ると、暗いハイウェイにそっと忍び出た。誠実な市民としてなすべきことがあった。誘惑や試練に克《か》って、自分が誠実であることは神のみぞ知るだ。彼は身体を曲げて車内に入ると、懐中電灯を求めてダッシュボードを手探りした。もしだれかが黄金の延べ棒を落としたのであれば、それは自分次第で……

黄金の延べ棒。そんなものがここにあるはずがない。ゆっくりと冷たい戦慄が彼を沈黙させ、心を麻痺させた。心の奥の小さな声がはっきりと理性的に彼に囁いた。黄金のインゴットを残して立ち去る者などいるだろうか？

何かが起こりつつあった。

彼は恐怖に囚われた。立ったまま凍りつき恐ろしさに慄えた。暗くひとけのないハイウェイ。静まりかえった山々。彼はひとりぼっちだった。格好の場所だ。かれらが彼を殺すつもりならば……

かれら？

何者だ？

彼は急いで周囲を見回した。十中八九は森の中に隠れている。そして彼を待ち構えている。ハイウェイを横切り道から外れ、森の中に入ってくるのを待っているのだ。彼は身をかがめ、インゴットを拾おうとした。手を伸ばした時不意の衝撃を受けた。やっぱりそうだ。

ダグラスは慌てて車に戻りエンジンをかけた。エンジンがかかるとブレーキを外した。車は前にとび出しスピードを上げた。慄える手でダグラスは必死になってハンドルを握っていた。早く逃げたかった。やつらに捕まる前にこの場を離れたかった。

ギアをトップに切りかえながら、彼は開いている窓越しに最後の一瞥を走らせた。インゴットはまだそこにあった。ハイウェイの端の暗い草叢の間に光っている。しかしそのまわりに奇妙な空虚感が漂っていた。周囲の大気には不安定な揺れがあった。

不意にインゴットが薄れて消えた。その輝きも暗闇に呑みこまれた。

ダグラスはそれを目のあたりにして恐怖の溜息を洩らした。

頭上の空では急に星がかき消えた。巨大なかたちをしたものがそこにいた。あまりの大きさに彼はよろめいた。そのかたちは肉体から遊離した円形の生きている存在で、いきなり彼の頭上へと動いてきた。

それは顔だった。巨大な宇宙的規模の顔が見下ろしていた。大きな月のように他のものを覆い隠している。その顔はしばらく意味ありげに彼の上に覆い被さっていた。それから顔はインゴットと同じく薄れ、闇に沈んだ。

星は再び輝き出した。彼はたったひとりぼっち取り残された。

ダグラスは座席にもたれた。車は狂ったように方向転換し、唸りをあげてハイウェイを下りた。両手はハンドルから滑って両脇に落ちた。彼は危うく再びハンドルをつかんだ。

もう疑いはなかった。何者かが彼を追っている。彼に狙いをつけている。しかしそれは共産主義者でもなければ、学生の悪戯者でもない。おぼろげな過去から生き永らえてきた動物でもない。

それが何であろうと、かれらが何者であろうと、地球に存在するものではない。それ――かれら――はどこか他の世界からやって来たものだ。彼を標的としてやってきたのだ。

彼だけを。

だが――どういう理由で？


ピート・バーグはじっと耳を傾けた。「それで」彼はダグラスの言葉がとぎれた時いった。

「それだけだ」ダグラスはビル・ヘンダースンの方を向いた。「私が気が違っているなんていわないでくれよ。本当に見たのだから。それは私を見下ろしていた。今度は眼だけではなく、顔全体だった」

「あの眼はその顔の一部だったと考えているの？」ジーン・ヘンダースンが尋ねた。

「そうとも。その顔はあの眼と同じ表情で、私を観察していた」

「警察を呼ぶべきじゃない」ローラ・ダグラスは細い巻き舌の声でいった。「こんなことをいつまでも放っておけないわ。たとえ彼を悩ませようとするのがだれにしろ――」

「警察は相手にしてくれないよ」ビル・ヘンダースンは行ったり来たりしながらいった。もう真夜中を過ぎている。ダグラス家の灯は煌々《こうこう》と点いていた。片隅では数学部長ミルトン・エリックが丸くなって坐り、一部始終をじっと聞き入りながらも無表情な顔をしていた。

「確かなことは」エリック教授は黄ばんだ歯の間からパイプを抜き出すと静かにいった。「それが地球の生物ではないことだ。そのサイズ、位置、いずれも地球外のものであることを示している」

「でも空中に立っているなんてできやしないわ！」ジーンが反駁《はんばく》した。「あそこには何もないわ！」

「われわれとは縁もゆかりもない他の天体のものかもしれん。宇宙には無限多様の共存体があり、現時点では全く説明を絶する座標面に横たわっている。ある異常な接面の並置《へいち》のために、われわれはこの瞬間も他の天体の一つと接触しているのだ」

「彼のいうのはね」ビル・ヘンダースンが注釈した。「ダグを追いかけているのは、この宇宙に属するものではない。全く別の次元からやってきたものだということだ」

「あの顔は揺れていた」ダグラスは呟いた。「黄金も顔も揺れて消えていった」

「引き揚げたんだ」エリックがはっきりいった。「自分たちの宇宙に戻ったんだ。かれらは自由自在にわれわれの星への出入口を持っている。いわば穴のようなものだ。そこから出入りしているんだ」

「それは残念ね」とジーン。「かれらは途方もなく大きいのでしょう。もっと小さかったら——」

「大きいことはかれらの利点だ」エリックは認めた。「こちらにとって不幸な状況さ」

「学問的論争などまっぴらよ！」ローラはいきりたってわめいた。「ここに坐ってあれこれ理屈を並べているけど、その間もかれらは彼をつけ狙っているのよ！」

「これは神の説明になるかもしれないな」ビルがぽっつりといった。

「神の？」

ビルは頷いた。「わからないか？　過去にかれらは全く別の世界からわれわれの宇宙を見てきた。降臨してきたことさえあるのかもしれない。昔の人々はかれらを見たが理解できなかった。そこでかれらを囲んで宗教を作り崇拝してきた」

「オリンポス山ね」ジーンはいった。「そしてモーゼはシナイ山頂で神に会った。私たちはロッキー山脈の高地に住んでいるわ。多分接触は高い場所に来た時だけなのね。ここみたいな山脈の中とか」

「チベット人の僧侶は世界でも最高の山岳地に住んでいる」ビルはつけ加えた。「あの全地域は世界でも最高、最古の場所だ。あらゆる偉大な宗教は山地で啓示されてきた。神に出会った人々によってもたらされ、その言葉は伝えられたんだ」

「私にはわからないわ」ローラがいった。「かれらがダグラスを狙っている理由よ」彼女はどうしようもないという風に両手を拡げた。「どうして他の人ではないの？　彼を選んだわけは何かしら？」

ビルは顔を硬ばらせた。「それは非常にはっきりしているよ」

「説明してくれ」エリックは穏やかにいった。

「どうしてダグか？　それは彼が世界でも第一線の原子物理学者だからだ。核分裂の極秘プロジェクトに従事しており、研究を促進させた。政府はブライアント大学で行われている一切の研究を保証している――それはダグラスがここにいるからだ」

「それで？」

「彼の才能が狙われているんだ。その知識は相当なものだからな。この宇宙とかれらの規模との関係で、われわれが生物実験所で――そう、有肺類動物の八連菌の培養をしているように、かれらは慎重に精査して、われわれの生活を支配しようとしているのではないか。といっても、かれらが文化的にわれわれより進歩しているという意味ではないがね」

「当たり前だ！」ピート・バーグは叫んだ。「かれらはダグラスの知識を目当てにしている。彼を誘拐して、その知能を自分たちの文化のために使おうとしているんだ」

「寄生体だわ！」ジーンは息を呑んだ。「かれらはいつも私たちに寄生してきたのよ。わからない？　過去にも神隠しにあった人々がいるでしょう。みんなかれらに拉致されたのよ」彼女は身を慄わせた。「われわれをおそらく一種の試金石と見なしているのよ。技術や知識を苦労して発展させ――かれらの利益のためにね」

ダグラスは発言しようとしたが言葉が口から出てこなかった。椅子に硬くなって坐ったまま首を回した。

戸外の家の向こうの暗がりでだれかが彼の名を呼んでいた。

彼は立ち上がりドアの方に行った。みんなが驚いたように彼を見守った。

「どうしたんだ?」ビルが尋ねた。「何かあったのか、ダグ?」

ローラは彼の腕をつかんだ。「どうかしたの? 気分でも悪いの? なんとかいってよ! ダグったら!」

ダグラス教授はその手を振り切ると玄関のドアを開けた。彼はポーチに出た。淡い月が出ている。ほのかな光があたりを照らしている。

「ダグラス教授!」声がまた聞こえた。甘くフレッシュな女性の声だ。

ポーチの石段の下に月光を浴びてはっきりと輪郭を見せ一人の女性が立っていた。金髪で歳の頃二十歳ぐらい、チェックのスカート、薄いアンゴラのセーター、シルクのネッカチーフを首に巻いている。彼女は心配そうに彼に手を振っている。その小さな顔は訴えるような表情をしていた。

「教授、少しお時間はありませんか? 恐ろしいことが起こって……」彼女がおどおどと家から離れて行くにつれ、その声は消えていった。

「何のことだ?」彼は大声をあげた。

彼女の声がほとんど聞こえなくなった。すでに歩み去っていた。

ダグラスはどうすべきか迷った。ためらった後急いで石段を駆け降りると、彼女の後を追った。彼女は両手をもみしぼり唇を絶望のためにゆがめ、彼から身を引いていった。セーターの下で彼女の胸は恐怖の苦悩に上下した。その慄えは月光にくっきりと刻みこまれていた。

「どうしたんだ?」ダグラスは叫んだ。「何が起こったんだ?」彼は肚立たしさを感じながら彼女を追った。「ちくしょう、待て!」

女は依然として逃げ続け、彼は引き寄せられるように次第に家から遠ざかって行った。そして大きな緑の芝生の敷地、学校の校庭へと入って行った。ダグラスはほとほと困惑していた。あの女め! どうして待ってくれないのだ?

「ちょっと待て!」彼は女の背後から叫んだ。暗い芝生に入りこみ息を切らしていた。「おまえは何者だ? いったい何のために――」

閃光《せんこう》が走った。めくるめく稲妻が彼の背後に激しい音と共に落下した。わずか数フィート離れた芝生を焦がし煙を立ち上らせた。

ダグラスは立ちすくみ呆然とした。次の稲妻が閃いた。彼の目の前に落ちた。熱波で彼はたじろいだ。よろめき危うく倒れかける。女は急に立ち止まった。静かに身じろぎもせず立ち、その顔は無表情だった。特殊な蠟細工《ろうざいく》を思わせる。彼女は全く突然に生命を失ったようになった。

しかし彼にはそれを考える余裕さえなかった。ダグラスはきびすを返し家の方に戻りかけた。第三の稲妻がその目の前に落ちた。彼は右に逃げ塀に近い茂みにとびこんだ。転がり息を切らせながら、家のコンクリートの塀に身体を押しつけ、できるだけ身体を硬くして逃れようとした。

不意に頭上の星空にちらちら光るものが現れた。かすかな動きがあった。それから消えた。彼は独りだった。稲妻も途絶えた。そして――

あの女性もいなかった。

おとり。彼を家からおびき出す巧みな人間の複製か。そして彼が外に出たところを狙撃する。彼は慄えながら立ち上がった。そしてじりじりと家の側面を回りこんだ。ビル、ローラ、バーグがポーチにいた。声高に話しながら、彼の方を見ていた。車寄せには駐めておいた彼の車があった。そこまで行かれれば――

彼は空を見上げた。星だけだった。かれらの影もない。車に乗り発進させハイウェイを下り、山地から離れてデンヴァーに行けば。そこは低地だし多分安全だ。

彼は慄えながら深呼吸した。車まであと十ヤード。あと三十フィート。いったん車に乗りさえすれば――

彼は懸命に走った。小径を抜け車寄せに沿って。ドアをつかんで開けると車内にとびこんだ。一気にスイッチを入れブレーキを外した。

車は滑り出した。エンジンが唸った。ダグラスは夢中でアクセルを踏みこんだ。車はとび出した。ポーチでローラが金切り声をあげた。そして石段を駆け降りてきた。彼女の叫びも、ビルの驚きの声も、エンジンの咆哮《ほうこう》にかき消された。

一分後、彼はハイウェイにいた。町から遠ざかり、長くカーブした道路をデンヴァーに向かって走っていた。

デンヴァーに着いたらローラに電話することもできる。彼女をそこまで呼んでもいい。東部へ行く汽車にも乗れる。ブライアント大学などくそくらえ。自分の生命が危ないのだ。彼は夜通しぶっ続けに車を走らせた。太陽が出てゆっくりと空に昇った。車の数もだんだんとふえてきた。ゆっくりと走っているじゃまなディーゼルトラックを二台追い越した。

少し気分もよくなりはじめた。山脈ははるか後方にあった。かれらとの距離もかなり開いた……

暖かい昼間になると気分も回復した。この地方には何百という大学や研究所が点在している。どこか他の場所で研究を続けることはたやすい。もうかれらも自分を捕らえることはできまい。すでに山地から離れてしまったのだから。

彼は車の速力を落とした。ガソリンゲージがゼロに近い。道路の右側にガソリンスタンドと小さなカフェがあった。カフェを見て、ダグラスはまだ朝食をとっていないことに気づいた。胃はぐうぐういっている。カフェの前には二台の車が駐まっていた。カウンターには数人が腰を下ろしている。彼はハイウェイを外れると、ガソリンスタンドに近づいて行った。

「満タンにしてくれ！」彼は給油係にいった。そしてギアを入れたまま熱い砂利道に出た。口につばがたまる。ハムと湯気の立つブラックコーヒーを添えた皿一杯のホットケーキ……

「車をここに駐めていいか？」

「車を？」白衣の給油係はキャップを外しタンクを充《みた》しはじめた。「どういうことで？」

「満タンにしておいてくれ。車はおいて行く。ちょっとそこに行ってくる。朝食をとりたいんだ」

「朝食？」

ダグラスは当惑した。この男はどうかしているのか？　彼はカフェを指さした。トラック運転手が網戸を開け階段に立って歯をせせっている。店内ではウエイトレスが忙しそうに行き来していた。コーヒーの香り、鉄板焼きのベーコンの匂いが鼻を打つ。ジューク・ボックスのきんきんする音がかすかに流れてくる。暖かく懐かしい音だ。「カフェだ」

給油係がガソリン注入を止めた。ホースをゆっくりとおくとダグラスの方を向いた。その顔に奇妙な表情が表れている。「カフェだって？」彼はいった。

そのカフェは揺れると急に消えた。ダグラスは危うく悲鳴をあげるところだった。カフェのあった所はただの空地だった。

緑褐色の草が生え、錆《さ》びた空缶や瓶が転がっている。あとは瓦礫《がれき》。倒れかけた柵。はるか彼方に山脈の稜線《りょうせん》が見える。

ダグラスはかろうじて身体を支えた。「少し疲れているんだ」彼は呟いた。そしてよろめきながら車に戻った。「いくらだ？」

「まだ入れはじめたばかりで――」

「ほら」ダグラスは金を差し出した。「そこをどいてくれ」彼はエンジンをかけ呆れ顔で見送る給油係を残して、ハイウェイにとび出して行った。

やつらはここまで来ていた。身近に迫っていたのだ。あれは罠だった。そこに危うく足を踏み入れるところだった。

しかし彼の心胆を寒からしめたのは、その接近ではなかった。もう高地から大分離れたのに、まだかれらが自分の前に出現するという事実だった。

事態はちっともよくなっていなかった。昨夜の状況と全く変わりない。やつらはいたるところに出没している。

車はスピードを上げハイウェイを走った。デンヴァーにだんだん近くなった。しかしそれが何だ？　何の変わりもないではないか。これでは死の谷で穴を掘って隠れても安全とはいえない。かれらは相変わらずつけてくる。決してあきらめようとはしない。そのことははっきりしている。

彼は頭をふりしぼった。何とかしなくては、逃れる方法を考えなければならない。

文化寄生体。人類を餌にし、その知識や発見を自分たちのものにしている種族。ビルがいったのはそれではなかったのか？　かれらが狙っているのは、彼のノウハウ、ユニークな才能、原子物理学の知識なのだ。その優れた能力と習練ゆえに、彼は大衆の中から選び出され、引き離されたのだ。彼を捕らえるまでかれらは追い続けるだろう。そしてその後――どうするのか？

彼は恐怖にかられた。黄金のインゴット。おとり。本物そっくりの女性。カフェの連中。食物の匂いさえあった。ベーコンのフライ。湯気の立つコーヒー。

ちくしょう。自分が技術も特殊才能もない普通の人間だったとしたら、もし仮に――

いきなりバーンという音がした。車が突然一方に傾いた。ダグラスは口汚く罵った。パンクだ。よりによってこんな時に……

めったにないことなのに。

ダグラスは車を道端に持って行き、停めた。エンジンを切るとブレーキをかけた。しばらく黙然と坐っていた。やがて上着を探ると潰れたタバコの袋を取り出した。おもむろに火をつけ、それから窓を開け空気を入れた。

彼は罠にはまったのだ。手も足も出ない。パンクは明らかに仕組まれたものだ。路上に何かがまき散らされていたのだ。おそらく鋲だ。

ハイウェイは閑散としていた。車も視界になかった。彼は町境でたった一人だった。デンヴァーは三十マイル先にある。そこまで行けるチャンスはない。周囲には何もなかった。どこまでも高低のない土地、ひとけのまるでない平原だった。

平らな大地と青い空のほかは何もなかった。

ダグラスはじっと見上げた。彼にはかれらは見えない。しかしかれらはそこにいる。彼が車から出てくるのを待っている。彼の知識、能力は異星文化に利用されようとしている。かれらの手中の道具となろうとしている。彼の学んだことはすべてかれらのものとなる。奴隷以外の何者でもない。

それでも多少は敬意を表しているところがある。全体の社会の中から彼だけが選ばれたのだから。その技能や知識はずばぬけていた。頰にかすかに赤みが射してきた。多分かれらはある期間、彼を観察していたのだ。あの巨眼が望遠鏡であろうと、顕微鏡であろうと、いかなるものであろうが、それを通してたびたびこちらを眺めていたのはたしかだ。彼の能力を見極め、それがかれらの文化に役立つものだと覚《さと》ったのだ。

ダグラスは車のドアを開け熱い舗道に足を踏み出した。煙草を捨てると足で静かに押し潰した。深呼吸をして身体を伸ばしあくびをした。鋲が見えた。舗道の表面にきらきら光っている。前輪のタイヤが両方ともパンクしていた。

頭上で何かが光った。ダグラスは静かに待った。いまやとうとうやってきたのだ。彼はもう肚を決めていた。それを一種の超然たる好奇心で見守っていた。何かが大きくなっていった。それは彼の頭上で拡がり、盛り上がり、伸びていった。しばらくそれは逡巡し、それから降りて来た。

ダグラスは巨大な宇宙網《ネット》が取り巻く中で平然と立っていた。網が上がるにつれ糸が締めつけてきた。彼は持ち上げられ空に向かった。しかし彼は平然とゆったりしていた。もはや恐怖はなかった。

どうして恐怖を感じないのだろう？　彼はどうせ日常の同じ仕事を沢山やるだけのことだろ

う。ローラや大学はもちろん、才能ある人々との知的交際、眼を輝かせた学生たちにももう会えなくなるだろう。だが彼は別の世界の人々とつき合うようになろう。意思を通じ合えるような訓練された心の持ち主たちと。

網は次第に早く引き揚げられて行った。地表はみるみる遠ざかった。地球はだんだんと小さくなり、平面は球体となった。ダグラスは専門的興味でそれを見つめていた。彼の頭上、網のからみ合った糸の彼方に、向かいつつある別の宇宙、新しい世界の輪郭が見えてきた。かたち。二つの巨大なかたちがうずくまっている。二つの信じがたいほど大きなかたちは覗きこむように身をかがめている。その一方が網を引いていた。もう一方は手に何かを持ち見守っている。そこの景観はダグラスには理解できぬほど広大でおぼろげなかたちをしている。

『やれやれ苦労したな』一方の考えが伝わってきた。

『それだけの価値はある』もう一方の生きものが考えた。

かれらの考えは彼に轟《とどろ》いて聞こえた。巨大な頭から生まれた強力な思考だ。

『おれは正しかったぞ。いまだかつてない大物だ。掘り出しものだ!』

『二十四レイゲッツの重量は充分あるな!』

『やっと仕留めたぞ!』

突然ダグラスは落ちつきを失った。冷たい恐怖が頭に閃いた。かれらは何を話題にしているのか? それは何を意味しているのか?

ところがその時、彼は網から放り出された。そして落ちて行った。何かが彼を待ちかまえていた。平らな輝く表面をしている。何だろう？

奇妙なことに、それはフライパンそっくりに見えた。

おせっかいやき

Meddler

かれらはその大きな部屋に入った。向こうの隅では技術者たちが巨大な照明台のまわりを右往左往している。複雑な光彩のパターンがめまぐるしく変化し、無限とも思えるコンビネーションを織りなしていくのを注視していた。長い机上にはさまざまの機器が音を立てて作動している——自動コンピュータ、人間の操作する機器、ロボット。壁面を一分の隙もなくびっしり覆った図表《チャート》。ヘイスンは驚きを込めて周囲を見回した。

ウッドは笑い声をたてた。「こっちへ来いよ。きみにぜひ見せたいものがある。これが何だかわかるか？」白い実験用着衣をまとった口数の少ない男女に囲まれた大きな機械を指さした。

「わかるとも」ヘイスンはおもむろにいった。「自家用のディップ（タイムマシンの一種）のようなものだろう。まあそれより二十倍は大きいが。何を狙っているんだい？　それもいつの時代を？」彼はディップの外殻を指で触れた。それから屈みこみ内部を覗きこんだ。内部は固く閉ざされている。ディップは作動中だった。「これをどう利用したらいいかといえば、歴史探究が——」

「その通りだ」ウッドは彼の脇に屈んだ。「なあ、ヘイスン、きみはこの部屋に入った最初の部外者だ。あの警備員を見たろう。当局の許可なしには何者も立入禁止だ。法を破って侵入した者は警備員が殺してもかまわないんだ」

「これを隠すためにかい？　この機械を？　きみは撃つことを——」

かれらは立ち上がり、ウッドはヘイスンと向かい合い顎を引きしめた。

「きみのディップは古代を探究する。ローマやギリシア。塵埃《じんあい》と古物の山をな」ウッドはそばの大きなディップに手を触れた。「このディップは違う。われわれ、いやみんなが生命を賭けて守っているんだ。その理由がわかるか?」

ヘイスンはじっとそれを見つめた。

「このディップは固定されているんだ。古代へではなく未来へね」ウッドはヘイスンの顔から目をそらさなかった。「わかるかい? 未来だ」

「未来を探っているって? そんなことは無理だ。法律で禁じられている。知っての上か!」ヘイスンはあとずさりした。「幹部評議会がこれを知ったら、この建物を解体してしまうだろうな。極めて危険な仕事だ。ベルコウスキー自らがその独創的論文の中で証明している」

ヘイスンは苛々と歩き回った。

「未来指向のディップを使うきみの気が知れない。未来から物質を移動させることは、必然的に新しい要因を現在に持ち込むことになる。未来を変えるということは――決して終わることのない変移を起こすことになるぞ。未来を探ればそれだけ多くの新しい要因がもたらされる。きみは来るべき世紀に不安定な状態を生じさせようというのか。そういうことを止めるために法律が作られたのだ」

ウッドはうなずいた。「わかっている」

「それなのにまだディップを作動させるのか?」ヘイスンは機械や技師の方を向いて身ぶり

で示した。「やめろ、頼む！　取り返しのつかない破壊的要因を持ち込む前にやめるんだ。どうしてきみはいつまでも――」

ウッドは急にがっくりとした。

「わかったよ、ヘイスン、講義はたくさんだ。もう手遅れだ。すでに始まっているんだ。破壊的要因は最初の実験で持ち込まれている。それは承知の上のことだった……」彼は目を上げた。

「きみにここへ来てもらった訳はそのことなんだ。坐りたまえ、一部始終を説明するから」


二人はデスクをはさんで向かい合った。ウッドは腕を組んだ。

「私はそれをきちんとしておきたいのだ。きみは歴史探究のエキスパートと考えられている。タイムディップの使い方にしても常人以上に練達している。だからこそわれわれの仕事、この非合法な仕事を見せたのだ」

「それでもうトラブルに巻き込まれているのか？」

「かなりのね。それに干渉しようとしたさまざまな試みは却って事態を悪くしている。これを何とかしないと、われわれは歴史上最も非難されるべき組織ということになってしまう」

「最初から順を追って話してもらえないか」ヘイスンはいった。

「ディップは政治科学評議会で認可された。かれらはその決定の結果を知りたがった。最初われわれは反対し、ベルコウスキー理論を伝えた。しかしその着想は知っての通り、人の注意を惹く。われわれもお手上げとなり、ディップは建造された――もちろん秘密裡《ひみつり》にだ。

最初の探究は一年後の未来に設定された。ベルコウスキー要因に対して自分たちを守るために口実を設けた。実際に何も持ち帰らなかった。このディップは何も拾い上げないよう調整されている。物質をすくい上げるようなことはない。ただ高い所から写真を撮ってくるだけだ。そのフィルムは戻ってきたので、引き伸ばし、その状況を形象化しようとした。

結果は初め上々だった。戦争もなく、町は発展し、非常に良好に見えた。拡大した街頭風景には大勢の人々が写っており、明らかに満足感を浮かべていた。歩調も少しゆっくりしていた。

それから次に五十年後に行ってみた。一段と良くなっている。都市は減少傾向にあり、人々はそれほど機械に依存しなくなっていた。草木や公園が増え、生活環境、平和、幸福感は変わらず、余暇が増加した。ばかげた浪費やせかせかしたところが減っていた。

そこでさらに未来に向かって飛び続けた。もちろんこうした間接的観察方法では確認することはできないが、すべてうまくいっているように見えた。その情報は評議会に流した。かれらは自分たちの樹《た》てた計画を進めた。そのうちとんでもないことが起こった」

「何があったのか正確に話してくれないか?」ヘイスンは身を乗り出した。

「すでに撮影した約百年後の未来を再訪問してみようということになった。そこでディップを送りこみフィルムをすっかり回収した。それを現像し映写してみた」ウッドは一息入れた。

「それで?」

「この前と同じではなかった。全く違っていた。すっかり変貌していた。いたるところで戦争と破壊が行われていた」ウッドは身を慄わせた。「みんな身の毛もよだつ思いだった。それを確認するために、直ちにディップを送り返した」

「それで今度は何を見つけたのだ?」

ウッドは拳を握りしめた。

「また変わっていた。しかも悪い方にだ! 廃墟、それも広大な廃墟だった。人々はあてもなくうろついていた。いたるところ廃墟と死だった。鉱滓《スラグ》の山。戦火の果ての終局だった」

「そうか」ヘイスンはそういうとうなずいた。

「それだけではないんだ! そのニュースを評議会に伝えた。かれらはすべての議題を棚上げにして、一週間ぶっ続けの会議を開いた。われわれの報告をもとにして樹てた計画をひっこめ、あらゆる法規を破棄した。それから一カ月後、評議会からの連絡があった。もういちど繰り返すよう要請された。ディップを同じ時代に送りこめと。われわれは拒否した。ところがかれらも強硬だった。その言い分はもっともだった。

そこでディップを再度送りこんだ。戻ってくると早速フィルムを映写してみた。そこには戦争よりもさらに悪い情景が写っていた。その時われわれが見たものは、君とて信じたくはないだろう。人間の生活がまるでなかった。人間がついぞ一人も見られなかった」

「全部が破壊されたのか?」

「いや違う! 町は大きく、整備されており、道路、田畑、湖、建物にも破壊の跡はない。それなのに人間がいない。町はからっぽ、機械は機能的でありながら、どの機械装置にも人間の手が触れた様子がない。生きている人間が見受けられなかった」

「どうしてだ?」

「そこでディップをさらに五十年先に送ってみた。だれもいない。そのたびごとに何も見られなかった。町や建物はそのままなのに人間がいない。悪疫か、放射能か、何かわれわれの知らないもので全滅したのだ。何かが人類を殺したのだ。それはどこから来たのか? なんともいえない。初めはそうではなかった。最初の探査の時はそこには存在しなかった。

ともかくわれわれは破壊的要因を持ち込んだ。われわれの干渉でもたらされたものだ。スタートした時は存在しなかった。われわれのせいでそうなったのだ、ヘイスン」ウッドはじっと彼を見つめた。その顔は蒼白で血の気が失せていた。「とにかくそういう結果になってしまった。いまとなっては、それが何かを見つけ、排除するしか方法はない」

「どうやって実行するんだ?」

「人間の偵察員を未来に送りこめるタイムカーを作り上げた。その原因を確認するために人間を送りこもうと思っている。撮影だけでは不十分だ。もっと知りたいことがある。それが最初に現われたのはいつか? どのようにしてか? 最初の徴候は何だったか? その正体は? それを知りさえすれば除去できる可能性はある。その要因を追跡し排除する。だれかが未来へ行き、それが何であるかを見つけるしかない。それが唯一の方法なんだ」

ウッドは立ち上がり、ヘイスンもそれに倣《なら》った。

「きみこそそれにふさわしい人間だ」ウッドはいった。「きみがやるべきだ。他にはきみほどの適任者はいない。タイムカーは外の広場で厳重に保管されている」

ウッドが合図すると、二人の兵士がデスクの方にやって来た。

「お呼びですか?」

「一緒に来てくれ」ウッドはいった。「これから広場に行く。後をつけてくる者がいないかよく見張れ」彼はヘイスンの方を向き直っていった。「いいかい?」

ヘイスンはためらった。「待ってくれ。きみの仕事をよく調べ、どうなっているのか勉強したい。タイムカーも改めたい。さもないと私――」

二人の兵士はにじり寄ってウッドの指示を待った。ウッドはヘイスンの肩に手を置いた。

「すまん。もう余裕がないんだ。一緒に来てくれ」


周囲の暗黒が動き、渦を巻いてヘイスンに押し寄せ引いていった。彼は制御盤《コントロールズ》の前のスツールに坐り顔の汗を拭った。タイムカーは作動し、彼は未来に向かう途中だった。この先良くなるのか、悪くなるのか。

ウッドは先ほど手短にタイムカー操作の概要を説明した。指示しながら制御装置をセットし、金属ドアを背後から音を立てて閉めた。

ヘイスンはあたりを見回した。球体内部は冷えびえとしていた。しばらく作動しているダイアルを見ているうちに、寒さで居心地が悪くなった。彼は備品ロッカーに行きドアを開けた。そこから厚いジャケットとフラッシュガンを取り出した。その銃をしばらく手にして改めた。

ロッカーにはあらゆる種類の道具と備品が揃っている。銃を脇に置いた時、足下のしゅっというくぐもった音が突然停止した。恐怖の一瞬、彼の身体は宙に浮きあてもなく漂い出すような気がした。やがてその感覚も治まった。

陽光が舷窓《げんそう》越しに入り、床に拡がっている。彼は照明灯を消し外部を見るため窓辺に寄った。ウッドは制御装置を百年後にセットしてあった。彼は緊張しながら窓の外を見た。

花や草の茂る牧草地で、起伏しながら遠くまで続いている。青い空、漂う雲。動物が遠くの方で草を食《は》み、あるいは樹陰に休んでいる。彼は戸口へ行きドアを開くと足を踏み出した。暖かな陽の光を浴びほんのひととき良い気分になった。いま向こうに見える動物は牛だった。

彼は手を腰に当てしばらくドアのそばに佇んでいた。悪疫《あくえき》はバクテリアによるものではなかったか？　それとも空気伝染か？　もっとも原因が悪疫によるものだとしたらの話だが。手を伸ばすと肩口に保護用ヘルメットが触れた。これは着けておいた方がいい。

彼は内部に戻るとロッカーから銃を取り出した。そしてこの球体の出入口に引き返し、出かけている間、球体を密閉しておけるようドアロックを改めた。彼は牧草地に足を踏み出した。ドアを閉めるとあたりを見回した。やがて早足で歩き出し、半マイルほど先の長く連なる丘の頂上に向かった。歩きながらもしも道に迷った時、金属球体タイムカーまで案内してくれるはずの手首にはめたクリックバンドを調べた。

彼は牛の方に行き樹陰を通りかかった。牛は起き上がり彼から遠ざかっていった。ふとぞくっとするものに気づいた。牛の乳房は小さく縮んでいる。牛飼いも見えない。

頂上に達すると立ち止まり腰から双眼鏡を取り上げた。土地は何マイルにもわたってすっかり疲弊《ひへい》し、目途の続く限り波のようにうねる干枯びた緑の野には、人手を加えたような跡はまるでない。他に何もないのだろうか？　彼はぐるりと地平線をなめるように見回した。

思わず緊張し双眼鏡の照準を調整した。左前方のはずれ視界ぎりぎりのところに、ぼんやりと町の建物が垂直にそびえ立っていた。彼は双眼鏡を下げ重いブーツをぐいと引き上げた。そして大股で丘の向こうに歩き出した。長い道のりだった。

三十分も歩かぬうちにヘイスンは蝶の群れを見つけた。数ヤード先にいきなり現われると陽光の中にひらひらと舞った。彼は立ち止まって休み、それを眺めた。蝶は赤と青に黄と緑を散らした極彩色だった。これほどの巨大な蝶は初めて目にするものだった。おそらく動物園にいたものだろう。人類が去った後、動物園から逃げ野生に育ったのだ。蝶群は空中高く舞い上がった。彼には目もくれずひらひらと遠くの町の建物へと飛んで行った。あっという間に蝶は去った。

ヘイスンは再び歩き出した。蝶、草、樹陰の牛のいる環境の下で、人類が死に絶えたなどとは想像も及ばない。こんな静かな美しい世界が人類抜きで残されているなんて！

不意に残った蝶の一匹が、彼の顔すれすれに草叢から舞い上がった。彼は思わず手を伸ばすとそれを叩いた。蝶は手にぶつかった。彼は笑い出した――

手の痛みで気分が悪くなり、身体を二つ折りにして膝をつくと、あえぎ、吐き気を催した。

仰向けにころがり身体を曲げると地面に顔を埋《うず》めた。腕が痛みずきずきした。頭はふらつき眼を閉じた。

ヘイスンがやっと身を起こした頃には、蝶はもう飛び去っており跡かたもなかった。

彼はしばらく草の上に横たわっていた。それからゆっくりと起きると慄えながら立ち上がった。シャツを脱ぎ、手と手首を改めた。皮膚は黒ずんで硬ばり、すでに脹れ上がっている。それを一瞥してから遠くの町に目をやった。蝶はそちらに飛び去っていた……

彼はタイムカーへの帰途についた。

ヘイスンが球体に戻ったのは太陽が沈み夕闇の迫る頃だった。触れるとドアはなめらかに開き、彼は中に入った。救急箱から軟膏《なんこう》を取り出し指と腕に塗り、スツールに腰かけじっと考えながら腕を見つめた。たまたま小さな毒針に刺されただけの話だ。蝶は気づきもしなかった。もしもあの群れが――

陽が完全に暮れ、球体の外が真っ暗闇になるまで、彼は待った。夜になれば蜜蜂や蝶は姿を消す。そのくらいのことはわかっていた。彼はチャンスを待った。腕にはまだ鈍痛《どんつう》が残り、絶えずずきずきした。軟膏はあまり効かなかった。彼はめまいがし口中は熱っぽかった。

外に出る前にロッカーを開け、入っているものを全部取り出した。フラッシュガンを点検し脇に置いた。すぐに欲しいものが見つかった。ガスバーナーと懐中電灯だった。あとのものはロッカーに戻し立ち上がった。さて用意は整った――それが適切な表現であるならばだが。いつものように準備はした。

彼は暗闇に出ると懐中電灯を点けた。早足で歩きだした。暗く寂しい夜だった。ほんのわずかな星が頭上に輝いている。彼の灯は唯一の地上の灯だった。丘を越え向こうに降りて行った。木立がぼんやりと浮かび上がる。やがて彼は平原に出た。懐中電灯の光で町の方に向かっているのがわかった。


町に着いた時、彼は疲れ果てていた。長い道のりだ。息を切らしかけていた。巨大な影みたいな町の外郭が浮かび上がった。上部は闇に溶けている。大きな町ではなかった。しかしそのデザインはヘイスンにとって異質なものだった。建物は垂直で細長かった。やがてそれにも慣れてきた。

町の門を潜った。街路の舗道には草が伸びている。彼は立ち止まると足下を見た。雑草がいたるところにはびこっている。骨組だけの建物の隅には、骨や屑《くず》が積み重なっている。彼は細長いビルの脇をライトを照らしながら進んだ。足音がうつろにこだました。自分の懐中電灯のほか全く光はない。

建物はまばらになってきた。まもなく蔓《つる》や蔦《つた》が鬱蒼《うっそう》と茂る大広場に入った。向こうの端に抜群の大きなビルがあった。ひとけのまるでない荒れ果てた広場をライトで隅々まで照らしながら歩いて行った。ずぶずぶと半ば潜ってしまう足を引き上げながらコンクリート広場に出た。突然足を停めた。右手にもうひとつビルがそびえているのが注意を惹いた。心臓が高鳴った。

ライトを向けると、戸口の上部のアーチに巧みに彫った文字が浮かんだ。

〈文　庫〉

これこそ彼の求めていたもの、図書館だった。階段を昇ると暗い入口に向かった。足下に踏み板があった。入口に着くと、目の前に金属把手《とって》付きの大きな木造の扉があった。把手をつかむと扉は手前に倒れかかり、大音響を立てて崩れると、階段をころげ落ちて暗闇に消えた。腐臭と塵埃とで息が詰まった。

彼は屋内に入って行った。静かな廊下を歩いて行くと、蜘蛛の巣がヘルメットにからまる。適当に部屋を選んで入った。ここにも塵埃と灰色の骨片がうず高く積もっている。低いテーブルや棚が壁に沿って並んでいた。書棚に寄ると本をひとつかみ取り出した。それらは手中でがさがさと崩れ、細片となってしまった。紙片の雨が降りそそいだ。自分の時代からわずか一世紀しか経っていないのに？

ヘイスンはテーブルのひとつに腰を下ろし、保存度のよい書物の一冊を選んで開いた。その文字は彼の全く知らない言語だった。彼の知っているロマンス語は人工的なものである。次々と頁を繰《く》った。やがて彼は適当にひとつかみの本を取ると扉の方に戻って行った。突然心が踊った。急いで壁の方に行った。手が震える。新聞だ。

脆《もろ》く崩れやすい紙を慎重に扱い、灯の方に持って行った。もちろんそれも同じ言語だった。線が太く黒い活字の見出しだ。新聞の何枚かを束ねてやっと巻き、それを本の荷物に加えた。それから扉を抜け廊下に出て、元来た道を戻って行った。

階段を降りた時、冷たく新鮮な空気が吹き鼻がじんじんした。広場の周辺にそびえている建物の外郭を見回した。やがて歩き出すと広場を横切り慎重に元来た道を辿った。町の門まで来るとすぐ外に出た。再び平原をタイムカーへと向かって歩いた。

長いことうつむきながらとぼとぼと歩いた。とうとう疲労のあまり足を停めると、身体がふらつき呼吸がせわしなかった。彼は荷物の上に坐り、あたりを見回した。遠くの地平線の端に長い灰色の光条が現われている。彼が歩いているうちにいつの間にか出てきたものだ。夜明けだ。太陽が昇ろうとしている。

冷たい風が吹き、渦を巻いて彼に襲いかかってくる。しだいに明るさを帯びてきた灰色の光の中で、樹木や丘陵がかたちを作りはじめていた。それはしっかりとゆるぎない輪郭である。彼は町の方を向いた。荒涼としてはかなくひとけのない建物の煙突がそびえている。煙突や尖塔を染める一日の最初の光の色にはうっとりとした。やがてその色は薄れ、流れる霧が彼と町の間を分けた。いきなり彼は屈むと荷物をつかみ上げた。歩き出すとできる限り急いだ。冷たい恐怖が体中を走り抜けた。

町から黒いしみのようなものが空に飛び上がると舞っていた。

大分経ってからヘイスンはふり返った。しみはまだそこにあった――しかし大きくなっていた。それはもう黒くはなかった。朝の明るい光の中で、そのしみは極彩色に光りはじめた。彼は足を早めた。丘を下り登った。ちょっと一息入れるとクリックバンドを捻った。カチカチという音が大きく聞こえた。球体からはそれほど遠くなかった。腕を振るとその音は大きくなったり小さくなったりした。右側の方向だ。汗を拭って歩き続けた。

数分後、彼は山稜から見下ろしていた。草の上に静かに休んでいる輝く球体が見えた。夜空からの冷たい露に濡れていた。タイムカーだ。彼はすべったり駆けたりしながら丘をそちらの方に下りて行った。

肩でドアを押し開けた時、蝶の最初の一群が丘の上に現われ、静かにこちらへとやってきた。ドアを閉め、腕に抱えた本をおろし筋肉を折り曲げた。手はずきずきときつい痛みで燃えるようだった。ぐずぐずしてはいられなかった――急いで舷窓に寄ると外を覗いた。蝶は一斉に球体の方に押し寄せ頭上で色鮮やかに飛び回っている。そのうち球体に群がって降り、窓も塞いだ。いきなり視界が蝶の輝く柔らかな肉質で覆われた。その翅が表面を叩いた。彼は聞き耳を立てた。四方八方からくぐもった反響音が聞こえてくる。蝶群が窓を覆い隠すにつれ、球体の内部はしだいに暗くなった。彼は人工灯を点けた。

時は過ぎて行った。どうしてよいかわからないまま持ってきた新聞を調べた。戻るか？　進むか？　五十年かそこいら先の時代に跳んだ方がいいかも知れない。蝶は危険ではあるが、おそらく自分の探している破壊的要因ではあるまい。彼は手を見た。皮膚は黒く硬ばって、だんだんと血の気が失せていた。かすかな不安の影が顔を横切る。事態は良くない。却って悪くなっている。

周囲の金属を引っ搔く音に悩まされ不安感でいっぱいだった。彼は本を置くと行ったり来たりした。昆虫、このような膨大な昆虫群が人間を滅ぼすことができるだろうか？　まちがいなく人間なら闘うはずだ。殺虫剤、毒薬、スプレーがある。

金属の微片、細かい粉が袖《そで》に漂い降りてきた。それを払うとまた降ってきた。やがてそれは小片となった。彼はとび上がり頭をぐいと上げた。

頭上に円ができつつあった。もうひとつの円がその右側に現われた。やがて三つ目の円が。球体の周囲のいたるところの壁や天井に円形が現われた。彼は制御盤に走って行き安全スイッチを切った。制御盤はブーンと音を立てて作動した。指示パネルをセットするとやみくもに慌てて操作した。いまや金属片は雨のごとく床に降り注いでいる。ある種の腐蝕性の液体が蝶の体内から浸《し》み出ていた。酸か？　一種の自然の分泌液だ。大きな金属片が落ちてきた。彼はふり返った。

球体内部に蝶の群れが侵入しひらひらと舞いながらこちらへやってくる。床に落ちたのは金属の円盤で、きれいにくりぬかれている。それに気づく時間の余裕すらなかった。彼はガスバーナーをつかむとスイッチを入れた。炎が音を立てて吸いこまれる。蝶がやってくると彼はハンドルを押し噴出口を上に向けた。こちらに降り注ぐ焼けた金属片のせいで空気が熱くなっていた。猛烈な臭気が球体に充満した。

彼は最後のスイッチを切った。指示器のあかりが明滅し下の床がしゅっという音を立てた。彼はメインレバーを動かした。さらに多くの蝶がやってきて、互いに押し合いへし合いし、抜け出ようともがいている。金属の円盤が急に床に叩きつけられ新しい蝶群がとびこんできた。ヘイスンは首をすくめ後ずさりするとバーナーを上に向け炎を吐き出した。蝶はさらにどんどん数を増していった。

その時突然の静寂があたりを支配した。あまり急激な静けさに彼は目をぱちぱちさせた。いままで執拗《しつよう》に続いていた引っ掻き音が止んでいた。彼はひとりぼっちで取り残された。灰と金属片の小山が床と壁にできており、残りの蝶は球体に入りこんでいた。ヘイスンはスツールに腰を下ろし慄えていた。彼は無事で自分の時代に戻る帰途にあった。それは疑いのないことだった。破壊的要因を見つけたということもおそらく疑いない。それはそこにある。床の灰の山にタイムカーの球体をきれいに切り取った金属片の中にあった。腐蝕性分泌液？　彼は冷笑を浮かべた。

彼の最後の視界に入った蝶の大群は知りたかったことを教えてくれた。穴の中を通ってきた最初の蝶群を慎重につまみ上げてみると、それは道具、切削具を備えていた。蝶たちは道を切り開き、穴を開けたのだ。自分たちの装備を持ってやって来たのだ。

彼は坐ったままタイムカーが旅を終えるのを待った。

警備兵たちは彼をつかむとタイムカーから助け出した。彼はおぼつかない足どりで出てくるとかれらにもたれかかった。「ありがとう」彼は呟いた。

ウッドは慌てた。「ヘイスン、大丈夫か？」

彼はうなずいた。「ああ、手以外はね」

「すぐこちらに来てくれ」かれらはドアを抜け大部屋に入って行った。「坐れよ」ウッドはじれったそうに手を振った。兵士が急いで椅子を持ってきた。「ホットコーヒーをくれ」

コーヒーが運ばれた。ヘイスンはそれをすすった。しばらくしてカップを押し戻すと居ずまいを正した。

「さあ、話せるか？」ウッドは尋ねた。

「うん」

「結構」ウッドは向かい側に腰を下ろした。テープレコーダーが回り出し、カメラが話しているヘイスンの顔を撮った。「さて、何を見たんだ？」


彼が話し終えると部屋はしーんとしていた。衛兵も技師も無言のままだった。

ウッドは立ち上がると身慄いした。「ちくしょう。それでその毒性を持つ生命体に人間はやられたのだな。そんなことだろうと思っていたよ。しかし蝶とはな？　それが知性を持ち攻撃してくるとは。おそらく急激な繁殖と素早い順応性のおかげだ」

「書物や新聞が役に立つかも知れない」

「だけどそいつはどこから来たのだろう？　生物の突然変異体か？　別の星から来たもの

か？　宇宙旅行をしてきたとも考えられる。とにかく原因を見つける必要がある」

「蝶は人間だけを攻撃してくるんだ」ヘイスンはいった。「牛は相手にしない。人間だけだ」

「多分それを喰い止められる」ウッドはビデオフォンのスイッチを入れた。「緊急会議を招集するつもりだ。きみの見聞したことと忠告とを伝える。世界中を団結させるプログラムを作るよ。やっと原因がつかめた以上チャンスはある。きみに礼をいうよ、ヘイスン。何とかやつらを喰い止められるよ！」

オペレーターが現われた。ウッドは評議会のコード文字を示した。ヘイスンはそれをぼんやりと見守っていた。最後に立ち上がると部屋の中をぶらついた。腕はたまらないほどずきずきした。やがて部屋を出て戸口を抜け、広場に出た。兵士たちがタイムカーを興味深げに調べていた。ヘイスンは何の感興も湧かずかれらをぼんやりと見つめていた。

「これは何ですか？」兵士の一人が尋ねた。

「それか？」ヘイスンは我にかえりゆっくりとそばに寄った。「タイムカーだ」

「いいえ、私のいうのはこれです」兵士は球体の上の何かを指さした。「これはタイムカーの出発時にはなかったものです」

ヘイスンの心臓の鼓動が停まった。兵士たちを押し除けるとじっと目を凝らした。初め金属の外殻には何も見えなかった。ただの腐蝕した金属面だけだった。その時冷たい恐怖が全身を貫いた。

その表面には何か小さな褐色の柔毛のふわふわしたものがあった。彼は手を伸ばしそれに触れた。袋《サック》のようなものだった。固く小さな褐色の袋。乾いておりからっぽだった。その中には何も入っていなかった。その一端は穴が開いていた。彼はじっと見つめた。タイムカーの球体のいたるところに小さな褐色の袋が付着している。あるものはまだ中味が詰まっているが、そのほとんどはすでにからだった。

それは繭だった。

ナニー

Nanny

「振り返ってみると、ナニーが私たちの世話をしてくれなかったら、とてもここまでやってこられなかったとつくづく思うわ」メアリ・フィールズはいった。

ナニーがやってきて以来、フィールズ家の生活が一変したといっても過言ではない。子供たちが朝めざめた時から夜こっくりこっくり眠気を催すまで、ナニーはいつもかれらに付きっ切りで世話を焼き、面倒見もすこぶるよかった。

主人のフィールズ氏もオフィスに出かけている間、子供たちが安全で何の不安もないことを知った。メアリはうんざりするほどの家事や気遣いから解放された。もう子供たちを起こし、着替えをさせ、顔を洗わせ、食事の面倒をみなくてもよかった。学校に送って行くことさえなくなった。放課後きちんと帰ってこないと、何かあったのではないかと気に病んでやきもきすることもない。

ナニーは子供たちを増長させることももちろんなかった。かれらがばかげたことや迷惑をかけること（食べ切れないほどの菓子が欲しいとか、警察官のオートバイに乗りたいとか）をせがんでも、ナニーの意志は鉄のごとく硬かった。よき羊飼いのようにかれらの注文を拒むすべを心得ていた。

二人の子供たちもナニーが大好きで、彼女が修理店に送られる時など泣きわめいて手がつけられなかった。父母にも手の打ちようがなかった。ナニーがやっと戻ってくると万事うまく運んだ。もうその時にはフィールズ夫人は疲れ果てていた。

「まあ、彼女がいなかったら、どんなことになるかしら?」夫人はソファに身を投げていった。

フィールズ氏は顔を上げた。「誰のことだい?」

「ナニーよ」

「神のみぞ知るさ」とフィールズ氏。

ナニーは子供たちを起こした後——数フィート離れたところから、優しい音楽的な音色を聞かせながら——着替えさせ、顔を洗い気分をすっきりさせ、すぐさま朝食の席に着かせることを、きちんとやってのけた。かれらの機嫌が悪ければ、ナニーは二人を背負って階段を降りてやった。

楽しみに貪欲な子供たち! まるでジェットコースターにでも乗っているように、ボビーとジーンは懸命にしがみつき、ナニーは体を揺すりながら一段ずつ降りて行く。

ナニーは当然朝食の用意はしなかった。しかし、子供たちがちゃんと食べているかを見守った。そして朝食が終わると、彼女は登校準備の監督をする。子供たちが教科書を揃え、身なりを整えた後、彼女の最も大事な役目は人混みの中を安全に登校するのを見張ることだった。

ナニーが充分に気をつけなければならないほど町には危険が多かった。ビジネスマンを会社に運ぶ特急ロケットクルーザーがさっと通り過ぎていく。いじめっ子がボビーを傷づけようとした時は、ナニーの右鉄鉤《てつかぎ》の素早い押しでいじめっ子は精一杯わめきながら逃げて行った。酔っ払いがジーンにぐだぐだと話しかけてきた時には、ナニーはその強力な金属面の軽い一突きで男を溝に押し倒した。

時々子供たちが店の前でぐずぐずしていると、ナニーは優しくつついて歩かせた。子供たちが学校に遅れそうになると（時々あった）、ナニーは二人を背負ってかなりのスピードで歩道を急いだ。彼女の足音はやかましくドタバタしていた。

放課後もナニーはいつも子供たちにつき添い、その遊びを監視し、危険から守っていた。外が暗くなり始めると、かれらを遊びから引き離して家路についた。

テーブルに夕食が並ぶ頃には、ナニーはボビーやジーンを引き連れて玄関のドアをくぐり、注意を促す物音を立てた。さあ、夕食の時間よ！　子供たちは顔や手を洗いにバスルームに走って行く。

そして夜になると――

フィールズ夫人は押し黙り少し眉をひそめる。夜になると……「トム？」彼女は声をかけた。夫は夕刊から眼を上げた。「なんだい？」

「お話ししたいことがあるのよ。私にはとても理解出来ない奇妙なことなの。機械の知識に乏しいのはもちろんだけれど。でもね、トム。夜、私たち家族がベッドに入り、家が静かになると、ナニーが……」

物音がした。

「ママ！」ボビーとジーンが跳び込んできた。嬉しさで顔を真っ赤にしている。「ママ、ぼくたちナニーと家まで駆けっこをして勝ったよ！」

「僕たちが勝ったんだ！　ナニーを負かしたんだ」とボビー。

「私たち、ナニーよりずっと速かったの」とジーン。

「ナニーはどこにいるの？」フィールズ夫人は尋ねた。

「まだ途中だよ。お帰りなさい、パパ」

「ただいま、二人とも」トム・フィールズ氏はそういうと首をかしげ聞き耳を立てた。玄関のポーチから奇妙なキーキーという擦過音と、異様なブンブンという唸りが聞こえた。彼は笑いだした。

「ナニーだよ」ボビーがいった。

やがてナニーが部屋に入ってきた。

フィールズ氏は彼女を見つめた。いつも興味をそそられる。部屋での唯一の物音は彼女の金属製の足音だった。固い木の床で擦《こす》れ、独特のリズミックな音を立てている。ナニーは彼の数フィート前で立ち止まった。まばたきしない光電管《フォートセル》の二つの眼が彼を凝視する。その眼は柔軟なワイヤー軸の先に付いている。軸は思考通りに動きわずかにくねって飛び出し、それからひっこんだ。

ナニーは球形に変化し大きな金属球となって床に鎮座《ちんざ》した。深緑色のエナメルが吹きつけられた彼女の表面は使い古されて欠けたり削られたりしていた。眼柄《がんぺい》の他にそれほど目立つものもなく足も見えなかった。胴体の各部分に開閉口があり、そこから磁気鉤《じきかぎ》が必要に応じて出るようになっている。胴体の前面は重要な部分で金属で補強されていた。頭の天辺から爪先まで特殊な金属板で溶接されているので、まるで兵器のように見える。一種の戦車だ。あるいは船、陸に上がった丸い金属船。昆虫みたいでもある。ワラジムシとも呼ばれていた。

「ねえ!」ボビーが叫んだ。

突然ナニーは動き、足の裏が床を摑み、わずかに回転するとくるりと後ろを向いた。胴体側面の開閉口が開く。長い金属棒が飛び出した。ふざけてナニーは手鉤でボビーの腕を捕まえ、手元に引っ張っていった。彼女はボビーを肩車した。ボビーの脚は金属の胴体に跨《また》がった。その身体をジャンプさせながら、踵《かかと》でナニーを勢いよく蹴った。

「外で競走しよう!」ジーンが叫んだ。

「立てよ!」ボビーはわめく。ナニーは立ち上がると部屋を出て行った。ブンブン音を立てる金属と継電器《リレー》、カチカチ鳴る光電管とチューブの大きな球虫だ。ジーンは一緒に駆け出した。

室内は静かになった。また両親だけになった。

「ナニーはうるさくないのかしら?」フィールズ夫人はいった。「もちろんロボットはこの頃よく見かけるわ。数年前より確かに増えたわね。至るところにいるでしょう。店のカウンターの後ろ、バスの運転、溝掘り――」

「ナニーは別だよ」トム・フィールズは呟いた。

「ナニーは――彼女は機械じゃないわ。人間並みよ。生きた人間だわ。とりわけ彼女は他のロボットより複雑に出来ているし。そうでなくては困るわ。システム・キッチンより遥かに手がこんでいるそうよ」

「ナニーには大金を払ったからな」トムはいった。

「そうね」メアリ・フィールズは呟いた。「彼女は生きものと同じよ」彼女の声には奇妙な調子があった。「ちっとも変わらないわ」

「よく子供たちの面倒を見てくれるよ」トムは新聞に眼を戻しながらいった。

「だけど心配だわ」メアリはコーヒーカップを置くと眉をひそめた。二人は食事をとり始める。子供たちはもうベッドに入っていた。メアリはナプキンで口を拭った。「トム、やはり心配だわ。聞いてもらいたいの」

トム・フィールズは眼をぱちぱちさせた。

「心配？　何が？」

「ナニーのことよ」

「どうして？」

「よく分からないけど」

「彼女をもう一度修理に出すべきだという意味かい？　彼女の補修は終わったばかりじゃないか。今度はなんだい？　あの子たちが彼女を嫌だというなら――」

「そうじゃないわ」

「それならなんだい？」

しばらく妻は返事をしなかった。急にテーブルから立ち上がると、部屋を横切って階段の方に行った。彼女は眼を上げ暗闇をじっと見つめた。トムは当惑したように彼女を眺めた。

「どうしたんだい?」

「彼女に私たちの話が聞こえないかどうか確かめているのよ」

「彼女? ナニーにかい?」

メアリは戻ってきた。「トム、昨夜もまた眼が覚めてしまったの。あの音が原因よ。同じ音がまた聞こえたからよ。前に聞いた音だわ。あなたは別にどうということないといったでしょう!」

トムは身ぶりで否定した。「そんなことはない。どういう意味だい?」

「わからない。それが心配なの。私たちが眠ってしまうと、彼女は階下に降りて行くでしょう。私たちの眠っているのを確かめると、すぐにこっそりと忍び降りるのよ」

「どうしてかな?」

「知らないわ! 昨夜もネズミみたいにこっそり階段を滑り降りる物音を聞いたのよ。ここを歩き回っていたわ。それから――」

「それからどうした?」

「裏口から出て行ったの。家の外に。裏庭へよ。そこまでよ、私が耳にしたのは」

トムは顎をこすった。「それで」

「私は聞き耳を立てたの。ベッドに起き上がってね。あなたはもちろん寝ていたわ。熟睡中よ。あなたを起こさないように、私は立ち上がって窓に行ったの。シェイドを上げ外を見たの。彼女は外に、裏庭にいたわ」

「何をしていた？」

「知らない」メアリ・フィールズの顔は不安に縁取られていた。「わからないわ！　ナニーは夜中に裏庭で、いったい何をしようとしていたのかしら？」


暗かった。かなりの闇である。しかし赤外線フィルターがカチッと作動し暗闇は消えた。金属体は前進し、簡単に台所を通り抜け、その足音は静寂の中に半ば吸収された。裏口のドアまで来ると、立ち止まり聞き耳を立てた。

物音ひとつしない。家は鎮まりかえっていた。家族は二階で眠っている。熟睡していた。

ナニーは裏戸を押し開けた。ポーチに出ると裏戸をそっと閉める。夜気は薄く冷たかった。そして香りに満ちていた。夜の不思議なひりひりする匂いである。春が夏に移り変わろうとする時の匂い。地面がまだ湿っていて、灼熱の七月の太陽が小さな育ちつつあるものを、すっかり焼殺するにはまだ早い時期の匂いだった。

ナニーは石段を降りると、セメントの道を歩いて行った。それから注意深く芝生を通ると、濡れた草の葉が彼女の側面をぴしゃりと打つ。しばらく止まった後、踵を立ち上げた。その前面を空中に突き出す。眼柄は伸び硬く張りつめ少し揺れた。やがて元通りになり前進を続けた。

ナニーは桃の木をぐるりと回っただけで家の方に戻ってきた。そのとき物音がした。

ナニーは警告を受けたように一瞬立ち止まった。片側の開閉口が開き、手鉤が柔軟に用心深くいっぱいまで伸びた。板塀の向こう側、シャスタ・デイジーの咲き誇るかなたに、何かが動いていた。ナニーは眼を凝らしフィルターを素早く開いた。頭上の空は二、三の微かな星が瞬くだけだった。しかしナニーは見た。それで充分だった。

塀の反対側で、もうひとつのナニーが動き出し、軽やかに花畑を越え塀に迫った。出来る限り物音を立てないようにして。ふたつのナニーは突然動きを止め、互いに様子を探った——グリーンのナニーは自分の持ち場に留まり、ブルーの徘徊者は塀に近づいていた。

ブルーの徘徊者は、二人の男の子を世話するために作られた大きなナニーだった。その体はかなり使われて凹み歪んでいたが手鉤は頑丈で力強い。鼻部の補強板に加えて、丈夫な鋼鉄製丸ノミ、尖った顎がすでにせり出し、もう戦闘態勢に入っていた。

製造元のメコ＝プロダクツ社はこの顎の製作に惜しみない努力を払っていた。それが会社のトレードマークであり特徴だった。広告、パンフレットでは全製品の前面に嵌め込まれた巨大なシャベルを強調した。そして視覚補助装置、刃先、動力運転などは、特別料金を払えば、〈豪華版〉モデルに簡単に組み込めるのだった。

このブルー・ナニーはそれを備えていた。

慎重に前進するとブルー・ナニーは塀に到達した。それは止まると注意深く板塀を調べた。薄く腐っており、大分昔に建てられたものだった。硬い頭で塀を押した。板が割れ裂けた。直ちにグリーン・ナニーは後足で立ち上がり手鉤を伸ばした。激しい喜びで沸き返り、興奮が爆発した。闘いの狂乱である。

双方とも手鉤を納めると、地面を静かに転がりながら近づいた。全く物音を立てない。メコ＝プロダクツ社製のブルー・ナニーは、サーヴィス・インダストリーズ社製のグリーン・ナニーと比べると大きく重量もある。互いにがっちり取っ組み合い、闘い続ける。大顎は相手を下敷きにしようとし弱い足を狙った。一方グリーン・ナニーは手鉤の先端で、断続的に脇を照らす眼を潰そうとした。グリーン・ナニーは中級品としてのハンディキャップを持っている。値段でも重量でも太刀打ち出来ない。それでも断固として懸命に闘っていた。

かれらは取っ組み合いを続けながら軟らかい地面を転がった。物音も立てず、どちらも設計された通り怒りに満ち、究極の任務を全うしていた。


「想像もつかないわ」メアリ・フィールズは首を振ってつぶやいた。「いったいどうしたというのかしら」

「動物にやられたのかな？」トムは憶測した。「近所に大きな犬でもいるかい？」

「ええ、大きな赤毛のアイリシュ・セッターがいたわ。でも田舎に引っ越したわよ。ペティさんの飼い犬」

二人とも目を凝らし心配し悩んだ。ナニーはバスルームのドアに凭《もた》れてぐったりとしながら、ボビーが歯を磨くのを確かめるように見つめていた。グリーンの胴体は捻《ねじ》れ歪んでいる。片目は潰れていた。ガラスは割られて粉々になっている。片方の手鉤はもう引っ込まなくなっていた。小さな開閉口から使いものにならずぶらぶらと垂れ下がっている。

「考えられないわ」メアリは繰り返した。「修理屋を呼んで見てもらうわ。夜のうちに何か起こったのね。そういえば寝ている時に、物音が聞こえたわ――」

「しぃーっ」トムは警告するように小声でいった。ナニーがバスルームからこちらにやって来る。くたびれ切った物音を立てながらかれらの前を通り過ぎた。調子の悪い耳障りな音を出しながら、足を引きずっているグリーンの浴槽といったところだ。ナニーがのろのろぎくしゃくと居間に歩いていくのを、トムとメアリは悲しげに見つめていた。

「心配だわ」メアリが呟いた。

「何が?」

「こんなことがまた起こりはしないかと」彼女は眼に不安を湛《たた》え、夫をちらりと見上げた。「子供たちはナニーが大好きなのよ……なくてはならない存在だわ。彼女がいないと危なくて眼を離せないでしょう?」

「こういうことは二度と起らないよ」トムは宥《なぐさ》めるようにいった。「事故かもしれない」そういいながらも、彼は裏腹のことを考えていた。よくわかっていたのだ。それが事故ではないことを。

ガレージから地上クルーザーをバックで出すと、彼は家の裏戸に隣接して錠のかかった荷出し口まで運転してきた。へこんで弱ったナニーを積み込むにはあまり時間はかからなかった。十分も経たないうちに、彼は町を横切りサーヴィス・インダストリーズ社の修理保全部に着いた。

グリース滲《し》みのある白い作業服を着た修理マンは入口で彼を迎えると「故障ですか?」とうんざりした口調で尋ねた。

彼の背後、棟続きの工場の奥には、さまざまに分解された、壊れたナニーの群れが並んでいた。

「今度はどうしましたか?」

トムはそれには答えず、ナニーにクルーザーから出るよう命令して、修理マンがナニーを検査するのを見守った。

修理マンは首を振ると、ゆっくりと立ち上がり手からグリースを拭った。

「これは金がかかりますよ。神経伝達装置がすっかりやられていますね」

トムは乾いた喉から声を出した。「こんな状態になったのを見るのは初めてかね? バラバラとはいえないが、破壊されてしまった」

「ええ」修理マンは活気のない調子で認めた。「かなりやられてますね。このやり口から見て――」彼はへこんだ胴体の前部を指さした。「これはメコの新しい大顎型モデルの仕業ですね」

トム・フィールズの血が逆流した。「それではこれが初めてではないんだな」彼は穏やかにいったが、胸が締めつけられる思いがした。「こんなことがいつもあるのか」

「まあ、メコはあの大顎型モデルを生産したばかりです。半分は使えますが……このモデルを元通りにするには二倍の費用がかかりますよ」修理マンは考え考えつけ加えた。「もちろん、当社にもそれに相当する製品はあります。かれらの最高モデルに充分匹敵しますし、金もそれほどかかりません」

出来るだけ平静な声でトムはいった。「これを修理して欲しい。他のを買うつもりはないんだ」

「出来る限りのことはします。しかし完全に元通りにはなりません。損傷がかなりひどいですから。下取りに出したらいかがですか——費用は変わりません。新しい製品はあと一か月かそこいらで発売されます。セールスマンはとても熱心に——」

「ひとつはっきりさせておこう」トム・フィールズは震える手で煙草に火をつけた。「きみたちは本気でこれを直す気はないのかね？　これが壊れたり、故障したりした時には、新製品を売りつけたいだけなのかい」彼は修理マンをじっと睨《にら》みつけた。

修理マンは肩をすくめた。「修理するのは時間の無駄ですよ。これはもうじき寿命です」彼は不格好なグリーンの胴体をブーツで蹴った。「この製品はもう三年経っています。時代遅れですよ」

「修理しろ」トムはいらいらしていった。彼はだんだんと事情がのみこめてきた。しかし自制心は限界にきていた。「新製品など買う気はない！　これを修理するんだ！」

「わかりました」修理マンは諦めていった。彼は修理伝票を書き始めた。

「ベストを尽くします。でも奇跡は期待しないで下さいよ」

トムがぎくしゃくと伝票に署名をしている間に、もう二体の壊れたナニーが修理工場に運び込まれてきた。

「いつまでに出来上がる?」彼は尋ねた。

「二日ください」背後の半ば修理の済んでいるナニーの群れに顎をしゃくりながら修理マンはいった。「ごらんのように、完全に仕上がります」彼はゆっくりとつけ加えた。

「待っているよ。一か月でもね」トムはきっぱりといった。


「公園に行こう!」ジーンが叫んだ。

かれらは公園に出かけた。

爽やかな日で、日光は暖かく降り注ぎ、草花は風に揺れていた。二人の子供は砂利道を歩きながら、よい匂いのする温かな空気を深呼吸し、薔薇《ばら》、紫陽花《あじさい》、オレンジの花の映像をしっかりと心に刻んでいた。暗く生い茂った杉の揺れる木立を通り過ぎる。足下の地面は柔らかい沃《よく》土《ど》で、ビロードの湿った毛皮のようなひとつの生きている世界だった。杉林の向こうには、太陽がまた輝いており、青い空が姿を見せ、緑の広大な芝生が広がっている。

かれらの後ろからナニーがとぼとぼと付いてくる。足音がガタガタやかましい。伸び縮みする手鉤は修理された。新しい視覚装置が破壊された装置に代わって取り付けられた。しかし昔みたいなスムーズな調整に欠けている。その胴体のきちんとした輪郭は元に戻らなかった。時々彼女が立ち止まると、二人の子供も足を止め、追いついてくるのをいらいらしながら待った。

「どうしたんだい、ナニー?」ボビーが彼女に訊いた。

「どこか悪いのよ」ジーンが不満を述べた。

「先週の水曜日からずっとおかしいの。のろくて間が抜けているわ。しばらくどこかにいってたでしょう」

「修理屋に行ってたんだ」ボビーが説明した。「くたびれちゃったんだ。もう歳だって、パパがいっていた。ママからも聞いたし」

いくらか悲しげに子供たちが歩いていくのを、ナニーは骨折って付いて行った。やっとかれらは芝生のあちこちに置かれたベンチにやって来た。人々が陽光を浴びてけだるげにまどろんでいた。芝生では青年が新聞で顔を覆い上着を丸めて枕にし寝そべっている。かれらは青年を踏まないよう気をつけながら横切った。

「湖だわ!」ジーンが叫んだ。元気が戻ってきた。

広い芝生は少しずつ傾斜し低くなっていた。最も低くなった端に小径、砂利道があり、その向こうに青い湖がある。二人の子供は興奮と期待に胸を膨らませながら急いで走った。かなりの坂道を全速力で駆け降りる。ナニーは二人に追いつこうと哀れなほどもがいていた。

「湖よ!」

「ビリはくたびれた火星のへっぴり虫だ!」

息も継がせずかれらは小径をよぎり緑の土手の狭い平地に登った。その向こうには波が打ち寄せている。ボビーはでんぐり返しを打って笑い息を切らせ、水中をじっと見つめた。ジーンは兄のそばに坐り、きちんと洋服の皺を伸ばした。不透明な青い水の底にはおたまじゃくしや小魚が泳ぐが、人工魚はあまり小さくて捕まえられない。

一方の湖岸では子供たちが白い帆をはためかすヨットを浮かべていた。ベンチには肥った男がパイプをくわえながら熱心に本を読んでいる。一組の若い男女が周囲のことなどおかまいなく、お互い夢中で手を組んで湖畔を散歩していた。

「ぼくもヨットが欲しいな」ボビーは物欲しげにいった。

ギシギシ、ガチャガチャ音を立てながら、ナニーはやっとのことで小径を横切って、かれらに追いついた。彼女は立ち止まると腰を下ろし足を引っ込める。もう動かなかった。使える片目が日光を反射した。もう片方の目は一緒に動かない。ぽっかりと穴を開けたままだ。ナニーはあまり壊れていない側に何とかして体重の大半を移そうとした。しかし動作は鈍くバランスが取れなかった。彼女のまわりには異臭が漂う。焼けたオイルと金属摩擦の臭いだった。

ジーンはナニーを調べた。へこんだグリーンの側面を優しく叩いた。

「可哀想なナニー！　どうしたの？　何があったの？　体の具合が悪いの？」

「ナニーを押して水に入れよう。泳げるかどうか見ようよ。ナニー、泳げるかい？」ボビーはものうげにいった。

ジーンは嫌だといった。重すぎるからそのまま沈んでしまうだろう。そうすればもう会えなくなる。

「それじゃ水に入れるのをよそう」ボビーも認めた。

しばらく沈黙が続いた。頭上では数羽の鳥が羽ばたきして飛び、大きな斑点が筋をなすように空に舞い上がった。自転車に乗った少年が砂利道を危なっかしくやって来る。前輪がぐらぐらしていた。

「自転車が欲しいな」ボビーは呟いた。

少年はふらつきながら通り過ぎた。湖の向こうでは肥った男が立ち上がり、パイプでベンチを叩いた。本を閉じると小径をぶらぶら歩いて行き、大きな赤いハンカチで汗をかいた額を拭っていた。

「老いぼれるとナニーたちはどうなるのだろう？　何をするのかな？　どこに行くのかな？」

ボビーは不思議そうにいった。

「天国に行くのよ」ジーンは愛情を込めてグリーンのへこんだ体を叩いた。「みんなと同じにね」

「ナニーたちはどうやって生まれたんだろう？　前からいたのかな？」ボビーは究極の宇宙の謎を考え始めた。「ナニーたちのいない時代があったかもしれない。その生まれる前の時代はどんなだったんだろう？」

「もちろんナニーたちは最初からいたわよ。さもなければ、どこから来たというの？」ジーンはいらだたしげにいった。

ボビーはそれには答えられなかった。彼はしばらく考え込んでいたが、やがて眠くなった……このような問題を解くにはまだ幼すぎる。瞼が重くなりあくびが出た。彼もジーンも湖畔の暖かい芝生の上に横たわり、空や雲を見て杉木立を吹き過ぎる風を聞く。かれらのそばでは、傷だらけになったグリーン・ナニーが体を休め、乏しい力を回復させていた。

一人の少女がゆっくりと草原を横切ってきた。長い黒髪に明るいリボンを結んだ、ブルーのドレスの可愛い子だった。彼女は湖に歩いて行った。

「ねえ。あれ、フィリス・キャスワーシーじゃない。オレンジ色のナニーを持っているのよ」ジーンがいった。

二人は興味を持って眺めた。

「オレンジ色のナニーなんて初めてだ」ボビーは反感を持っていった。その少女と彼女のナニーは、少し離れた小径を横切り湖岸に達した。彼女とオレンジ色のナニーは立ち止まり、湖面や玩具のヨットの白い帆、機械仕掛の魚を見回した。

「あのナニーは私たちのより大きいわ」ジーンは気づいた。

「ほんとだ」ボビーも認めた。彼はグリーンの体をしっかり叩いた。「でもぼくたちの方がいいよな?」

かれらのナニーは反応がない。驚いて彼は振り返った。グリーン・ナニーは緊張して硬直している。その使える眼柄は飛び出し、まばたきもせずじっとオレンジ・ナニーを見つめていた。

「どうしたんだろう?」ボビーが不安げにいった。

「ナニー、どうなったの?」ジーンもおうむ返しにいった。

グリーン・ナニーはギアの嚙み合うような音を立てた。足が降り、鋭い金属音がして位置が固定された。ゆっくりと開閉口が開き、鉄鉤が滑り出た。

「ナニー、どうするの?」ジーンは慌てて立ち上がった。ボビーも跳び上がった。

「ナニー! 何をする気だ?」

「行きましょう」ジーンは驚いていった。「家に帰りましょう」

「おいで、ナニー、もう家に戻ろう」ボビーは命じた。

グリーン・ナニーは二人から離れて動きだした。全くかれらの存在を無視していた。湖畔のもうひとつのナニーの方へ向かった。巨大なオレンジ・ナニーも少女から離れ動き始めていた。

「ナニー、戻りなさい!」少女の甲高い不安そうな声がした。

ジーンとボビーは湖から離れて、芝生のスロープを駆け上がった。

「やって来るぞ! ナニー! 逃げるんだ!」ボビーは叫んだ。

しかしナニーは戻らなかった。

オレンジ・ナニーが近づいて来る。それは巨大で、あの夜裏庭にやって来たメコ製のブルーの大顎型モデルより遥かに大きかった。あのブルー・ナニーは塀の端で胴体を引き裂かれてばらばらになり、部品が至るところに散乱する結果となった。

今度のナニーは、今までグリーン・ナニーが見た最大のものだった。グリーン・ナニーはおずおず動いてそいつと対峙すると、つかみ合いに備え内部防御を固めた。オレンジ・ナニーは長いケーブルの付いた金属製の角張った腕を真っ直ぐ伸ばした。金属腕を振り回し、空中高く上げる。円を描いて回転し不穏な速度を次第に増していった。

グリーン・ナニーはためらった。回転する金属のこん棒から不安気に離れ退いた。油断なく待機しながら肚を決めようとしているところに、相手が飛びかかってきた。

「ナニー！」ジーンが悲鳴を上げた。

「ナニー！　ナニー！」

二つの金属体は激しく草地を転げ回り必死の闘いを続けた。何度も何度も金属棒が打ち下ろされ、めちゃめちゃにグリーン・ナニーの体を叩いた。暖かな日差しが穏やかにかれらを照らしている。湖面は風で静かに波立っていた。

「ナニー！」ボビーは金切り声を上げたが、どうすることも出来ず地団駄《じだんだ》踏んだ。しかし激昂《げきこう》し縺《もつ》れたオレンジとグリーンの塊からは何の反応もなかった。


「何をするつもりなの？」メアリ・フィールズは唇を噛みしめ青ざめた顔で尋ねた。

「おまえはここにいなさい」トムは上着をつかみひっかける。クロゼット棚から帽子を出すと玄関に歩き出した。

「どこに行くの？」

「クルーザーは表に出ているか？」トムは玄関のドアを開けポーチに出た。二人の子供は哀れな格好で震え、恐ろしそうに父親を見つめていた。

「ええ、表よ。でもどこへ――」メアリは呟いた。

トムは不意に子供たちを振り向いた。「ナニーが――死んだというのは確かだね」

ボビーは頷いた。その顔は涙の汚れで筋がついていた。「ばらばらになって……芝生中に転がっている」

トムは厳しく頷いた。「すぐ戻ってくる。心配するな。三人ともここにいなさい」

彼は玄関の石段を降り歩道に出ると駐めてあるクルーザーに向かった。すぐに三人はすごい勢いで運転して行く音を聞いた。

彼はいくつかの代理店を回り、やっと欲しいものを手に入れた。サーヴィス・インダストリーズ社には使えるものがなかった。幾社か通り過ぎた。捜しているものを見つけたのはアライド・ドメスチック社だった。豪華で美しい照明のショーウインドウに展示されていた。ちょうど閉店時間だったが店員はその買いそうな顔を見て中に入れてくれた。

「それをくれないか」トムはそういうと上着のポケットから小切手帳を取り出した。

「どちらですか?」店員は口ごもった。

「大きい方だ。ショーウインドウにある大きな黒いやつ。四本腕で前面に衝角のあるやつだ」

店員はにこやかに微笑み、顔を嬉しさで紅潮させた。

「はいお客様!」彼はそう叫ぶと注文伝票をつかんだ。「パワービーム焦点付きインペレイター・デラックスですね。高速度格闘装置や、リモートコントロールの自動制御機構を、お望みなら装備出来ますが? 適当な価格でヴィジュアル・レポート・スクリーンも付けられます。そうすれば居間で寛いでいて状況がつかめます」

「状況というと?」トムはだみ声で訊いた。

「ナニーが行動に移ると」店員は急いで書き始めた。「行動の意味は——このモデルはウォーミングアップし、活動を始めて十五秒以内に敵に接近します。単純なモデルでは、当社のも他社のも、これほど素早い反応は出来ません。六か月前にはわずか十五秒での接近など夢みたいな話だといわれていました」店員は興奮して笑い声を上げた。「しかし科学は進むのです」

トム・フィールズは奇妙な冷たい無力感に襲われた。「いいか」彼はしゃがれ声でいった。そして店員の上着の襟をつかむと引っ張って近づいた。注文伝票がひらひら飛び店員は驚きと恐れで息を詰まらせた。

「まあ聞いてくれ。きみらはいつもさらに大きいものを作っている——そうじゃないかね？毎年、新製品や新兵器をね。君らの会社も他の会社も——お互いを破壊するために改良した設備で新製品を生産しているんだ」トムは癇に障っていった。

「とんでもない」店員は怒りを滲ませた金切り声を出した。「アライド・ドメスチック社の製品は決して破壊されません。時には少しばかり傷ついても、使えなくなった製品があったら見せて下さい」誇りを持って彼は注文伝票を取り戻し上着を整えた。「わが社の製品は生き残っています。七年も前のアライド製品が稼働してます。古い3‐Sモデルです。たぶん少しはへこみもあるでしょうが、まだ充分な攻撃力を残しています。安物のプロテクト＝コープ社のモデルとの格闘を見たいものですよ」

何とか気持ちを落ち着けトムは尋ねた。

「どうしてだい？　何のために？　その目的はなんだい——互いに競わせるためか？」

店員は躊躇《ちゅうちょ》した。あいまいに注文伝票に向かった。「そうです。競争です。ずばり的を射てます。まさしく競争に打ち勝つことなんです。アライド・ドメスチック社のモデルは競争には向いていません——相手を破壊してしまうからです」

しばらくしてトムは頷いた。やっとわかってきた。「そうか。言葉を換えれば、年毎に製品は退化していく。性能も悪く、大きくもなく、力もないやつはだめか。交換もせず、新型も買わないでいると、改良されたモデルに——」

「お客さんのお持ちのナニーは、そのう、負け馬ですか?」店員は心得顔で笑った。「その製品はいくらか時代遅れになってますね? 現在の競争水準にマッチしていないのでしょう? 結局は適応出来なかったのですね?」

「家に帰って来ないんだ」トムはだみ声でいった。

「そうですか。破壊されたんですよ……よくわかります。ざらにあることです。悪い製品をつかんだのです。誰の過失でもありません。当社を責めないで下さい。アライド・ドメスチック社を非難しないで下さい」

「しかし、ひとつが破壊されることは、別のを売りつけることじゃないか。きみらの商売が成り立ち、キャッシュレジスターに金が入ることだ」

「その通りです。でも当社はその時代の優れた水準を満たす必要があります。後戻りは出来ません……御存じでしょうが、いわせて戴ければ、お客さんは時代遅れの不幸な結果を目の当たりにしているんですよ」

「そうだ」トムはほとんど聞き取れない声でいった。「ナニーは修理不可能とことわられた。もう取り替えるべきだといわれたんだ」

店員の自信に満ちたひとりよがりの顔は一層大きくなったように見える。ミニチュアの太陽のように幸福そうに意気揚々と輝いていた。

「さて手筈が整えばこのモデルをすぐにでも表に出しましょう。もう心配無用です。ミスター……」彼は期待に胸を膨らませながらためらいがちにいった。「お名前をどうぞ。購入伝票を切りますので」

ボビーとジーンは配達人たちが大きな箱を居間に運び込むのをわくわくしながら見つめていた。かれらはぶつぶついい汗を流しながらそれを置き、きちんと整頓した。

「これでよし。ありがとう」トムはきびきびいった。

「どういたしまして」配達人は部屋を出ると、やかましい音を立ててドアを閉めた。

「パパ、これなあに?」ジーンが小声でいった。

二人の子供はおそるおそる箱に近寄ると目を丸くして驚いていた。

「すぐにわかるよ」

「トム、もう子供たちの寝る時間は過ぎているわ。明日見せてやったら?」メアリは強くいった。

「今見せてやりたいんだ」トムは地下室に消えるとねじ回しを持って戻ってきた。箱のそばの床に跪《ひざまず》くとボルトを素早く抜き始めた。「今夜だけは寝るのを遅らせていい」

彼は慣れた手つきで静かに梱包《こんぽう》板を一枚ずつ剝《は》がしていった。とうとう支えになっていた最後の板も取り外した。挟んであった仕様書や九十日間の保証書も外しメアリに手渡した。

「これを保管しておいてくれ」

「これがナニーなの！」ボビーが叫んだ。

「大きな、大きなナニーだ！」

箱の中には巨大な黒い形をしたものが静かに横たわっていた。金属の大亀みたいで、グリースで覆われて箱に納まっている。注意深く検査され、オイルを注入され充分な保証付だ。

トムは頷いた。「その通りだ。ナニーさ。新しいナニーだ。古いのと交換したんだ」

「ぼくたちのために？」

「そうさ」トムは近くの椅子に坐り煙草に火をつけた。「明朝スイッチを入れ操作してみる。うまく働くか見るんだ」

子供たちは目を丸くしていた。どちらも息をひそめ口もきけなかった。

「だけど今度は、公園からは離れているのよ。そばにも連れて行っちゃだめよ。いいわね？」

メアリが念を押した。

「いや、子供たちが公園に行くのは止められないよ」トムは異議を唱えた。

メアリは不安そうに彼を見た。「だけど、オレンジ・ナニーが――」

トムは気味悪く笑った。「公園に行ってもよいと思うがね」彼はボビーとジーンの方を向いた。「行きたい時に公園に行っていいよ。何も恐れることはない。何も、だれもな。よく憶えておきなさい」

彼は爪先で大きな箱の端を蹴った。

「おまえたちが恐れるようなものは、この世の中に何もないよ。今後はね」

ボビーとジーンは頷きじっと箱を見つめていた。

「わかったわ、パパ」ジーンはそっといった。

「ほら、これを見てみな！　見てごらんよ！　ぼくは明日まで待てないや！」ボビーは小声でいった。


アンドリュー・キャスワーシー夫人は素敵な三階家の玄関の石段で、心配そうに両手をきつく握り締めながら夫を出迎えた。

「どうしたんだい？」キャスワーシーは帽子を脱ぎながらぶつぶついった。ポケットからハンカチを取り出し血色のよい顔の汗を拭った。「いったい、今日はなんて暑いんだ。どこか悪いのか？　それは何だ？」

「アンドリュー、私怖くて——」

「どうしたんだ、いったい？」

「フィリスが今日ナニーを置き去りにして公園から帰ってきたの。フィリスが昨日ナニーと帰宅した時は、ナニーはへこみ、傷だらけだったわ。フィリスは気も動転していて、私には理解出来ないわ――」

「ナニーを置き去りにした?」

「フィリスは一人で帰ってきたの。全くの独りぼっちで」

ゆっくりと怒りが男の険しい顔に広がった。

「何があったんだ?」

「昨日みたいに公園で何かが、何かがナニーを襲ったんだわ。彼女を破壊したのよ! 話はよくわからないけど、何か黒いものが、大きな黒いものが……それは別の種類のナニーに違いないわ」

キャスワーシーの顎が徐々に突き出た。角張った顔はぶざまに赤黒くなり、かなり病的な顔色は気味悪くなったが、やがて落ち着いた。いきなり彼はきびすを返した。

「どこに行くの?」妻は神経質そうにそわそわした。

太鼓腹で赤ら顔の男は歩道を急ぎ足で手入れの行き届いた地上クルーザーに向かい、ドアのハンドルに手を伸ばしていた。

「別のナニーの店に行ってくる。一番いいやつを買ってくるよ。百軒尋ねても最高の製品を手に入れてくる――しかも最大のやつをな」

「でも、あなた」妻は心配して彼の後を急いで追いかけた。「本当にそれを買える余裕があるの?」不安そうに手を握り締めながら追い続けた。「待った方がいいんじゃないかしら? よく考えてみましょうよ。しばらく経って、あなたがもう少し――平静になってからにしたら」

しかしアンドリュー・キャスワーシーは耳を貸さなかった。すでに地上クルーザーはエンジンを回転し飛び出す用意をしていた。「もうおれはだれにも出しぬかれないぞ」彼は厚い唇を曲げ断固としていった。「やつらに、やつらすべてに思い知らせてやる。たとえ新型を設計させても、製造業者のだれかに自分だけの新型モデルを作らせてもな！」

そして奇妙なことに、彼はそれが可能なことをわかっていた。

偽者

Impostor

「近いうちにいちど休暇を取るんだ」スペンス・オルハムは朝食の時にいった。彼は妻の顔を窺った。「もう休みをもらってもいい。十年は長かった」

「それで例のプロジェクトの方は？」

「戦争はぼくがいなくても勝てるよ。わが土くれの球体は深刻な危機を迎えているわけではない」オルハムはテーブルに向かい腰を下ろしタバコに火をつけた。「ニュースマシンは外宇宙人《アウトスペーサー》がわれわれの頭上にきているかのように報告を改変して流している。休暇をもらったら、ぼくがどうするか知っているかい？　町の郊外の山中でキャンプ旅行をしたいんだ。いつだったか行ったところさ。憶えているかい？　ぼくは漆《うるし》にかぶれ、きみはすんでのところでインディゴヘビを踏むところだった」

「サットンの森？」メアリは皿を片づけはじめた。「あの森は二、三週間前に焼けてしまったわ。知らなかったの。何か閃光のようなもので火事が起こったのよ」

オルハムは落胆した。「その火事の原因さえ究明しようとしないんだな？」彼の唇は歪んだ。

「だれももはや気にもしない。頭にあるのは戦争のことだけなんだ」顎ががくんと嚙み合わさって鳴った。すべての光景が心にパノラマのように浮かんだ。外宇宙人、戦争、針状宇宙船《ニードル・シップ》。

「ほかに考えられる？」

オルハムはうなずいた。もちろん妻のいうとおりだ。アルファ・ケンタウリからやってきた小さな黒い宇宙船は、地球の宇宙艦隊をやすやすと出し抜き、たよりない亀同様に置き去りにした。一方的な戦いで、地球軍はほうほうの態で地球に戻った。

その状態はウェスティングハウス研究所が防御膜《プロテック・バブル》を発明するまで続いた。それでまず地球の主要都市を覆い、最後に地球全体を包みこんだ。この防御膜こそ外宇宙人にたいする最初の有効な防衛手段であり、最初の本格的応戦であるとニュースマシンは宣伝した。

しかしそれで戦争に勝てるかといえば話は別だった。どの研究施設もさまざまなプロジェクトを考え、夜も昼もぶっ続けで働いて、戦争を有利に導く武器を見つけようとしていた。オルハム自身のプロジェクトもその一つだった。くる日もくる日も数年間にわたり働き続けた。

オルハムはタバコの火を消すと立ち上がった。

「ダモクレスの剣を思い出すね。いつもわれわれの頭上に吊《つ》り下がっている。ぼくは疲れたよ。ひたすら長い休暇を取りたい。だれしも同じことを考えているだろうな」

彼は洋服ダンスからジャケットを出すと玄関のポーチに出た。高速車《シュート》がもうじきくる頃だった。小型でスピードの出る車《バグ》が研究所まで、彼を送って行くことになっている。

「ネルスンが遅れないといいが」彼は腕時計を見た。「もうすぐ七時だ」

「車がきたわ」家並の間に眼を凝らしていたメアリがいった。太陽が屋根の向こう側でギラギラと輝き、重い鉛のプレートに反射している。住宅地は静かでほんの僅かな人だけが動き回っていた。

「行ってらっしゃい。残業はしないでね、スペンス」

オルハムは車のドアを開け中にすべりこむと、シートにもたれため息をついた。ネルスンといっしょに年輩の男が同乗していた。

「ところで」オルハムは車が出るといった。「何か興味のあるニュースはないかね?」

「あいかわらずだね」とネルスン。「二、三隻の外宇宙船が攻撃を仕掛け、わが方は戦略的理由で、また一つアステロイドを放棄した」

「おれたちのプロジェクトが最終段階に入れば勝ち目は出てくる。ニュースマシンの宣伝かもしれんが。先月は何もかもうんざりしたな。どれも暗く深刻で生きている張り合いがない」

「きみはこの戦争を徒労だと考えているのか?」年輩の男がいきなり口をはさんだ。「きみ自身も戦闘要員の一人なんだぞ」

「こちらはピーターズ大佐だ」ネルスンが紹介した。オルハムとピーターズは握手した。オルハムはこの男を観察した。

「どうしてこんな早くに出勤されるのですか? 研究所でお目にかかったことはありませんが」

「私は研究所の人間ではない」ピーターズはいった。「しかしきみが何をしているかは知っている。私の仕事とはまったくかけはなれているがね」

彼とネルスンの間に目配せが行われた。オルハムはそれに気づき眉をひそめた。車は次第に速力を上げ、生命のかけらすらない不毛の土地を一瞬のうちに通過し、研究所の建物の並ぶ遠方の一角を目ざして走っていた。

「どんなお仕事ですか?」オルハムは尋ねた。「それとも口外を禁じられているのですか?」

「私は政府職員だ」ピーターズは答えた。「FSA保安機関に属している」

「はあ?」オルハムは眉を上げげた。「この地域に敵が侵入しているのですか?」

「じつをいえば、きみに会いにきたのだよ、ミスター・オルハム」

オルハムは当惑した。ピーターズの言葉をあれこれ考えてみたが、思い当たることもなかった。

「このぼくに? どうしてですか?」

「外宇宙のスパイとして、きみを逮捕するためだ。そのためにこうして朝早くきたのだ。捕まえろ、ネルスン――」

銃がオルハムの肋骨《ろっこつ》に喰いこんだ。ネルスンはこらえていた感情を一気に露《あらわ》にし、手は慄え顔は蒼白だった。彼は深く息を吸うと吐き出した。

「この場で殺しますか?」彼は小声でピーターズに訊いた。「その方がいいと思いますが。引きのばすのは得策ではありません」

オルハムは友人の顔を凝視した。口をパクパクさせたが言葉が出てこなかった。二人とも恐怖に緊張と冷酷さの入り混じった表情で彼を睨んでいる。オルハムはめまいを覚えた。頭が痛くなりくらくらした。

「何のことだかわからない」彼はつぶやいた。

その瞬間高速車は地を離れて急上昇し空に向かって行った。眼下の研究所はだんだんと小さくなり、やがて見えなくなった。オルハムは口を閉じた。

「少しの時間はある」ピーターズはいった。「まず、この男に二、三の質問をしておきたい」

オルハムはぼんやりと前方を見つめていた。車は空を飛んでいた。

「逮捕は無事終了しました」ピーターズはビデオスクリーンに向かっていった。スクリーン上には局長の姿が現われた。「これでみんなの重荷を降ろしたようなものです」

「面倒はあったかね?」

「ありません。まったく疑いもせず車に乗り込みました。私がいたことも特に不自然とは思わなかったようです」

「いまどこにいる?」

「防御膜の内側から出るところです。最大速力で飛んでいます。危険な時期は過ぎました。この車の離陸ジェットはうまく働きました。その時に失敗があったとしても——」

「その男を見せてくれ」

局長はそういうと、両手を膝において坐ったまま前方を見つめているオルハムを正面から眺めた。

「そうか、この男か」局長はしばらくオルハムを見ていたがオルハムは無言だった。やがて局長はピーターズに顎をしゃくった。「もういい、結構だ」その顔が微かな嫌悪感に歪んだ。「充分見た。きみたちは長く記憶に残る手柄を立てたのだ。二人には勲章を与えることも考慮している」

「それほどのことはありません」ピーターズはいった。

「いま危険度はどのくらいだ。まだ高いのか?」

「多少はありますがたいしたことではありません。私の関知しているところでは、キーとなる言葉を口にすることが必要なのです。いずれにせよ危険は覚悟の上です」

「ムーンベースにきみらの行くことを連絡しておこう」

「だめです」ピーターズは首を振った。「ムーンベースの外れに着陸します。危険に晒《さら》すようなことは望みません」

「好きにしたまえ」局長の眼はふたたびオルハムを見て光った。それから映像は薄れ、スクリーンは空白になった。

オルハムは視線を窓に移した。すでに防御膜を越え、さらに早い速力で飛んでいた。ピーターズは急いでいた。彼の足下、床下では全開のジェットエンジンが吼《ほ》えている。二人ともオルハムを怖《おそ》れ狂ったように飛ばしているのだ。

隣にいるネルスンは不安そうに坐り直した。

「いま殺してしまった方がいいと思いますよ」彼は示唆した。「かたをつけてしまえるなら、何だってやりますがね」

「落ちつけ」ピーターズがいった。「しばらく操縦を交替してくれ。彼と話したい」

ピーターズはオルハムの脇に滑りこみ、彼の顔をのぞきこんだ。やがて手を伸ばすとぎごちなく彼の腕に、それから頬に触れた。

オルハムは無言だった。『メアリに知らせることができたら』彼はまた考えた。『彼女に知らせる方法が見つからないものか』彼は車の中を見回した。どうやって？　ビデオスクリーンか？　ネルスンが銃を持って操作盤のそばに坐っている。何もできない。彼は捕えられ罠に落ちたのだ。

しかし、どうしてだ？

「いいか」ピーターズはいった。「きみに質問したいことがある。われわれの行先を知っているな。月へ向かっているのだ。一時間以内に、月の裏側の荒地に着陸する。着陸後、きみはただちにそこで待機しているチームに引き渡される。きみの身体は即座に破壊される。わかるか？」彼は腕時計を見た。「二時間以内に、きみの身体は月面にまき散らされる。何ひとつ残さずな」

オルハムは無気力さから抜け出そうとした。

「その理由も話してくれないのか――」

「いいとも、話してやろう」ピーターズはうなずいた。「二日前、外宇宙船が一隻、防御膜を破って侵入したという報告を受けた。この宇宙船は人間型《ヒューマノイド》ロボットのスパイを地球に送りこんだ。そのロボットは特定の人間を殺し、その男に化けた」

ピーターズは静かにオルハムを見た。

「ロボットの内部にはウラニウム爆弾が仕掛けてある。わが方のスパイもその爆弾がどうやって爆発を起こすのかは探り出せなかった。しかしそれは口に出された特別の話し言葉、ある種の単語を綴《つづ》り合せたものが、起爆剤となるのではないかと推測した。そのロボットは自ら殺した人間になりすまして活動し仕事をし、社会生活を送るようになっている。ロボットはその人間そっくりに作られていて、だれにもそのちがいはわからないのだ」

オルハムの顔は気味悪いほど蒼白になった。

「そのロボットが身代わりとなる予定だった人間が、プロジェクト研究所の一つの高級幹部であるスペンス・オルハムなのだ。というのは、この特別プロジェクトは最終的段階に到達しようとしていた。そこで敵は人間爆弾の形で研究所の中央部に侵入し——」

オルハムは両手を見つめた。

「そんなことをいっても、ぼくはオルハムだ！」

「いったんロボットがオルハムを探り当て殺してしまえば、彼に化けるのは簡単なことだ。ロボットはおそらく八日前に宇宙船から放たれた。入れ替わったのはオルハムが丘陵に散歩に出た先週末のことだろう」

「とんでもない。ぼくはオルハムだ」彼は操縦席に坐っているネルスンを振り返った。「きみにはぼくが本物かどうかわからないのか？　きみと知り合って二十年になる。ぼくらは共にカレッジに通った仲じゃないか？」彼は立ち上がった。「きみとは大学でもいっしょだった。同じ寮の部屋だった」彼はネルスンの方に近づいた。

「寄るな！」ネルスンはどなった。

「いいか、大学二年の時のことを憶えているか？　あの娘のことは？　何という名だっけ——」

後は額をこすった。「黒い髪の娘。テッドのところで会った娘だよ」

「やめろ！」ネルスンは銃を狂ったように振り回した。「もう聞きたくない。きさまはオルハムを殺したんだ！　きさまは……機械……」

オルハムはネルスンを見つめた。

「それはちがう。どんなことがあったのか知らないが、そのロボットはぼくのところにはこなかった。何か手違いでもあったのだろう。たとえば宇宙船の墜落とか」彼はピーターズを振り返った。「ぼくはオルハムだ。自分でわかっている。身代わりなどではない。ぼくは昔どおり変わっていない」

彼は自分の身体に触れ、両手で身体を探った。

「それを証明するものがあるはずだ。地球へ連れ戻してくれ。X線検査でも精神鑑定でも、どんなものでもやってくれ。そうすれば証明できるはずだ。さもなければ墜落した宇宙船を発見できるかもしれない」

ピーターズもネルスンも沈黙していた。

「ぼくはオルハムだ」彼は繰り返した。「ぼく自身が知っている。けれどそれを証明できない」

「ロボットというのは」ピーターズがいった。「自分が本物のスペンス・オルハムではないということに気づかない。身体と同様に精神もオルハムになっている。人工的記憶装置が与えられており偽の記憶が入っている。オルハムとしてものを見て、記憶を有し、思考を持ち、興味を感じ、仕事をするんだ。しかしたったひとつだけ相違がある。ロボットの体内にはウラニウム爆弾がセットされ、ある言葉が引金となって爆発するようになっている」ピーターズは少し身を離した。「それが唯一の相違だ。おまえを月に連れて行く理由なのだ。そこでおまえを解体し爆弾を取り除く。爆発を起こすかもしれないが、そこならたいした問題にはならないだろう」

オルハムはゆっくりと腰を下ろした。

「もうすぐだ」ネルスンはいった。

宇宙艇がゆっくりと降下して行く間、彼は椅子にもたれかかって必死で思いをめぐらしていた。眼下には穴ぼこだらけの月面があった。果てしない廃墟の広がりだ。どうしたらよいのだろう？　助かるには？

「着陸用意」ピーターズが命じた。

あと二、三分のうちに彼は死ぬのだ。眼下に何か建物らしいものが小さな点となって見える。あの建物の中には、爆発物処理班が彼をバラバラにしようと待ちかまえているのだ。彼を引き裂き、手足をもぎ、解体してしまうのだ。爆弾が見つからなかったら、かれらは驚くだろう。そこでやっと真実がわかるにちがいない。しかしそれでは遅すぎる。

オルハムは狭いキャビンを見回した。ネルスンはまだ銃をかまえている。逃げるチャンスはない。医者を見つけて診察してもらえれば——それが唯一の方法だ。メアリに助けてもらえれば。彼は頭を働かし必死になって考えた。あと二、三分しか余裕がない。妻と連絡が取れさえすれば、どんなことをしても妻に伝言できれば……

「落ちつけ」ピーターズはいった。宇宙艇は徐々に降下し、ごつごつした地面に大きな音を立てて着陸した。そして静かになった。

「聞いてくれ」オルハムは必死でいった。「ぼくはスペンス・オルハムであることを証明できる。医者を呼んでくれ。ここに連れてきて——」

「処理班だ」ネルスンは指さした。「こちらへやってくる」彼は不安げにオルハムを見た。「何も起こらなければいいが」

「解体作業が始まる前に引き揚げよう」ピーターズはいった。「じきにここから出られる」彼は気密服をつけた。着終わるとネルスンから銃を受け取った。「しばらく見張っていよう」

ネルスンは急いでぎごちなく気密服を着こんだ。

「彼はどうします?」ネルスンはオルハムを指さした。「気密服が要《い》りますか?」

「いや」ピーターズは首を振った。「ロボットには酸素は必要ないだろう」

一団の男たちが艇の近くまできていた。かれらは立ち止まり、待機した。ピーターズは合図を送った。

「いいぞ!」

彼が手を振ると、男たちはこわごわ近づいてきた。気密服で膨れた姿はぎごちなくグロテスクだった。

「そのドアを開けたら」オルハムがいった。「ぼくは生命がない。それは人殺しになるんだぞ」

「ドアを開けるぞ」ネルスンがいった。彼はハンドルに手を伸ばした。

オルハムは彼の動作に注目していた。ネルスンの手がドアの握りをしっかりつかむのを見た。一瞬の後、ドアが開き、艇内の空気が外部に流れ出す。自分は死に、その後でかれらはまちがいに気づく。こんな非常時でなければ、戦争などなかったら、人間はこのような行動はとらないだろう。単なる恐怖にかられて一人の人間を急いで殺してしまうようなことは。だれもが怯えているから集団的恐怖のあまり個人を血祭りにあげることをいとわないのだ。

彼に罪があるのかどうか確かめるのを待てない連中のため、彼は殺されようとしていた。

オルハムはネルスンを見た。ネルスンとは長い間の友人だった。共に学校に通い、結婚式でも立会人を務めてくれた。そのネルスンがいま彼を殺そうとしているのだ。ネルスンが悪いのではない。彼の罪ではないのだ。時代が悪いのだ。おそらく中世に悪疫が流行した時も同じだったろう。身体に斑点ができたというだけで殺された。証拠がなくても、その疑いがかかっただけで即座に殺された。危機の時代には、他には何の方法もないのだ。

かれらを責める気にはならない。しかし自分は生きたい。犠牲になるにはあまりにも貴重な生命だ。オルハムはすばやく頭をめぐらした。どうしたらいいか？　何とかならないか？　彼はあたりを見回した。

「そら、開けるぞ」ネルスンがいった。

「いいとも」オルハムはいった。自分の声に自分で驚いた。自暴自棄だった。「ぼくには空気は必要ない。開けろ」

かれらは手をとめ、異様な気配を感じオルハムを見た。

「さあ、開けてみろ。変わりはない」オルハムの手がジャケットの中に差しこまれた。「きみたちがどこまで走れるかだ」

「走る？」

「あと十五秒しかない」ジャケットの中で指をねじった。腕が急にこわばる。リラックスして笑顔を見せた。「言葉が引金になるというのはまちがいだ。その点では手抜かりだったな。さあ、あと十四秒だ」

二人の衝撃を受けた顔が気密服の中から彼を見つめていた。それから二人はもがくとドアを開けた。空気が悲鳴をあげ、真空の中に流れ出した。ピーターズとネルスンは艇からとび出した。オルハムはかれらのうしろでドアをつかむと引き戻して閉めた。自動気圧装置が激しいうなりをあげ、ふたたび空気を充塡《じゅうてん》した。オルハムは慄えながら止めていた息を吐き出した。

もう一秒遅れたら——

窓の向こうに二人の男が処理班に逃げこむのが見えた。処理班も事態を察したのかてんでに四方に散った。一人ずつ地面に身を投げるとうつぶせになった。オルハムは操縦席に坐った。ダイアルを操作すると艇は空中に飛び立った。下方で男たちは慌てて立ち上がり、口を開けたまま彼を見上げていた。

「すまない」オルハムはつぶやいた。「でもぼくはどうしても地球へ戻りたかったんだ」

彼は宇宙艇をいまきた方角に向けた。

夜だった。宇宙艇の周囲にはコオロギが啼《な》き、冷たい暗闇を騒がせていた。オルハムはビデオスクリーンにかがみこんだ。だんだんと映像がかたち作られてくる。家への呼び出しは支障なく通じた。彼は安堵のため息をついた。

「メアリ」彼は呼びかけた。女性が彼を見つめている。彼女は息を呑んだ。

「スペンス！　どこにいるの？　何があったの？」

「いまはいえない。いいかい、急いで話すからね。この通話はいつ切られるかわからない。研究所へ行き、チェンバーレン医師を探せ。見つからなかったら、どの医師でもいい。家に連れてきて、引きとめておいてくれ。X線装置や透視装置など持ってこさすんだ」

「そんなことといったって――」

「ぼくのいうとおりにしろ。急ぐんだ。一時間以内に用意しておいてくれ」オルハムはスクリーンに身をかがめた。「いいな、わかったね？　いまきみは一人か？」

「一人かって？」

「だれかいるか？　ネルスンか、だれかが連絡してきたか？」

「いいえ、スペンス、何のことかわからないわ」

「いいんだ。一時間以内に帰宅する。このことはだれにも口外するな。どんな口実を設けてもいいから、チェンバーレンを呼び寄せるんだ。きみが重病だといってもいい」

彼はスイッチを切り、時計を見た。すぐに艇を出て暗闇の中に踏み出した。家までは半マイルの道のりがあった。

彼は歩きはじめた。

あかりがひとつ窓に見えた。書斎のあかりだ。彼は塀に寄りかかりそれを見つめた。何の音もせず動きもなかった。腕を上げると星あかりで文字盤を読んだ。一時間が過ぎようとしていた。

道沿いに高速車が走ってくる。それは通りすぎていった。

オルハムは家の方に眼をやった。医師はもうきている頃だ。家の中でメアリと待っているはずだ。ふとある考えに囚われた。彼女は家を出ることができたろうか？　邪魔をされたかもしれない。罠に嵌まろうとしているのではないか。

しかし、彼にはほかに何ができようか？

医師のカルテ、X線写真、診断書などがあれば証明できるチャンスがある。診察さえしてもらえば、自分を調べる間だけでも生かしておいてもらえば——

彼はその方法で証明できる。それが唯一の方法だろう。唯一の希望は家の中に横たわっている。チェンバーレン医師は尊敬されている人間だった。研究所の幹部のための医師である。彼ならわかる。その発言なら信用される。彼なら集団ヒステリーや狂気に事実をもって打ち克つことができる。

狂気——それが原因なのだ。かれらが急を要さずゆっくりと行動し、時間をかけてくれればいいのだ。しかしかれらは待てない。彼は死ななければならないのだ。それも即座に、証拠も、裁判も、検査もなしに、死なねばならない。ごく簡単なテストでもわかるのに、それすらやる余裕もない。かれらには危険ということしか考えられない。危険、それだけだ。

彼は立ち上がり家の方に歩きだした。ポーチに上がり、ドアのそばで立ち止まると聞き耳をたてた。何の物音もしない。家は気味悪いほどの静けさだった。

あまりにも静かすぎる。

オルハムはポーチに立ってじっとしていた。かれらは家の中で息を殺しているのか。どうしてだ？　狭い家だ、ドアの向うほんの二、三フィートのところに、メアリとチェンバーレン医師が佇んでいるはずだ。ところが何も聞こえない。人の声も物音ひとつしない。彼はドアを見つめた。それは毎朝毎晩、何度となく開け閉めしたドアだった。

彼はノブに手をかけた。それからふと手を伸ばしベルに触れた。家の裏手のどこかでベルの音が鳴り響いた。オルハムは笑いを浮かべた。人の気配が聞こえたからだ。

ドアを開けたのはメアリだった。彼女の表情を見るや、彼はすべてを悟った。

彼は身をひるがえし藪の中にとびこんだ。保安局員はメアリを押しのけ発砲した。藪が一瞬燃え上がり裂けた。オルハムは懸命に家の横手に回りこんだ。跳び、走り、狂ったように暗闇の中に突進した。サーチライトが点灯され、一条の光線が彼の背後をぐるりと照らした。

彼は道路を渡り塀を越えた。跳び降りると裏庭へ向かった。背後から数名の男たち、保安局員がたがいに合図を交わしながら追ってくる。オルハムは息を切らし、胸が激しく上下した。

メアリの顔――それを見て即座に理解した。固く結んだ唇、恐怖に囚われた哀れな目つき。彼が急いでドアを開け踏みこんでいたら！　やつらは電話を盗聴し、彼が切るとすぐ駆けつけたのだ。おそらくメアリはやつらの説明をうのみにしたのだ。彼をロボットだと思いこんでいたことはまちがいない。

オルハムは走り続けた。保安局員たちの姿が見えなくなった。どこかで振り切ったのだ。走るのは得手でなかったのだろう。彼は丘を登り、向こう側に降りた。もうすぐ宇宙艇に戻れる。しかし、今度はどこへ行ったものか？ 彼はだんだんと歩を遅め、やがて立ち止まった。艇は彼の着陸したところで空を背景に外形を見せていた。居住区は背後にあった。いま居住区と居住区の間の荒野の外縁に当たるところにきていた。そこから森林とひとけのまるでない荒地がはじまる。彼は不毛の荒野を横切り森林地帯に入った。

宇宙艇の方に歩きかけた時、そのドアが開いた。

ピーターズが現われた。その姿は背後からの光に浮き上がって見える。彼は両手で重いボリスガンを構えていた。オルハムは立ち止まると金しばりになった。ピーターズはオルハムの潜む暗闇の中を見つめた。

「その辺にいることは見当がついている」ピーターズはいった。「こっちにこい、オルハム。おまえは保安局員にすっかり囲まれているんだぞ」

オルハムは動かなかった。

「いいか、おまえはまもなく逮捕される。自分がロボットであるとは信じていないらしいな。奥さんにかけた電話で、おまえが人工的記憶から生み出された幻影をまだ持ち続けていることがわかった。しかし、おまえはロボットなのだ。正真正銘のロボットでその体内には爆弾が仕掛けてある。おまえか、他のだれかか、ともかく人間の話す言葉が即座に引金となる。爆発が起これば、周辺数マイルにわたりすべてのものが破壊される。研究所も、奥さんも、われわれすべてが殺されるのだ。わかったか？」

オルハムは無言だった。彼はひたすら聞き耳を立てていた。男たちは立木の間をかいくぐり、じりじりと彼に迫っていた。

「おまえが出てこないのなら、こちらから捕まえに行くまでだ。あとは時間の問題だ。もはやおまえをムーンベースに連行して行くつもりはない。見つけしだい破壊することになっている。爆発も覚悟している。この地域にはすべての保安局員を動員しているんだ。全郡に水も洩らさぬ捜索が行われている。もうおまえの逃げられる場所はない。この森の周囲には武装兵士による非常線が張られている。あと六時間もすればすべての捜索が完了する」

オルハムはその場を離れた。ピーターズはしゃべり続けている。彼にはオルハムがまったく視界に入らなかった。暗すぎて人影も見えない。それでもピーターズの言葉は正しかった。オルハムの逃げ場はなかった。彼は居住区の外れの森林に入る境界線にいた。しばらくの間は身を隠すこともできるが、やがては捕まえられるだろう。

時間の問題にすぎないのだ。

オルハムは静かに森の中を歩いて行った。この郡全体がマイル単位に分断されて、くまなく計測《はか》られ、捜索され、調査されているのだ。非常線はじりじりとせばめられ時の経つごとに、彼をより狭い地域へと追いこんで行くのだ。

残された道は？　唯一の逃げ道だった宇宙艇はすでに失われた。家はすでに敵の手にある。妻もその手中だ。そして本物のオルハムはすでに殺されてしまったと信じていることは疑いない。彼は拳を握りしめた。どこかに外宇宙人の針状宇宙船の残骸《ざんがい》があり、その中にロボットも残っているにちがいない。どこかこの近くに宇宙船は墜落し破壊されたのだ。

そしてその中には破壊されたロボットが横たわっているはずだ。

かすかな希望が生まれた。その残骸を発見できたら？　かれらに墜落し破壊された宇宙船やロボットを見せてやれたら——

ところで、それはどこだろうか？　どこで見つけられるだろうか？

彼はそのことを考えながら歩き続けた。おそらくそれほど遠くないところだ。宇宙船は研究所の近くに着陸するはずだった。ロボットはそこから研究所まで歩いて行くことになっていたはずだ。彼は丘の側面を登り、あたりを見回した。宇宙船は墜落し炎上したのだ。何か手がかりか、ヒントはなかったか？　何かで読んだか聞いたことはなかったろうか？　すぐ近くの歩いて行ける範囲内のどこかに。どこか人里はなれた淋しい場所、人のこない地域に。

突如としてオルハムに笑いが浮かんだ。墜落し炎上したところは——

サットンの森だ。

彼は足を急がせた。

朝だった。日光がへし折れた樹々を通して、森の空閑地の端にうずくまっている男を照らした。オルハムは時々顔を上げ耳を澄ました。追手はもうかなり近くまでやってきている。あと数分の距離だ。彼はにっこり笑った。

その潜んでいる下の草原、空閑地を横切り、焼け焦げた樹の株のごろごろしているところに入ると、そこがかつてのサットンの森で、墜落した宇宙船の残骸がもつれた塊となって散らばっている。日光に当たりそれはかすかに黒く光っている。彼はいとも簡単にそれを見つけた。サットンの森なら自分の庭みたいなものだ。まだ若かった頃、何度となくこのあたりまで登ってきたものだ。残骸のある場所も見当がついた。そこにはいきなり空に向かって突き出た一つの峰があるのだ。

降下した宇宙船はサットンの森の地理に不慣れなため峰を避けるひまがなかったのだ。そしていまオルハムはうずくまり、その宇宙船というより宇宙船の残骸を見下ろしていた。

彼は立ち上がった。ほんの少しはなれた所に追手の一群が交す低い話し声を耳にした。彼は緊張した。自分を見つける相手がだれであるかに運命が賭けられている。それがネルスンであれば望みはない。ネルスンなら問答無用で発砲するだろう。追手が宇宙船の残骸を発見する前に自分は死んでいるだろう。しかし彼の方から先に声をかける時間があれば、わずかな間でも引き延ばすことはできる――それだけでよいのだ。追手が宇宙船の残骸に気づきさえすれば、彼は助かるだろう。

しかし追手が先に発砲すれば――

焼け焦げた枝が音を立てて折れた。人影が一つ現われ、おぼつかなげにこちらへやってくる。

オルハムは深呼吸した。あとほんの数秒だ、それがおそらく生涯の最期の数秒となるかもしれない。彼は両手を上げ、じっと様子をうかがった。

ピーターズだった。

「ピーターズ！」オルハムは手を振った。ピーターズは銃を構え狙いをつけた。

「射つな！」オルハムの声は慄えた。「ちょっと待ってくれ。ぼくのうしろを見ろ。空閑地の向こうだ」

「やつを見つけたぞ」ピーターズが叫んだ。保安局員が焼けた樹々の間からとび出して、彼を囲んだ。

「射つな。ぼくのうしろを見ろ。宇宙船だ。針状宇宙船だ。外宇宙人のだ。見ろ！」

ピーターズはためらった。銃がゆらいだ。

「その下だ」オルハムは早口でいった。「ここに墜落したことはわかっていた。森が焼けたからだ。これで信じてくれるだろう。宇宙船の内部にロボットの残骸があるはずだ。調べてくれるな？」

「下の方に何かある」追手の一人がびくびくしていった。

「やつを射て！」声がした。ネルスンだった。

「待て」ピーターズが振り返ると厳しい声でいった。「おれが責任者だ。だれも射つな。もしかすると本当のことをいっているのかもしれん」

「やつを射て」ネルスンは繰り返した。「やつはオルハムを殺したんだ。いつおれたちをみな殺しにするかもわからないぞ。爆弾が破裂したら――」

「黙れ」ピーターズは丘の斜面に進み出た。彼は見下ろした。「あれを見ろ」彼は合図して二人の男を呼んだ。「降りて行き、確認してこい」

二人の男は斜面を駆け降り、空閑地を横切った。そして身をかがめると宇宙船の残骸を突つき回した。

「どうだ?」ピーターズが叫んだ。

オルハムは息を殺していた。そして少し微笑んでいた。そこには必ずあるはずだ。自分では確認するひまはなかったが、絶対にあるはずなのだ。ふと疑惑の影が射した。もしもロボットが生き長らえて、どこかをさまよっているとしたら? あるいはロボットの身体が完全に破壊され、炎に焼かれて灰になってしまっていたら?

彼は唇をなめた。汗が額から吹き出してくる。ネルスンが彼を睨んでいた。まだ鉛色の顔をしている。その胸が起伏していた。

「やつを殺せ」ネルスンはいった。「おれたちが殺される前に」

二人の男が立ち上がった。

「何か見つけたか?」ピーターズが叫んだ。彼は銃を握りしめた。「そこに何かあるのか?」

「あります。たしかに針状宇宙船です。その脇にも何かあります」

「おれが見よう」ピーターズは大股でオルハムのそばを通りすぎた。オルハムは彼が丘の斜面を下り、部下と合流するのを見つめていた。他の連中も彼の後を追い、目を凝らしてそれを見た。

「何かの身体だな」ピーターズがいった。「見ろ！」

オルハムも斜面を下り、仲間に加わった。かれらは輪になってそれを見下ろしていた。

地面には折れ曲がりねじれて奇妙なかたちとなったグロテスクなものが転がっていた。それは一見人間のようだった。しかしあまりにも奇妙にねじれ、手も足もばらばらな方向に投げ出されている。口は開いたまま眼はガラスのようにうつろに見開いている。

「故障した機械みたいだな」ピーターズがつぶやいた。

オルハムは弱々しく笑った。

「どうだい？」彼は訊いた。

ピーターズはじっと彼を見た。

「信じられない。しかしきみはずっと本当のことをいっていたんだな」

「このロボットはぼくのところまで辿りつくことができなかったんだ」オルハムはいった。そして煙草を取り出し火をつけた。「宇宙船が墜落した時、ロボットは破壊されてしまった。あんた方は戦争に追われて忙しく、人里離れた森の中で突然火事が起こり、あたりが燃えてしまった原因に不審を抱かなかったんだ。いまこそわかったろう」

オルハムは煙草を吸いながら追手を見つめていた。かれらは宇宙船からグロテスクな残骸を引きずり出していた。死体は硬直し手足もこわばっている。

「爆弾も見つかるはずだ」オルハムはいった。男たちは死体を地面に横たえた。ピーターズがかがみこんだ。

「爆弾の一部分が見えたような気がする」彼は手を伸ばし、死体に触れた。

死体の胸は切り裂かれていた。その切開部の中にきらりと光る金属のようなものがある。男たちは無言のままその金属らしいものをじっと凝視した。

「このロボットが生きていたら、あの爆弾がわれわれを皆殺しにするところだった」ピーターズがいった。「あそこに見える金属の箱のようなものだ」

沈黙が続いた。

「きみにはすまないことをした」ピーターズはオルハムにいった。「これはきみにとって悪夢のようなできごとだったろう。きみが逃げ切っていなかったら、われわれは――」彼は絶句した。

オルハムは煙草を消した。

「ロボットがぼくのところにこなかったことは確信していた。それでもぼくにはそれを証明する方法がなかった。時にはあることを即座に証明するのが不可能ということもある。おかげでとんだ騒動になってしまった。ぼくは自分が本物であるということを訴える手段すらなかったんだ」

「休暇をとったらどうだ?」ピーターズはいった。「きみに一カ月の休暇を与えるよう、こちらで考えてもよい。ゆっくりと休み、疲れをとったらよい」

「まずはこのまま家に帰りたいよ」オルハムはいった。

「いいとも」ピーターズはいった。「好きなようにしてくれ」

ネルスンは先ほどから地面にしゃがみこんで死体を調べていた。それからつと手を伸ばし、胸の中に見える光る金属に触れようとした。

「触るな」オルハムはいった。「まだ爆発するかもしれないぞ。あとで爆発物処理班に任せた方がいい」

ネルスンは何も答えなかった。いきなりその手を胸の中に突っこみ金属性のものをつかんだ。

「何をするんだ?」オルハムは叫んだ。

ネルスンは立ち上がった。彼はその金属物を握りしめていた。その顔は恐怖で蒼白だった。それは金属性のナイフ、外宇宙製の針状ナイフでべっとりと血がついていた。

「これが彼を殺したんだ」ネルスンは低い声でいった。「ぼくの友人はこのナイフで殺された」彼はオルハムを見た。「おまえがこれでオルハムを殺したんだ。そして宇宙船のそばに置き去りにした」

オルハムは慄えていた。その歯がガチガチと鳴った。彼はナイフから死体に眼をやった。「この死体がオルハムのはずはない」彼はいった。頭の中が激しく回り出し周囲のすべてが渦を巻いていた。「ぼくはまちがっていたのか?」

彼は息を呑んだ。

「もしもこれがオルハムだとすれば、ぼくはほかならぬ——」

彼はその言葉を最初の一節だけで、全部いい終えることができなかった。

はるかはなれたアルファ・ケンタウリからも、それとはっきりわかる大爆発が起こった。

火星探査班

Survey Team

六マイルも続く放射能灰を通り抜け、ホロウェイはロケットの着陸状況を見にやって来た。鉛で覆われた地下道を出ると、地上部隊の小集団といっしょに屈んでいるヤングのそばに寄った。

地表は暗く静かだった。大気が鼻を刺す、いやな臭いだ。ホロウェイは落ち着かず身悸いした。「ここはどのあたりだ?」

兵士は暗闇《くらやみ》を指した。「あの方向に山脈があります。見えますか? ロッキーです。ここはコロラドです」

「コロラド……」その古い名称にはホロウェイの感情を揺り動かすものがあった。彼はライフルに指をかけた。「いつ着陸するのか?」彼は尋ねた。

地平線の彼方で敵の緑と黄の合図の炎が見えた。それに時おり核分裂の白い閃光が走った。「もうしばらくです。常時機械的に調整されロボット操縦されているので、予定どおりやってくるはずです」

敵の地雷が十数マイル向こうで爆発した。一瞬地形がジグザグの稲妻の中に浮かび上がった。ホロウェイと地上小隊は無意識のうちに地表に伏せた。彼は大地のむっとする焼け焦げた臭いを嗅いだ。戦争が始まってからすでに三十年を経過していた。

記憶にあるカリフォルニアでの少年時代とは大きな変わりようだった。谷間の里、ぶどう園、くるみやレモンのことを憶えている。オレンジの樹下を這う霜除《しもよ》けの煙、緑の山々、女性の眼のような空の色。そして土の新鮮な香り……

それも今は昔の夢になってしまった。建物群の白い石材は粉砕されグレイの灰しか残っていない。かつてはこの場所に都市があったのだ。地下室が大きく口を開け錆びた金属の熔滓《ようし》で充たされている。ここは昔ビルだったのだ。至るところに瓦礫が撒《ま》き散らされあてもなく……

地雷の炎が消えて行き暗闇が戻ってきた。かれらは注意深く立ち上がった。

「なんて眺めだ」兵士は呟いた。

「昔の面影もない」ホロウェイはいった。

「そうですか？　私は地下で生まれたので、地上のことは何も知らないんです」

「あの頃は、食べ物はまさしく地表で、地面で育てていた。土壌からな。地下の養殖タンクからではない。われわれは――」

ホロウェイは絶句した。突然大音響があたりを覆い、話が聞こえなくなったからだ。巨大な形をしたものが、暗闇の中、かれらの背後で怒号し、近くのどこかに衝突し大地を震わせた。

「ロケットだ！」兵士が大声をあげた。全員が走り出した。ホロウェイはぎこちなくぎくしゃく歩いた。

「よい知らせだといいが」ヤングがかたわらでいった。

「私もだ」ホロウェイは息を切らせた。「火星は最後の頼みの綱だ。もしこれがだめなら、われわれはおしまいだ。金星の調査報告は否定的だった。溶岩と蒸気以外に何もなかった」


ほどなくかれらは火星から戻ってきた観測用ロケットを点検した。

「いけるな」ヤングは呟いた。

「本当か？」指揮官のデイヴィドスンが緊張して尋ねた。「いったんそう決めたら、引き返せないぞ」

「大丈夫だ」ホロウェイは観測記録テープのリールを机越しにデイヴィドスンに投げた。「自分で調べてみるといい。火星の大気は薄く乾燥している。重力は地球よりかなり弱い。しかしそこには住めると思うよ。この神に見捨てられた地球よりはるかにましだ」

デイヴィドスンはリールを取り上げた。明滅しない間接照明がオフィスの金属製の机、金属製の壁や床に光を投げていた。隠れた機械装置が壁の中で唸り空気と温度を調整している。

「きみたちエキスパートを信頼するのはもちろんだが、生存要因を考慮に入れないと――」

「当然ながら、それは賭だ」ヤングはいった。「この距離では、すべての要因を確認出来ない」

彼はリールを叩いた。「機械的なサンプルと写真だけだ。それでもロボットは最善をつくして這い回り調べたのだ。これだけの情報を得られたのは幸運だ」

「少なくとも放射能はない」ホロウェイはいった。「それは信用していい。しかし火星は乾燥し、埃っぽく、寒い。はるか遠い。太陽光線も弱い。砂漠と褶曲《しゅうきょく》した丘陵だ」

「火星は歳老いている」ヤングは相槌《あいづち》を打った。「ずっと昔に冷え切っている。だが、こう考えてみよう。地球を除いて、太陽系には八個の惑星がある。そのうち冥王星《めいおうせい》から木星まではだめだ。そこでは生きて行ける見込みがない。水星は溶けた金属以外に何もない。金星は未だに噴火と蒸気を上げているし——前カンブリア紀だ。八個の星のうち七個がだめだ。火星は先験的事実として、唯一の可能性、優先権のある星だ」

「言葉を換えれば」とデイヴィドスンはおもむろにいった。「火星以外に頼れる星はない。われわれにとっては試みるほか方法がないのだ」

「われわれはここに住むことができた。現に地鼠《じねずみ》のように地下組織の中に生きている」

「それもせいぜいあと一年。きみも最近の心理図表《グラフ》を見たろう」

かれらは頷いた。緊張指数が上昇していた。人間は金属トンネルの中で、養殖タンクの食物を採り、太陽を見ることもなしに、働き、眠り、死んで行くようには出来ていなかった。

かれらが頭を悩ましているのは子供のことだった。子供たちは地上に出たことすらなかった。盲目の魚のような眼をした、生気のない疑似ミュータントたち。かれらは地下世界で生まれた世代だ。子供たちがトンネルとねばねばした暗闇としずくの垂れる薄明りの岩塊の世界と混じり合い、去勢されたようになっているのを見て、大人たちの緊張指数が上がってきたのだ。

「それでは賛成か?」ヤングはいった。

デイヴィドスンは二人の技術者の顔を窺った。「われわれの手で地表を改良し、地球をもう一度蘇生《そせい》させ、土壌を回復させせることが出来るかもしれない。しかしかなりむずかしい方法だろうな?」

「まず無理だ」ヤングは感情を交えずいった。「たとえ敵と和平を結んでも、あと五十年間放射能微粒子が空気中に浮遊している。地表は放射能が高すぎて今世紀末まで生命体を受け入れまい。われわれはそれを待っていられない」

「わかったよ」デイヴィドスンはいった。「火星探査班を公式に認めよう。少なくとも危険を冒してみよう。きみは希望するかい？　火星に最初に降り立つ人間になることを？」

「いいとも」ホロウェイは冷静にいった。「それも契約のうちだ」


火星の赤い球体は着実に大きさを増していった。制御室ではヤングと航宙士のヴァン・エッカーが、じっとそれを見つめていた。

「ロケットから飛び出さなければ……」ヴァン・エッカーはいった。「さもないとこの速度では着陸出来ない」

ヤングは神経質になっていた。「われわれはいいけど移民を連れてきたらどうする？　まさか女子供に飛び降りてもらうわけにはいかないだろう」

「その時までにはなんとかなるよ」ヴァン・エッカーは顎をしゃくった。キャプテンのメイスンは緊急警報を鳴らした。船内にまがまがしくベルの音が響き渡った。宇宙船は乗員の駆け足で揺れた。乗員は脱出用スーツを着ると急いでハッチに向かった。

「火星だ」キャプテン・メイスンはスクリーンに囁いた。「月ではない。これは本物なんだ」

ヤングとホロウェイはハッチへ向かった。「いまが潮時だな」

火星は急速に眼前に盛り上がってきた。醜く陰鬱な暗赤色の球体である。ホロウェイは脱出用ヘルメットを着けた。ヴァン・エッカーが彼の背後に続いた。

メイスンは制御室に残った。「乗員が全部降りたら、私も後を追う」彼はいった。

ハッチは開き、かれらは脱出口に並んだ。乗員はもう飛び降り始めていた。

「宇宙船を無駄にしてしまうのは惜しいな」ヤングはいった。

「それは仕方ない」ヴァン・エッカーはヘルメットを締めると飛んだ。制動装置のせいで、彼はくるくる舞い上がり頭上の暗黒の中にバルーンのように昇って行った。ヤングとホロウェイも後に続いた。かれらの下方では宇宙船が火星の表面へと突っ込んで行った。空には小さな輝く点が浮かんでいた——他の乗組員たちである。

「考えていたんだが」ホロウェイはヘルメットのスピーカーでいった。

「何を?」ヤングの声がイヤフォーンに入ってきた。

「デイヴィドスンは生存の要因を見落としているんじゃないかといっていたが、われわれも考えていなかったことが一つある」

「何だそれは?」

「火星人さ」

「なんだって!」ヴァン・エッカーが突然会話に割りこんだ。ホロウェイは彼が右側の方へやってくるのを見た。そしてゆっくりと下の星に降りて行く。「本気で火星人がいると考えているのか?」

「可能性はある。火星は生命を維持出来るからな。われわれがそこに住めるなら他の複雑な生命体も存在するはずだ」

「すぐにわかることさ」ヤングがいった。

ヴァン・エッカーは笑った。「おそらくかれらはわれわれのロボット操縦ロケットを罠に掛けたのかもしれない。そうなるとわれわれの到着を待ち受けているかな」

ホロウェイは沈黙した。それは不気味なほど近くにあった。赤い星はみるみるうちに成長した。極地の白い斑点が見えた。かつては運河と呼ばれたかすんだ青緑色の帯も見える。

この下に文明があるのだろうか？　組織化された文化がかれらを待っているのだろうか？

かれらはゆっくりと降下して行った。彼は袋を探り指はピストルの銃把《グリップ》に届いた。

「ピストルは出しておいた方がいい」彼はいった。

「もし火星人の防衛システムが待ち受けているとしたら、われわれは助かる見込みはないわけだ」ヤングがいった。「火星は地球より数百万年前に地表が平温になっている。かれらが進歩しているのは確かなことで、われわれがたとえ――」

「もう遅いよ」メイスンの声が微かに入ってきた。「きみたちエキスパートはその前に考えるべきことがあったはずだ」

「どこにいるのだ？」ホロウェイは尋ねた。

「きみの下に浮かんでいるよ。宇宙船は空っぽさ。もうすぐ激突するだろう。私は機器一切を運び出し、自動脱出装置に取りつけて落下させた」

微かな閃光が下方で瞬間的に起こり消えた。宇宙船が表面に衝突し……

「私はもうじき地表だ」メイスンは不安気にいった。「火星で最初の……」

火星はもはや球体ではなかった。いまや大きな赤い皿で暗い錆色をした大平原が眼下に拡がっている。かれらはゆっくりと静かに降りて行った。山脈が見える。川にはチョロチョロと細い水の流れ。はっきりしないが碁盤《ごばん》の目のような模様は田畑か牧場かもしれない……

ホロウェイはピストルを堅く握りしめた。空気が濃くなるにつれ制動装置は悲鳴をあげた。地表までもうすぐだった。こもったようなドシンという音がいきなりイヤフォーンに入ってきた。

「メイスン！」ヤングが叫んだ。

「着いたぞ」メイスンの声が微かに聞こえた。

「大丈夫か？」

「風になぎ倒されたが、大丈夫だ」

「眺めはどうだ？」ホロウェイが尋ねた。

しばらく沈黙があった。それから「これは驚いた！」メイスンは息を弾ませた。「ここは町だ！」

「町だって？」ヤングは叫んだ。「どんな町だ？　どうなんだ？」

「火星人がいるかい？」ヴァン・エッカーは叫んだ。「どんな格好をしている？　大勢いるかい？」

メイスンの呼吸の音が聞こえた。その音はかれらのイヤフォーンの中にひどく嗄れて響いた。

「いや」彼はやっといった。「まったく生命のしるしはないね。動きも見られない。この町はひとけがないようだ」

「ひとけがない？」

「廃墟だ。廃墟以外の何ものでもない。何マイルにわたって、毀《こわ》れた柱や壁、錆びた骨組が残っている」

「しめたぞ」ヤングは息を弾ませた。「かれらは死に絶えたに違いない。われわれは安全だ。遠い昔にかれらは文明を発展させ、そして絶滅したのだろう」

「われわれに残したものがあるか？」ホロウェイは恐怖にかられた。「われわれのために何か残してないか？」彼は懸命に制動装置を探った。そして早く下降しようとあせった。「もう何も残っていないか？」

「きみが考えているのは、かれらが全部使い尽してしまったということか？」ヤングがいった。「かれらがすべてを消耗させ――」

「私にはなんともいえない」メイスンの細い声が不安そうに響いた。「惨澹《さんたん》たるものだ。大きな穴がたくさんある。鉱坑《こうこう》だろうか、わからない。しかしひどい……」

ホロウェイは制動装置と格闘していた。

その星は修羅場を呈していた。

「驚いたな」ヤングは呟いた。彼は折れた円柱に腰を下ろして顔をぬぐった。「何ひとつ残っていない。何も」

その周辺に班員たちは仮小屋と緊急防衛装置を設営した。通信班はバッテリー送受信器を組み立てていた。ボーリング班は飲料水用井戸を掘っていた。他の班はあたりを偵察したり、食料を探したりしていた。

「どこにも生命のしるしはなさそうだ」ホロウェイはいった。彼は瓦礫と錆ついたものの無限の拡がりに手を振った。「かれらは死んだ。ずっと昔に絶滅したんだ」

「わからん」メイスンは呟いた。「かれらはどうしてこの星を破滅させたのかな?」

「われわれだって、この三十年間に地球を破滅させたじゃないか」

「この場合は違う。かれらは火星を使い尽したんだ。すべてをな。何も残っていない。何一つな。ここは一つの巨大なスクラップの集積地だ」

慄えながら、ホロウェイはタバコの火をつけようとした。マッチが微かに燃え、それからパチパチと音をたて火がついた。彼は火を見ながらぼんやりとしていた。心臓が重苦しくドキドキした。遠い太陽は照りつけるが、白っぽく小さかった。火星は冷たく寂しい死の世界だった。

ホロウェイはいった。「かれらにとって、町々が廃墟と化して行くのを見るのは地獄の責苦だったろうな。水も鉱物も無くなり、最後には土壌さえ失った」彼は乾いた砂を一握りつかんで、それを指の間からさらさら落とした。

「送信器は働きますよ」班員の一人がいった。

メイスンは立ち上がるとぎこちなく送信器の方に行った。「発見したものをデイヴィドスンに話そう」彼はマイクロフォンの方に屈みこんだ。

ヤングはホロウェイを見ながらいった。「ところで、われわれは身動き出来ないようだな。食料はどのくらいもつ？」

「二カ月というところかな」

「その後は――」彼は指をパチンと鳴らした。「火星人と同じ道を辿るか」彼は横目で廃屋の長い年月に侵蝕《しんしょく》された壁を見た。「かれらはどんなだったのかな」

「言語班が廃墟を探索中だ。おそらく何か発見するだろう」

廃墟の町の向こうには、かつては産業地域だった場所が拡がっていた。破壊された設備、塔、パイプ、機械の集積地。砂に覆われ、一部露出している所は錆びついている。地表は大きな古傷が口を開け、あばた面のようだ。大きく口を開けた竪穴《たてあな》は昔大型ショベルで掘られたものだろう。地下鉱道の入口だ。火星は蜂の巣みたいだ。白蟻の支配地だ。全火星人が地下に穴を掘り、そこで生きて行こうとしたのだ。かれらは火星から何ひとつ残さず収奪し、そして捨てて行ったのだ。

「墓場だな」ヤングはいった。「そう、かれらは相応の報いを受けたのだ」

「きみはかれらを非難するのか？　どうすべきだったというんだ？　もう数千年早く滅び、この星をもっと良好なかたちで残しておくべきだったというのか？」

「かれらもわれわれに何かを残すことは出来たはずだ」ヤングは強情にいいはった。「おそらくわれわれはかれらの骨を掘り出し、それを煮るくらいだ。私はこの手でかれらの一人をつかまえたいね。そして――」

二人の班員が砂を蹴《け》たててやってきた。「これを見てくれ！」かれらは一抱えもある金属筒《メタル・チューブ》を持ってきた。輝く筒が積み重なっている。「これが埋めてあったのを見つけたんだ」

ホロウェイはわれにかえった。「何だこれは？」

「記録だ。書かれた資料だ。これは言語班に任せよう」カーマイケルはホロウェイの足下にその筒を投げ出した。「これだけではないんだ。他に――装置を見つけた」

「装置？　どんな？」

「ロケット発射装置《ランチャー》だ。古い発射塔《タワー》で真赤に錆びている。町の反対側にその地域がある」カーマイケルは赤ら顔の汗を拭った。「かれらは死んだのではない。この地を去ったんだ。この星を消耗しつくしたので飛び去ったんだ」

ジュド博士とヤングはその輝く円筒を穴の開くほど見つめた。

「これはよいものが手に入った」ジュドは呟いた。そして走査器《スキャナー》をうねって横切りながら変化する模様に夢中になった。

「何かわかるかね？」ホロウェイは緊張して尋ねた。

「かれらは確かに去った。飛び去ったんだ。全員がね」

ヤングはホロウェイをふり返った。「どう思う？　そうなるとかれらは死に絶えたのではなかったのか」

「どこへ行ったか、わかるかい?」

ジュドは首を振った。「偵察船が見つけてきたどこかの星さ。理想的な気候と温度のね」彼は走査器を脇にどけた。「その最期の時代には全火星文明が脱出する星の方に向けられた。社会のすべて、何もかも移転させようというのは大プロジェクトだった。価値あるものすべてを火星から他の星に移すには三、四百年かかった」

「作業はどんな風に行われたのだろう?」

「なかなかはかどらなかった。その星は美しかった。かれらはその星に適応して生きねばならなかった。異星への移民に伴う諸問題を予想していなかった」ジュドは円筒を指さした。「植民地は急速に堕落した。伝統や技術を守れなかった。社会はばらばらになった。そして戦争が起こり野蛮化した」

「それではかれらの移民計画は失敗に終わったのだろうか」ホロウェイは考えこんだ。「おそらくそんなことはあるまい。ありえないことだ」

「失敗ではない」ジュドは訂正した。「かれらは少なくとも生き長らえた。この場所にはもはや何も得るものは残っていない。ここに留《とど》まって死ぬよりも、異邦の地で野蛮人として暮らした方がましだ。この円筒にはそう書いてある」

「ちょっと」ヤングがホロウェイに声をかけた。二人の男は仮小屋の外に出た。夜だった。空には輝く星がまたたいている。二つの月が昇っていた。それは凍てついた空の死んだ眼のように冷たく光っていた。

「ここには長居は出来ないな」ヤングはいった。「ここに移民することは不可能だ。それだけははっきりした」

ホロウェイは彼を見た。「何を考えているんだ？」

「ここは九個の惑星の最後の星だ。われわれはその一つ一つを調査した」ヤングの顔には感情の高揚が見られた。「そのどれもが生命体を受け入れる場所ではない。すべてが地球と異なり、何ひとつ役に立つものがない。ここと同じがらくたの山同然だ。全太陽系に行き所なしさ」

「それで？」

「太陽系に別れを告げる時が来たようだな」

「それで、どこへ？　どうやって？」

ヤングは火星の廃墟の方を指さした。町と錆びて曲った塔列を。

「かれらが行った場所さ。かれらは移住地を見つけた。太陽系以外の未知の世界だ。外宇宙航法を発展させ、住民をそこに送りこんだのだ」

「きみは――」

「かれらを真似るんだ。太陽系は死んだ。しかし外宇宙、別の星系のある場所に、かれらは脱出すべき星を見つけたんだ。そしてそこに到達することが出来た」

「もしわれわれが同じ星に到達すれば、かれらと戦わなければなるまい。かれらはその地を分けてくれまい」

ヤングは怒りをこめて砂上につばを吐いた。「かれらの植民地は堕落したんだ。そうだったろう？　野蛮人の段階まで退化したんだ。われわれはかれらを操ることが出来る。戦争用兵器を使えば何でも出来る——一つの星をすっかりきれいにすることも可能だ」

「そんなことはしたくない」

「それでは、どんなことがしたいんだ？　デイヴィドスンにいって、地球に帰してもらうか？　人類をもぐらに変えるか？　目も見えずに這い回るのか——」

「火星人に習えば、われわれもかれらの世界と張り合えるだろう。しかしかれらがそれを見つけたんだ。それはかれらのものであって、われわれのではない。おそらくわれわれには、かれらの航法を再現することは出来まい。設計図は失われているだろうし」

ジュドが言語班の小屋からとび出してきた。「まだ話の続きがあるんだ。一部始終がここに書かれている。脱出した星の詳細もな。動物相や植物相もだ。その星の重力、空気の濃度、鉱物資源、土壌、地層、気象、温度——すべてだ」

「かれらはどんな航法を使ったんだろう？」

「それも詳しく載っている。すべてだ」ジュドは興奮に震えた。「私の考えでは設計班に航法図を見せ、再現可能かどうか調べさせればいい。もし可能なら、われわれは火星人の後を追える。そしてかれらとその星を頒《わか》ち合うことも出来る」

「なあ？」ヤングはホロウェイにいった。「デイヴィドスンだって同じことをいうさ。それははっきりしている」

ホロウェイは身をひるがえすと歩きだした。

「彼と意見の喰い違いでもあるのかい?」ジュドが訊いた。

「いいや。彼なら判ってくれるよ」ヤングは紙に急いで走り書きをした。「これを地球のディヴィドスンに送信してくれ」

ジュドは電文を読むと口笛を鳴らした。「火星人の移住から脱出した星のことまで、彼に連絡するのかい?」

「計画に着手したいんでね。実際出発するまでには相当長い時間を要するな」

「ホロウェイは戻ってくるかな?」

「くるさ」ヤングはいった。「彼のことは心配するな」


ホロウェイはタワーを見上げた。たわんだ細い発射塔から火星の宇宙船は何万年か昔に飛び立ったのだ。

いまは動くものとてない。生命のしるしもない。すっかり干上がった星は死んでいる。

ホロウェイはタワーの周囲を歩き回った。ヘルメットから出る光が前の白い道を照らし出した。廃墟と錆びた鉄の山。ワイヤーとビルの骨組の塊。未完成の設備の一部。半分砂に埋まって突き出ている建造物。

彼は突き出した発射台にやってきた。そして梯子《はしご》を注意深く登りはじめる。観測所に入ると、四方にダイアルやメーターの残骸。望遠鏡が突き出したまま錆びついていて堅く動かない。

「おい」下から声がした。「そこに上がっているのはだれだ？」

「ホロウェイだ」

「驚かさないでくれ」カーマイケルはライフルを下ろすと梯子を登ってきた。「何をしているんだ？」

「眺めているんだ」

カーマイケルはそばにくると息を大きく弾ませた。顔が赤らんでいる。「興味津々のタワーだな。ここは自動的な観測所だ。物資輸送船の離陸を監視したんだ。その頃には住民はすでに移住を終えていたはずだ」カーマイケルは壊れた制御盤を叩いた。「輸送船は絶えず離陸を続けた。機械装置で船積みをし、機械装置で飛び立って行ったんだ。かくして火星人は去って行った」

「行くべき場所があったのはかれらにとっては幸運だったたな」

「そうだ。鉱物班の話ではここには何一つ資源は残っていないそうだからね。役にも立たない砂と岩と瓦礫だけだ。水もよくないそうだ。価値のあるものはそっくり取り尽したんだな」

「ジュドの話では、脱出した星はすばらしく美しかったそうだ」

「処女惑星《ヴァージン・プラネット》だ」カーマイケルは厚い唇を鳴らした。「まだ触れたこともない樹々、青草、青い海。彼は走査器であのシリンダーの文章を翻訳してくれたよ」

「われわれにはそんな行き場所がないのが残念だな。われわれのための処女惑星が」

カーマイケルは身を屈めて望遠鏡を覗いた。「ここにそれが映ったんだな。脱出する星が視界に入ってくると、継電器《リレー》が制動装置《トリガー》の電荷《チャージ》をコントロール・タワーに流す。タワーは宇宙船を発進させる。宇宙船が飛び去ると、次の新しい一群が所定の位置に納まるというわけか」カーマイケルは望遠鏡の埃の積もったレンズを磨き出した。塵《ちり》を払い汚れを除いた。

「かれらの星が見えるかもしれないな」

古いレンズの中にほのかに光る球体が浮かび出た。ホロウェイにはわかった。それは数世紀にわたる汚れで覆われ、金属粒子と塵のカーテンの裏に隠れていた。

カーマイケルは四つんばいになると焦点を調節した。「何か見えるかい?」彼は訊いた。

ホロウェイは頷いた。「ああ」

カーマイケルは彼を押しのけた。「おれにも見せてくれ」彼は眼を細めてレンズを覗いた。

「ああ、ちくしょう!」

「どうした? 見えないか?」

「見えるよ」カーマイケルはまた四つんばいになった。「どこか狂ったんだな。さもなけりゃ時の推移が大きすぎたんだ。しかし、これは自動的に調整されていたように思えるがな。もちろんギヤボックスが急に動かなくなって——」

「どうしたというんだ?」ホロウェイが尋ねた。

「あれは地球だよ。気がつかなかったのかい?」

「地球だって!」

カーマイケルは自嘲《じちょう》した。「こんな馬鹿げたことはくそくらえだ。おれはかれらの夢の星が見たかったんだ。あれは何だ、おれたちのやってきた古い地球じゃないか。おれはこんな無駄なことを一所懸命にやってきたのか。それ見たことかだな？」


「地球か！」ホロウェイは呟いた。彼は望遠鏡のことをヤングに話し終えたところだった。

「信じられん」ヤングはいった。「しかしあの記述は数十万年前の地球にぴったりだ」

「かれらが飛び発ったのはどのくらい昔のことだい？」ホロウェイが訊いた。

「約六十万年前のことだ」ジュドが答えた。「そしてかれらの新しい星の植民地は野蛮化した」

四人の男は沈黙した。かれらは唇をひきしめてお互いを見つめあった。

「われわれは二つの星を破滅させた」ホロウェイがしばらくして口を開いた。「一つだけではない。火星が最初だ。ここを駄目にしてから地球へ移った。そして火星と同様に計画的に地球を破壊した」

「閉ざされた輪だな」メイスンはいった。「われわれは出発点に戻ったわけだ。先祖が蒔《ま》いた種の実りを刈り取りにきたんだ。かれらはこうして火星を去った。使いものにならなくしてな。いまわれわれはここに戻ってきて、屍食鬼《ししょくき》のように廃墟を突つきまわしている」

「黙れ！」ヤングが怒鳴った。彼は怒りながら行ったり来たりした。「おれには信じられん」

「われわれは火星人だったんだ。この地を去った種族の子孫なんだ。植民地から帰ってきたんだ。帰郷さ」メイスンの声はヒステリックに高くなった。「われわれは故郷に戻ったんだ。元いた場所にな！」

ジュドは走査器を脇に押しやると立ち上がった。

「それは疑いない。私は地球の考古学記録でかれらの分析をチェックしたよ。ぴったり合っていた。かれらの脱出した世界は地球だった。六十万年前のね」

「デイヴィドスンに何といおう?」メイスンは訊いた。そしておかしくもないのにくすくす笑いながらいった。「われわれは完全な場所を見つけた。人間の触れたことのない世界だ。まだ元のセロファンで包まれたままだ」

ホロウェイは仮小屋のドアの方に歩いて行った。そして立ち止まると静かに外を眺めた。ジュドがそばにきて並んだ。「これは悲劇的な結末だ。われわれはにっちもさっちも行かなくなった。いったいきみは何を見つめているんだ?」

かれらの頭上には冷たい空が光っていた。ものさみしい光の中に火星の不毛の大地が伸びており、何マイルも何マイルも生命のかけらもない。荒廃した遺跡が続いている。

「あれを見て、私が何を思い出したか、わかるかい?」

「ピクニックの跡地だ」

「割れた瓶、空缶、欠けた皿。ピクニッカーたちが去った後みたいだ。ただピクニッカーたちはまた帰ってくるが——かれらは戻っても自ら招いた混乱の中で住まねばならない」

「デイヴィドスンに何と伝える?」メイスンは尋ねた。

「もう彼に話したよ」ヤングはうんざりしていった。「この星はどうしようもないといっておいた。しかしどこかに行けるだろう。火星人は航法を知っていたからな」

「航法か」ジュドは考えこんだ。「あのタワー」唇が歪んだ。「おそらく外宇宙航法を知っていたはずだ。だから翻訳を続ける価値はある」

かれらはお互いに見つめ合った。

「われわれは作業を続行するとデイヴィドスンに伝えろ」ホロウェイが命令した。「新しい星を見つけるまで続けるんだ。こんな神の見捨てたごみ捨て場には留まれない」彼の灰色の眼が輝いた。「やがて新しい星を見つけるんだ。そして処女地へ、まだ汚されていない世界へと向かうんだ」

「汚されていない土地」ヤングはおうむ返しにいった。「前人未踏の星」

「われわれが最初の人間となるんだ」ジュドは貪欲《どんよく》に呟いた。

「それは間違っている！」メイスンが叫んだ。「二つでたくさんだ！　三つ目の星を破滅させるな！」

だれも彼の言葉に耳を貸さなかった。ジュドとヤングとホロウェイは空を見上げ、顔を紅潮させ手を閉じたり開いたりしていた。まるでその星がもうそこにあるかのようだった。すでに新しい星を手中にし、かれらの力で握りしめているみたいだった。それをばらばらに引き裂き、粉々にして……

サーヴィス訪問

Service Call

ドアのベルが鳴る直前、コートランドが何をしていたのか、まず説明しておくのが賢明だろう。

彼はリーヴンワース・ストリートのしゃれたアパートにいた。ここからラシアン・ヒルは下ってノース・ビーチの広い平坦地《へいたん》へと続き、しまいにはサンフランシスコ湾に達する。デイヴィド・コートランドは一連の日課のレポートの上にかがみこむように坐っていた。そのレポートはディアブロ山でのテストの結果を扱った技術データの一週間分のファイルだった。ペスコ・ペイント会社の調査部長として、コートランドは会社の製品の、さまざまな表面における比較耐久性について関与していた。薬品を塗られた屋根板は五六四日間、カリフォルニアの太陽で焼かれ汗をかいていた。充塡剤《じゅうてん》が酸化を防ぐのを検分するにはいまがよかった。そして生産スケジュールに従って調整する好機だった。

複雑きわまる分析データに夢中で、コートランドは最初ベルを聞きのがした。居間の隅ではボーゲンのハイファイアンプ、ターンテーブル、スピーカーがシューマンの交響曲を奏でていた。妻のフェイは台所で食器を洗っていた。二人の子供たち、ボビーとラルフは作りつけベッドでもう眠っていた。パイプの方に手を伸ばしながら、コートランドはちょっと机から身体をそらし、ごつい手で薄くなったごま塩髪を梳《す》いた……その耳にベルが聞こえた。

「ちぇっ」彼は呟くと気取ったチャイムが何度鳴ったかなとぼんやりと思った。注意を惹くためにくり返し鳴らされたという、あいまいな潜在意識が残っていた。疲れた眼の前には、レポート用紙の山がゆらめき遠ざかった。いったい誰だ？　彼の時計はまだ午後九時三十分を指している。文句をいうほど遅くはない。

「私が出ましょうか？」フェイは台所から明るく声をかけた。

「おれが出る」うんざりしながらコートランドは立ち上がるとスリッパに足を入れ、のそりのそりと部屋を横切った。長椅子、フロアランプ、マガジンラック、プレイヤー、書棚のそばを通って、ドアに達した。彼は大柄な中年の技術者で、他人に仕事をじゃまされるのが好きでなかった。

廊下には見知らぬ訪問者が立っていた。「今晩は」訪問者はじっと紙ばさみ板《クリップボード》を改めながらいった。「お騒がせしてすみません」

コートランドは冷ややかにこの若い男を見つめた。おそらくセールスマンだろう。やせた金髪の男で、白いシャツと蝶ネクタイ、シングルのブルースーツを着ている。片手にクリップボードを持ち、もう一方の手にふくらんだ黒いスーツケースをさげている。骨張った顔には思いつめた表情が浮かんでいる。まじめな困惑した雰囲気を漂わせていた。眉をひそめ唇を固く結び、両頰の筋肉は明らかに心配でひきつり始めている。上目使いに尋ねた。「ここはリーヴンワース一八四六番地ですか？　アパートメント3Aですか？」

「そうだが」無口の動物にふさわしい、限りない忍耐力でそういった。

若い男のこわばった眉根が少しゆるんだ。

「そうですか」アパートの内部をコートランド越しにのぞきこみながら、彼はせかせかしたテノールでいった。「夜分お仕事の邪魔してすみません。ごぞんじかと思いますが、この二日間大変仕事がたてこんでいまして。お電話いただいたのに返事が遅れました」

「電話?」コートランドはおうむ返しにいった。ボタンを外したカラーの下で身体がかっとほてり出した。これはフェイが自分を何かに巻きこんだのだ。彼女は自分に深く調べさせるつもりなのだ。高尚な生活に不可欠の何かだ。「きみはいったい何がいいたいのかね?」彼は詰問した。「要点を話したまえ」

若い男は赤面し唾を音を立てて呑みこみ笑みを作ろうとした。それから早口のしゃがれ声でいった。「ぼくはあなたに呼ばれた修理マンです。あなたのスウィブルを調整しに参りました」

コートランドはその時心に浮かんだ、ふざけたしっぺ返しを使っておけばよかったと、あとから悔やんだ。『そうかい』と彼はいってやりたかった。『私のスウィブルを調整させるつもりはないね。スウィブルはこのままが好きなんだ』だが現実にはそうはいわなかった。その代わりに眼をぱちくりさせ、ドアを少し引くとこういった。「私の何だって?」

「はあ」若い男はねばった。「あなたのスウィブル装置の記録が当然のことながらこちらに来ました。普通は自動調整照会をやるのですが、あなたの電話を重要視したのです——それで完全な修理器具を持参しました。さて、あなたの特別なご不満の種類については……」若い男は猛烈にクリップボードの書類の束をめくった。「うーん、探してみたが見あたりません。口頭でお話し願えませんか。ごぞんじかと思いますが、われわれは公式には販売会社の一部門ではないので……あなたがお買上げになった時、自動的に生じる保険タイプの保証と呼ばれるものです。もちろんわが社との取り決めをキャンセルすることもできます」彼は下手な冗談をいった。「サーヴィス業にはいつも商売仇《がたき》ありというやつで」

しかつめらしさがユーモアに代わった。やせた身体を直立不動にさせ話を終えた。「しかしかのR・J・ライトが、最初のA励起実験モデルを発表して以来のスウィブル修理業者であることを強調させて下さい」

しばらくはコートランドも無言だった。走馬灯《そうまとう》のごとくさまざまなことが心の中を駆けめぐった。でたらめな擬似《ぎじ》科学技術的思考、反射的評価、無意味な概念。それで、スウィブルはまったく故障したのか？　取引が終わるとすぐに修理マンを送りこんでくる……一流企業活動。競争相手にチャンスも持たせず締め出しを図る……独占的策略。おそらくは親会社にたいする反発。内容の混乱した帳簿。

しかし肝心なところにはなかなか考えがまわらなかった。黒いサーヴィス器具ケースとクリップボードを持って、廊下に不安そうに立っているまじめな若い男に、懸命の努力で注意を惹き戻した。

「ちがう」コートランドは熱をこめていった。「まちがいだ。住所をまちがえている」

「はあ」若い男は身体を慄わせると同時に打ちのめされた落胆の色が顔を走った。「住所がまちがいですって？　ああ、最新型の機械のおかげで混乱して、別のルートに送りこまれたのか

――」

「書類をもう一度見直した方がいいな」コートランドは冷たくドアを手前に引きながらいった。「スウィブルというのがいったい何であれ、私はそんなものを持っていない。電話などしたこともない」

ドアを閉めながら彼は若い男の顔に追いつめられた恐怖が浮かぶのを見てとった。卒倒寸前だった。それから明色の木造ドアに視界をさえぎられた。コートランドは腑に落ちぬ気持ちで机に戻った。

スウィブル。スウィブルとはいったい何だ？　気が重く腰を下ろしながら中断していた仕事を続けようとした……しかし考えはばらばらでまとまらない。

スウィブルに相当するようなものはなかった。あの男は工業的な用語を使った。彼はU・Sニューズ紙やウォール・ストリート・ジャーナルを読んでいる。スウィブルなるものが存在するなら、それについて読んでいるはずだった――スウィブルが家庭用のつまらない機械装置にしろである。まあそんな代物だろうが。

「おい」妻のフェイが布巾《ふきん》と柳の盆を持っている姿が、台所のドアのところにちらっと見えたので、彼は叫んだ。「これは何のことだ？　きみはスウィブルというものについて何か知っているか？」

フェイは首をふった。「私は何も知らないわ」

「クロムとプラスティック製直交流のスウィブルをメイシーデパートに注文しなかったか

い？」

「いいえ」

子供のものかもしれない。最近の中学校ではやっているものかも知れない。最新の片刃の大ナイフか、フリップカードか、トントンそこにいるのはだれ遊びなのか？　しかし九歳の子供が、大きな黒い道具ケースを持った修理マンを必要とするほどのものを買うわけもない――週五十セントの小遣いでは。

好奇心が嫌悪感を圧倒した。彼はほんの記録としてスウィブルが何か知っておこうと決心した。椅子からとび上がると廊下のドアに急ぎ、ぐいと引き開けた。

廊下はもちろん空っぽだった。若い男は立ち去っていた。男性用コロンと強い汗の匂いがほのかにするだけで何もなかった。

男のクリップボードからはずれた書類の切れはしだけがそこに落ちていた。コートランドは身体をかがめカーペットからそれを拾い上げた。訪問先指示書のカーボンコピーで、コード証明、サーヴィス会社の名前、相手先の住所が記されている。

サンフランシスコ市リーヴンワース・ストリート一八四六番地。受信者エド・フラー。日時、五月二十八日午後九時二十分。スウィブル30Ｓ15Ｈ（デラックス）。側面フィードバックと神経交換バンクのチェックを示唆。ＡＡＷ３―６。

ナンバーや通知事項はコートランドには何の意味もなかった。彼はドアを閉めるとゆっくりと机に戻った。しわくちゃの紙を伸ばしながら、彼は意味不明な言葉をもう一度読み直し、そこから何らかの意味を引き出そうとした。印刷されたレターヘッドはこうである。

エレクトロニック・サーヴィス・インダストリーズ
サンフランシスコ14・Ri8―4456n。モンゴメリー・ストリート四五五番地。設立一九六三年。

これだ。わずかな印刷文。設立は一九六三年。手が慄えた。コートランドは無意識にパイプに手を伸ばした。たしかにこれで彼がスウィブルのことを聞いたことのない理由が説明できる。それを持っていない訳も……たとえあの若い修理マンが何回アパートのドアを叩こうとも、持主は見つからないだろう。

スウィブルはまだ発明されていなかった。

一所懸命に頭を絞ったあと、コートランドは電話を取るとペスコ研究所の部下の家のナンバーを回した。

「今晩きみが何をしてようが遠慮はしないぞ」彼は慎重にいった。「これから指示を与える。それを直ちに実行せよ」

受話器の向こう側で、ジャック・ハーレイは怒りを覚えながら自分をとり戻そうとしているのが聞きとれた。「今夜？　ねえ、デイヴ、会社はおれの母親じゃない――おれにはおれの生活がある。たとえ何と思われようが――」

「これはペスコとは関係がない。テープレコーダーと赤外線レンズ付のムービーカメラが欲しい。法定速記者を一人呼べ。会社の電気技師が一人必要だ――きみが選べ、優秀なやつをな。それとエンジニアリング室からアンダースンを呼べ。彼がつかまらなかったらわが社のデザイナーのだれでもいい。流れ作業ラインからだれかを外せ。やり手のベテラン機械技師も要る。機械にえらく詳しい奴だ」

疑い深げにハーレイはいった。「まあ、あんたはボスだ。何はともあれ調査部長だ。しかしね、これは会社の許可をもらわなきゃだめですよ。あんたをさしおいてペスブロークから許可を取らせてもらっていいね？」

「かまわん」コートランドはすばやく決心した。「こうしよう、彼には私から電話する。彼も何が起こっているのか、知っておいた方がよかろうからな」

「何が起こっているんで？」ハーレイは興味津々で尋ねた。「こんな風なことをあんたから聞くのは初めてだ……だれかが自動スプレーのペンキを発明したのか？」

コートランドは電話を切った。そして苛々しながら時間をおき、上司に当たるペスコ・ペイント会社のオーナーに電話した。

「ちょっとよろしいですか？」彼はしっかり尋ねた。ペスブロークの妻は夕食後いねむりしている白髪の老人を起こし、電話に向かわせた。

「私は何か大変なことに巻きこまれています。そのことについてお話ししたいのですが」

「ペンキに関係あることか?」ペスブロークは半分冗談、半分まじめに呟いた。「もしそうでないのなら――」

コートランドは彼の言葉をさえぎった。ゆっくりとしたしゃべり方で、彼はスウィブルの修理マンとの応援の一部始終を物語った。

コートランドが話を終えた時、彼の雇主は沈黙した。「うむ」ペスブロークはやっといった。「おきまりの手続をとることだってできるんだが。しかしその話には興味を惹かれた。いいだろう。のってみよう。ただしだ」彼は静かにつけ加えた。「これが手のこんだ時間つぶしだとしたら、それに費やした人員と機械の代金をきみに請求するぞ」

「時間つぶしというのは、つまりこれから何の利益も出てこなかったらという意味ですか?」

「そうじゃない」ペスブロークはいった。「それが知っての上のいかさま、意識的な冗談《ギャグ》だとしたらという意味だ。わしは偏頭痛《へんずつう》がする。冗談などもってのほかだ。きみがまじめで、これがものになるかもしれんと本当に考えているなら、わしは会社の帳簿上の費用に計上する」

「私はまじめです」コートランドはいった。「あなたも私も悪ふざけをするには歳をとりすぎています」

「うむ」ペスブロークは沈思した。「きみは歳をとればそれだけ極端なことをしそうな気配だがな。この話もずいぶん極端なようだ」彼は心を決めたように聞こえた。「ハーレイに電話してオーケーしておこう。欲しいものは何でもいってくれ……その修理マンを足どめして、いったい何者かを突きとめてくれ」

「それはこちらの望むところです」

「その男がペテン師ではなかったら……その時はどうする？」

「そうですねえ」コートランドは慎重に答えた。「その時はスウィブルが何であるかをはっきりさせたいと思います。それを皮切りに、おそらくその後――」

「やつはまたやってくると思うか？」

「来るはずです。正しい住所は見つからないでしょうから、それはわかります。第一この近所でスウィブルの修理マンなど呼ぶ人間はいません」

「スウィブルが何かなどにどうしてかまうんだ？　それよりやつがその時代からここに戻ってくる方法をどうして見つけないのか？」

「彼は当然のことながらスウィブルを熟知しています――しかしここに来る方法を知っているとは思えません。ここがどこかさえ知りません」

ペスブロークは同意した。「それはもっともなことだ。もしわしが立ち寄ったら、きみは中に入れてくれるか？　わしは見物を楽しみたいのだが」

「いいですとも」コートランドは汗をかき、廊下への閉まったドアに眼をやりながらいった。

「しかし他の部屋からのぞいてもらいます。この計画を台なしにされたくありません……こんなチャンスは二度とないでしょうから」

にわか集めの会社の連中はぞろぞろとアパートにやってきて、不機嫌そうに立ったままコートランドの指示を待った。ジャック・ハーレイはアロハのスポーツシャツ、スラックス、ゴム底の靴で、憤然としてコートランドに土くれでも投げつけかねない表情をし、葉巻を嚙みつぶしていた。「さて、ペスブロークに何を話したか知らないけれど、うまくまるめこんだものだ」彼はアパートを一瞥しながらいった。「それじゃわれわれは計画を聞かせてもらえると思っていいのかね? 何をするのかわかりもしないでできることはたんとはないからね」

寝室の戸口にコートランドの二人の息子が眠たげな顔で立っていた。フェイはそわそわと二人を寝室に追い立てた。居間ではさまざまの男女が落ち着きなく場所を占め、顔は怒りと漠然とした好奇心、退屈した無関心さをあらわにしていた。デザインエンジニアのアンダースンは冷淡でよそよそしく、猫背で腹の出た旋盤工マクダウェルはアパートの高価な家具をプロレタリアの敵意を持ってねめまわしていたが、自分の作業靴とグリースの染みたズボンに気づくと、恥じて無関心を装った。録音専門家はワイヤーをマイクロフォーンから台所にセットしたテープレコーダーまで伸ばしていった。法定速記者のスリムな若い女性は隅の椅子の中で身体を楽にしている。長椅子では電気技師のパーキンスンがぼんやりとフォーチュン誌をながめている。

「カメラ装置はどこだ?」コートランドが訊いた。

「すぐ来る」ハーレイは答えた。「古くさいスペイン秘宝のペテンを繰り返している男をつかまえるつもりか?」

「それならエンジニアや電気技師はいらん」コートランドは冷ややかにいった。緊張しながら彼は居間を歩き回る。「おそらく彼は顔を出さないだろうな。今頃は自分の時代に戻っているかもしれないし、どこかをさまよっているのかもしれん」

「だれのことだ?」ハーレイはわき上がる動揺から灰色の葉巻の煙をふかしながらわめいた。「何が起こっているんだ?」

「このドアを一人の男がノックした」コートランドが短くいった。「彼はある機械装置について話した。聞いたこともないものだった。スウィブルと呼んでいた」

部屋の内部では、何の関心もない顔が見かわされた。

「スウィブルとは何か、ひとつ考えてみたい」コートランドは冷静に続けた。「アンダースン、きみからはじめてくれ。スウィブルとは何か?」

アンダースンは薄笑いした。「魚を追いかけ回す釣針だね」

パーキンスンは自ら推理を買って出た。「車輪がたった一つのイギリス車だ」

不承不承ながらハーレイが次にいった。「何かくだらんものだ。家宅侵入ペット防止器とか」

「新しいビニールのブラジャーね」法定速記者は示唆した。

「わからん」マクダウェルは怒ったように呟いた。「そんなもの聞いたこともない」

「わかった」コートランドはうなずきふたたび時計を見た。彼はヒステリーを起こさんばかりだった。一時間すぎたのに修理マンの現われる様子は一向にない。「だれも知らない。見当もつかない。しかし今から九年後のある日、ライトという名の男がスウィブルを発明し、それは大企業となる。それを作る人、買う人、金を払う人がいる。修理マンがやってきてサーヴィスをする」

ドアが開いてペスブロークがアパートに入ってきた。オーバーを腕に掛け、潰れたステットスン帽を頭に乗せている。「やつはまた現われたか?」彼の老いても油断ならない視線は部屋の中にとんだ。「もう準備万端整ったようだな」

「彼はまだ現われません」コートランドは悲しげにいった。「ちくしょう——彼を送り出したのが失敗だ。出て行く前につかまえておけばよかった」彼はしわくちゃのカーボン紙をペスブロークに見せた。

「わかっとる」ペスブロークはそれを押し戻した。「彼が戻ってきたら会話を逐一テープにおさめ、その機械をすっかり写真に撮るんだな」彼はアンダースンとマクドウェルを指さした。「この残りの者は何だ? どうして必要なんだ?」

「適切な質問が出来るように呼んだのです」コートランドは説明した。「他の方法では答を得られません。たとえ彼が現われたところで、ほんの限られた時間しか留まっていないでしょう。その間に見つけなくてはなりません——」彼は妻が近くにきたので言葉を切った。「何だい?」

「子供たちも見たいんですって」フェイは説明した。「いいかしら? 騒がないって約束しているわ」彼女はおどけてつけ加えた。「私だって見たいですもの」

「それじゃ見てなさい」コートランドは憂鬱そうにいった。「見るものは何もないかもしれないけど」

フェイがコーヒーを配っている間、コートランドは説明を続けた。「まず、その男がまじめなのかどうか調べる。最初の質問は彼をひっかけるように狙いをつける。それから彼を研究するためにここにいる専門家に当たらせる。彼がペテン師ならその証拠を見つけるだろう」

「そいつがペテン師でなかったら?」アンダースンは興味ありげな表情で尋ねた。「ペテン師でなくあんたがいうように……」

「彼が本物だったら、あと十年以上先からやってきたことになる。そうなれば全力をつくして質問を浴びせたい。しかし――」コートランドは一息入れた。「われわれが多くの教訓を得られるかは疑問だ。彼は会社組織のずっと下の方に属しているというのが私の印象だ。せいぜい可能なことはその特殊な仕事のあらましをつかむことだ。そこから全体像をまとめ、あとは推測していくしかない」

「彼が生活のためにどんなことをしているのか話してくれると思っているんだな」ペスブロークはいった。「しかしそれだけのことだ」

「彼がほんのわずかの間でも現われたら、われわれにとっては幸運だ」コートランドはいった。長椅子に腰を降ろすとパイプを灰皿に規則正しく打ちつけはじめた。「われわれにできることといえば待つことだけだ。きみたちはそれぞれ何を質問するか考えておいてくれ。その質問には未来から来た男が答えるのだ。彼は自分が未来から来たことも知らないし、いまだ存在もしない装置を修理しようとしているのだ」

「私、怖いわ」法定速記者は蒼白な顔で大きく眼を開き、コーヒーカップを震わせながらいった。

「おれはうんざりだ」ハーレイは不機嫌そうに床に眼を据えたまま呟いた。「こいつはみんな絵空事《えそらごと》だ」

スウィブルの修理マンがふたたびやってきて、もういちどおずおずと玄関のドアをノックしたのは、ちょうどその時だった。

若い修理マンは取り乱していた。彼は狼狽していった。「すみません」挨拶もなしにはじめた。「ご来客中を大変失礼いたします。得意先を再三チェックしたのですが、この住所は絶対にまちがいありませんでした」彼は哀願するようにつけ加えた。「別のアパートをいくつか訪ねてみましたが一向に話が通じません」

「入りたまえ」コートランドはやっとのことでいった。彼は身体を横にずらすと、スウィブルの修理マンとドアとの間に身を寄せ、男を居間に導き入れた。

「この人間か?」ペスブロークは灰色の眼を細めながら疑わしげに低く重々しい声でいった。コートランドは彼を無視した。「坐りなさい」彼はスウィブルの修理マンに命じた。眼の隅で、アンダースン、ハーレイ、マクドウェルが近寄ってくるのが見えた。パーキンスンはフォーチュン誌を投げ出し、すっくと立ち上がった。台所ではレコーディング・ヘッドを走るテープの音が聞こえ……部屋全体が活気を持って動きはじめた。

「時間を改めて参りましょうか」近づいてくる人の輪に気づかって修理マンはいった。「お客さんのお邪魔をしたくありません」

長椅子の肘掛けに重々しく肘をかけコートランドはいった。「いや、いつもこうなんだ。じつをいえば、今が好機でね」めくるめくほどの安堵感でいっぱいだった。いまがかれらのチャンスだった。「私にもどうなっているのかわからないが」彼はたたみかけた。「取り乱していたんだ。もちろんスウィブルは持っている。食堂に置いてあるんだ」

修理マンの顔は発作的笑いに歪んだ。「へえ、そうですか」彼は声をつまらせた。「食堂に？ここ数週間のあいだに聞いたもっともおかしいジョークですな」

コートランドはペスブロークを一瞥した。そんなことがどうしてそれほどおかしいのだろう？　その時彼の肉体が慄えはじめた。冷たい汗が額と掌《てのひら》からにじみ出た。スウィブルとはいったい何だ？　すぐにつきとめた方がいいかもしれない——いや、つきとめてしまわない方がいいかも。もしかするとかれらの想像もつかないことに巻きこまれているのか。おそらく——彼はその考えは気にくわなかったが——かれらは今のままの方がよいのか。

「私は混乱していてね」彼はいった。「きみが技術用語でいうものだから。私はそれをスウィブルと考えたことがないんだ」彼は注意深く締めくくった。「それが一般的な呼び名であるのは知っているが、多額の金がかかっている以上、正しい名称でそれを考えたいんだ」

スウィブルの修理マンはまったく困惑している様子だった。コートランドは自分がまた別のへまをやらかしたことに気づいた。いうまでもなくスウィブルは正式名なのだ。

ペスブロークが声をはり上げた。「スウィブル修理をもうどのくらいやっている？　ミスター……」彼は待ったが、そのやせてまごついた顔からは何の答も返ってこなかった。「きみの名前は？」彼は詰問した。

「ぼくの何ですか？」スウィブルの修理マンはひきつったようなしかめ面をした。「何をいわれているのかわかりません」

おやおやとコートランドは思った。これは彼が気づいていたより――かれらのだれかが気づいていたよりも、はるかに難しいものになろうとしている。

腹立ち気味にペスブロークはいった。「きみだって名前ぐらい持っているだろう。名前のないやつはいない」

若い修理マンはごくり唾を呑みこむと赤い顔してカーペットに眼を落した。「ぼくはまだサーヴィス・グループ・フォアの一員にすぎません。それでまだ名前はないんです」

「それはそれとして」コートランドがいった。身分上の特権として名前が与えられるなんて、どんな社会なんだ？「きみが有能な修理マンであることを確かめたい」彼は具体的にいった。「スウィブルを修理して何年になる？」

「六年三カ月になります」修理マンは断言した。誇りが当惑に取って代わった。「中学校でスウィブルの維持管理《メンテナンス》の適性に全優をもらいました」彼はやせた胸を張った。「ぼくは生まれながらのスウィブルマンなのです」

「結構」コートランドはあやふやに同意した。その産業がそれほど大きいとは彼には信じがたかった。中学校でテストまであるのか？スウィブルの維持管理は記号操作や手先の器用さ並みに基本的才能と考えられているのか？スウィブルの仕事は音楽的才能や空間的関係を認識する能力と同じく基本的なものとなっていたのか？

「ええと」修理マンはふくらんだ道具ケースをまとめながらきびきびいった。「ぼくはもうとりかかれるんですが。すぐに店に帰らないと……他の訪問先もたくさんあるので」

ぶっきらぼうにペスブロークはやせた若い男の真ん前に歩いて行った。「スウィブルとは何だ？」彼は問い質《ただ》した。「こんな時間の浪費はもうたくさんだ。きみはこの仕事に従事しているといったな——それは何なんだ？　ごく簡単な質問だ。何かものには違いないはずだ」

「それはそうです」若い男はためらいがちにいった。「しかし言葉に表わすのは難しいものです。たとえば——ええと、たとえば猫とは何か？　犬とは何かと訊くようなものです。どうやったら答えられますか？」

「それじゃ話にならない」アンダースンはいった。「スウィブルは製造されるものではないのか？　設計図を持っているだろう。それを見せてくれ」

若い修理マンは身を守るように道具ケースを握りしめた。「いったいどうしたというんですか？　もしこれがあなた方の冗談で——」彼はコートランドをふり返った。「仕事にかかりたいんですが。本当にあまり時間がないんです」

片隅に立ちながら両手を深くポケットに突っ込んだマクダウェルがおもむろにいった。

「私はスウィブルを一つ手に入れることを考えていた。家内が一つぐらい持つべきだと考えてるもんでね」

「ええ、そうですとも」修理マンは同意した。頬が紅潮すると一気にしゃべり出した。「あなた方が一つもスウィブルを持っていないことに驚きました。あなた方がどうなさったのか想像もつきません。みなさんの行動は——奇妙です。お尋ねしたいのはみなさんがどこから来られたのかということです。なぜあなた方はそれほど——そう、それほどごぞんじないんですか？」

「この人たちは」とコートランドは説明した。「スウィブルのまったくない田舎からやって来たんだ」

即座に修理マンの顔は疑惑でこわばった。

「へえっ？」彼は鋭くいった。「面白いですね。田舎はどこですか？」

またしてもコートランドはへまなことをいってしまったのに気づいた。その返事にまごついている間に、マクダウェルは咳払いをし、遠慮なく話を進めた。「とにかく、われわれも一つ手に入れたいということだ。印刷物はないのか？　他の製品の写真は？」

修理マンは答えた。「残念ながら持ち合わせていません。しかし御住所を教えて下されば販売部よりその情報を送らせます。お望みなら洗練された代理人が御都合のよろしい時にうかがいます。そしてスウィブルをお持ちになることの利点を説明いたします」

「最初のスウィブルは一九六三年に開発されたというのか？」ハーレイが尋ねた。

「そのとおりです」修理マンの疑惑は一時的に治まった。「ちょうどよい時でした。こういわせて下さい——もしもライトが最初のモデルを開発しなかったら、人類は生き残れなかったでしょう。ここにいるあなた方はスウィブルを持っていない——それを知らないのかもしれません——たしかにそれを知らなかったかのようにふるまっています——しかしあなた方はR・

J・ライト老のおかげでいま生きているのです。世界を動かしているのはスウィブルなんです」

黒いケースを開き、修理マンはてきぱきと複雑なチューブやワイヤー器具を取り出した。ドラム缶に透明な流動体を充たし蓋をすると棒ピストンを試験し立ち上がった。「DXの注入からはじめましょう——そうすればたいていは元どおりに動きます」

「DXとは何だ?」アンダースンは即座に尋ねた。

その質問に驚いて修理マンは答えた。「高蛋白《たんぱく》濃縮食品です。ぼくたちの初期のサーヴィス訪問の九十パーセントまでが不適当な食品による苦情でした。みなさんが新しいスウィブルの扱い方を知らないがためでした」

「へえ」アンダースンは弱々しくいった。「そいつは生きているのか」

コートランドの心はぐっと沈みこんだ。彼はまちがっていた。道具類を集めている男は正確には修理マンではなかった。彼はたしかにスウィブルを調整に来たのではあった。ところがその役割についてはコートランドの考えとはいささか異なっていた。彼は修理マンではない。獣医だったのだ。

器具やメーターをきちんと並べながら若い男は説明した。「新しいスウィブルは初期のモデルに比べはるかに複雑です。調整の前にこれだけの手間をくいます。それにしてもいまいましいのは戦争です」

「戦争?」フェイ・コートランドが不安気におうむ返しにいった。

「初期の戦争ではありません。一九七五年の大戦争です。六一年のあの小規模の戦争はたいしたことはありませんでした。ごぞんじのことと思いますが、ライトは元々陸軍のエンジニアで——ええと、ヨーロッパとか呼ばれる地域に配属されていました。国境を越えてなだれこんでくる難民を見て、このアイデアが浮かんだのだったかと思います。そう、たしかにそうです。六一年に戻って、小戦争の間、反対陣営から数百万人がこちらになだれこみ、こちらからもかなり向こうに移りました。人々は二つのキャンプの間を行ったり来たりしていました——まったくぞっとしますよ」

「私は歴史に暗いのだが」コートランドはくぐもった声でいった。「学校ではさぼってばかりいたんでね……六一年の戦争はロシアとアメリカの間に起こったのかね？」

「えっ」修理マンは驚いた。「世界中で起こったんです。ロシアはもちろん東側を指揮し、アメリカは西側です。全体が二つに割れました。それが小戦争です。しかしそれは勘定に入りません」

「小戦争？」フェイはおぞけをふるって尋ねた。

「ええ」修理マンは素直に肯定した。「その時はかなりの被害に見えました。しかし戦後まだ建物群が残っていたので、小戦争といったのです。それにわずか二、三カ月のことでしたし」

「だれが——勝った？」アンダースンは嗄《しわが》れ声でいった。

修理マンはくすくす笑った。「勝ったかですって？　あまり聞き慣れない質問ですね。そう、東側の方の多くの人々が残りました。それがあなたの御質問の主旨だとすればですが。とにかく、六一年の戦争の重要性は——あなたの歴史の先生方はそれをはっきりさせてくれたと信じていますが――スウィブルが現われたということです。R・J・ライトはその戦争中に二つの陣営を行ったり来たりする人たちからアイデアを得たんです。本当の戦争がやってきた七五年までには、われわれはたくさんのスウィブルを持っていました」考え深げに彼はつけ加えた。「じつは、本当の戦争というのはスウィブルをめぐっての戦争なのです。この前の戦争がそうです。スウィブルを必要とする人々と、そうでない人々との間の戦争でした」気持ちよさそうに彼は話をしめくくった。「いうまでもなく、われわれは勝ちました」

しばらくあって、コートランドはやっと尋ねた。「相手方はどうなった？　スウィブルを不必要とした連中は」

「それはもちろん」修理マンは穏やかにいった。「スウィブルに殺されました」

慄えながらコートランドはパイプをふかした。「そんなことはまったく知らなかった」

「どういうことだ、それは？」ペスブロークは嗄れ声で尋ねた。「どうやって殺した？　何をしたんだ？」

驚いて修理マンは首をふった。「いくら素人の集まりといっても、これほど何も知らないとは思いませんでした」彼はすっかり優越感にひたっていた。やせた胸を張り歴史の基礎知識について、注目している一団の人々に講義をはじめた。「ライトの最初のA励起スウィブルはもちろん粗雑なものでした。しかし目的には適していました。元々それは二つの陣営を転々とする人々を二つのグループに分ける機能を持っていました。本当に味方になった者とそうでない者とをです。ふたたび移って行こうとする者は……真の忠誠心に欠けた者でした。当局はこうした浮動層のうち、どちらが本心から西側寄りなのか、どちらがスパイや秘密諜報員なのか知ろうとしたのです。その判別が初期のスウィブルの役割だったのです。それはいまとはまったく比べものになりませんでした」

「そうだ」コートランドは麻痺したように同意した。「まったくそうだ」

「現在は」修理マンは流暢《りゅうちょう》にいった。「われわれはそのような粗雑なものは扱っておりません。一個人が正反対のイデオロギーを受け入れるまで待った上で、彼がそこから転向することをのぞんだりするのはばかげています。ある意味では、それは皮肉なことではありませんか？六一年の戦争の後、対立するイデオロギーはたった一つになりました。スウィブルに反対することです」

彼は楽しげに笑った。「こうして、スウィブルは、スウィブルのために差別されることに反対する人々を区別しました。それは正に一種の戦争でした。しかし大量の爆弾やゼリー状ガソリンを使用した汚い戦争ではありません。科学的戦争です。無差別の攻撃など皆無でした。スウィブルだけが地下室、廃墟、隠れ家にもぐりこんで行き、反対者を一人ずつ摘発して行ったのです。やがて全員が捕まりました。そして現在」彼は話を切ると器具を集めた。「われわれは戦争とか、それに類似したものについて心配することはまったくありません。いかなる対立もありません。どんな対立もイデオロギーも存在しないのですから。ライトが証明したように、イデオロギーの中味はそれほど重要なものではありません。共産主義、自由企業、社会主義、ファシズム、奴隷制、どれもとるに足らぬものです。重要なのはわれわれ一人一人の意見が完全に一致し、絶対的にそれに忠実であるということです。そしてわれらのスウィブルのある限りは——」彼は心得顔でコートランドに片目をつぶってみせた。「ところで、新しいスウィブルの持主として、あなたはその利点を見つけたわけです。あなたは自分のイデオロギーが、世界の人々とまったく一致しているという確信をもって、安全と満足の念を覚えています。あなたを堕落させるようないかなる可能性もチャンスもありません——そしてゆぎずりのスウィブルの餌になる危険もないのです」

何とか最初に立ち直ったのはマクダウェルだった。「そうか」彼は皮肉っぽくいった。「たしかに家内と私が欲しいのはそいつらしい」

「ええ、あなたもご自分のスウィブルをお持ちになるべきですよ」修理マンは勧めた。「考えてもごらんなさい——自分のスウィブルを手に入れれば、それは自動的にあなたを調整してくれます。緊張や余計な心配なしに、あなたを正しい道に導き続けてくれます。いつでも自分がまちがいを犯しているのではないことがわかります——スウィブルのスローガンを思い起こして下さい。どうして忠誠心が中途半端なのか？ あなた自身スウィブルによって苦痛でない程度に視野を矯正されます……しかしもしも躊躇したり、正道にいると思いこんでいたら、いつの日か、友人の居間に足を踏み入れたとたん、彼のスウィブルに頭を割られ呑みこまれてしまうでしょう。もちろん」彼は思いをめぐらした。「ゆきずりのスウィブルでも、なんとかあなたを正道に戻してくれる可能性はまだあります。しかし通常は手遅れです。普通——」彼は笑った。「普通、人々はいったん横道にそれると、救いがたいところまで行ってしまいます」

「それできみの仕事は？」ペスブロークが小声で訊いた。「スウィブルの働きを調整することかね？」

「それは調整が利きません。それ自体の働きに任せておきます」

「それは一種のパラドックスではないかね？」ペスブロークは追求した。「スウィブルはわれわれを調整し、われわれはスウィブルを調整する……それは循環論だ」

修理マンは当惑した。「そうです。おもしろい表現をされますね。しかしわれわれはスウィブルを管理し続けなければなりません。当然です。スウィブルが死んでしまわないようにです」

彼は慄えた。「さもないとさらに悪いことになります」

「死ぬ？」ハーレイはよく呑みこめずに尋ねた。「だけどそれが人の手で作られたものなら——」眉毛をぴくぴくさせた。「それは機械なのか？　生きものなのか？　どちらなんだ？」

辛抱強く修理マンは基礎的な物理学の解説を試みた。「スウィブル培養物《ばいよう》は充分に管理された条件下において、蛋白質媒体に進化した有機的表現型です。スウィブルの基礎を形成する誘導神経組織は、成長し、考え、咀嚼《そしゃく》し、排泄《はいせつ》するという意味で、たしかに生きています。そうです。それはたしかに生きています。しかし機能全体としてのスウィブルは生産品です。有機体組織は親タンクの中に注入され、それから封印されます。ぼくはそれを修理しているわけではありません。食品の適当なバランスを回復するための栄養分を与えているのです。そしてその中に入りこむ寄生的有機体を処理しようと試みています。それの調整を続け、健康を保たせようとしています。有機体のバランスはもちろんすべて、機械的なものです」

「スウィブルは直接人間の心に接近するものなのか?」アンダースンは興味津々で尋ねた。

「当然のことです。それは人工的に進化した精神感応力のある後生動物です。ライトはそれで現代の基本的問題を解決したのです。種々様々な、対立するイデオロギーの党派の存在、背信行為や意見の相異の顕在。スタイナー将軍の有名な警句によれば、戦争とは投票所から戦場へと意見の不一致が拡大したものです。そして世界奉仕憲章の序文では、戦争が排除されるべきものであるならば、まず人間の心からそれを取り除くべきであると。意見の不一致が起こるのはひとえに人間の心の中からであるとあります。一九六三年までは、どうしても人間の心に入りこむ方法はありませんでした。一九六三年まで、この問題は未解決でした」

「ありがたいことね」フェイははっきりといった。

それは修理マンの耳に入らなかった。彼は自分の弁舌に夢中になっていた。「スウィブルを用いて、われわれは忠誠心の基本的な社会学上の問題を、日常の技術的問題に変換させることができました。単なる維持保全と修理の問題にです。われわれが心配しなければならないのは、スウィブルの機能を正しく保つことだけです。あとのことはスウィブル自体に任せます」

「言葉を換えれば」コートランドは弱々しくいった。「きみたち修理マンだけがスウィブルを支配する力をもっているのか。そしてこれら機械の上に立つ全部の人間の代表というわけだ」

修理マンは頭をめぐらせた。「そうなんでしょうね」彼は控えめに認めた。「そうです。そのとおりです」

「きみたちを除けば、スウィブルは非常にうまく人類を管理しているわけだ」

骨張った胸は自己満足と自信たっぷりのプライドでふくらんだ。「そうもいえます」

「なあ」コートランドはだみ声でいった。そして男の腕をつかんだ。「それはたしかなことなのか？　きみは本当に支配しているのか？」おかしな希望が彼の胸に湧いてきた。「人間がスウィブルを支配する力を持っている限り、それを元に戻すチャンスはあった。スウィブルは解体しバラバラにすることができる。一方スウィブルは人間のサーヴィスに従っている限りは、まるで望みがないわけではなかった」

「何ですって？」修理マンは訊き返した。「もちろん、われわれは支配しています。ご安心下さい」断固として彼はコートランドの指を引きはがした。「さて、おたくのスウィブルはどこですか？」彼は部屋を見回した。「あまり時間がありません。急ぎませんと」

「スウィブルは持ったこともないんだ」コートランドはいった。

しばらくは何のことかわからなかった。それから奇妙で複雑な表情が修理マンの顔を横切った。「スウィブルがない。しかしあなたはぼくに——」

「何かがまちがってしまった」コートランドは嗄れた声でいった。「どんなスウィブルもない。早すぎたのだ——スウィブルはまだ発明されていない。わかるか？　きみの来るのが早すぎたんだ！」

若い男の眼がとび出した。器具をつかみながら彼は眼をパチパチさせ口を開け二歩後ずさりした。そして声を出そうとした。

「早すぎる？」その時いきなり頭に閃くものがあった。不意に彼は歳とって見えた。しかもかなり老けて。「おかしいと思った。全然破壊すらされていない建物群……古風な調度類。伝送装置が位相をまちがえたんだ！」怒りで顔が紅潮した。「あの即時サーヴィスめ――慣れた機械装置を使っていればこんなことはなかった。もっとよくテストすべきだと申し入れたのに。ちくしょう、もうとてもつぐない切れない。この混乱を正常に戻せたら奇跡だ」

彼は狂ったように身を屈めると、急いで器具類をケースに戻した。一連の動作で彼はケースの蓋を閉め、鍵をかけ立ち上がると、コートランドに軽く頭をさげた。

「さようなら」彼は形式的にいった。そして消えた。

監視者の一団の眼にもとまらなかった。スウィブルの修理マンは元の所へ戻って行ったのだ。

しばらくしてペスブロークはふり返ると台所にいる男に合図した。「テープレコーダーを止めたらどうだ」彼は陰気に呟いた。「録音することはもうない」

「ああ」ハーレイはいった。声が慄えていた。「機械で動かされている世界だと」

フェイも慄えていた。「あんな小男が、そんなに大きな力を持っているなんて信じられないわ。ただの下っぱ社員だと思っていたのに」

「あの男は完全に管理者だ」コートランドは耳ざわりな声でいった。

みんな沈黙した。

二人の子供のうちの一人が眠そうにあくびした。フェイは急にかれらの方をふり向き二人を集めると、てきぱきと寝室へ連れて行った。「もう二人とも寝る時間よ」彼女はわざと陽気そうにふるまった。

不服そうに文句をいいながら二人の男の子は消え、ドアが閉まった。次第に居間でも緊張が解け動き出した。テープレコーダー係はリールの巻き戻しをはじめた。法定速記者は慄えながらノートを集め鉛筆を片づけた。ハーレイはタバコに火をつけ憂鬱そうに吐き出した。その顔は暗く陰気だった。

「どうやら」コートランドはしばらくしていった。「われわれはみんなそれを受け入れた。それがペテンでないと思っているわけだ」

「さて」ペスブロークが指摘した。「彼は消えた。それは当然充分な証拠となる。それと彼がケースから取り出した道具類——」

「わずか九年先のことだ」電気技師のパーキンスンは考え深げにいった。「ライトはすでに生きている。彼を捜し出し刃物で突き刺せ」

「陸軍工兵、R・J・ライトだ」マクダウェルは賛成した。「彼を捜し出すのは可能なはずだ。そんなことが起こるのを防げるかもしれない」

「彼のような連中がどのくらいの間、スウィブルを支配していられると思う？」アンダースンは尋ねた。

コートランドは弱々しく肩をすくめた。

「はっきりいえない。おそらく数年か……一世紀かもしれん。しかし、遅かれ早かれ何かが起こるだろう。予測もしない何かが。そしてそれからはスウィブルはわれわれみんなを餌食《えじき》にする肉食機械となるだろう」

フェイは狂ったように身ぶるいした。「恐ろしいわ。しばらくの間はそうでないのが本当にうれしい」

「きみたちとあの修理マンは」コートランドは苦々しげにいった。「それがきみに影響を及ぼさない限りは――」

フェイの張りつめた神経が爆発した。「それは後で議論しましょう」彼女はペスブロークにけいれんしたような笑いを見せた。「コーヒーのお代りは？　お持ちしましょう」きびすを返すと、居間から台所に走りこんだ。

彼女がコーヒーポットに水を注いでいるとドアのベルが静かに鳴った。

部屋中の人々が凍りついた。お互いの顔を見つめ合い恐怖におし黙っていた。

「あの男が戻って来た」ハーレイは太い声でいった。

「やつではあるまい」アンダースンは弱々しく示唆した。「きっとカメラマンだろう」

しかしドアへと動く者はだれもいなかった。しばらくしてベルはふたたび鳴った。しかももっと執拗に。

「何とか返事をしなくてはならん」ペスブロークがぎごちなくいった。

「私はいやよ」法定速記者は慄え上がった。

「ここは私のアパートじゃない」マクダウェルは言い訳した。

コートランドはしゃちこばってドアの方へ歩いて行った。ドアのノブをつかむ前に彼はそれが何かわかっていた。最新流行の瞬間伝送機を使った派遣だ。係員と修理マンを直接部署につかせるための何かだ。そうすればスウィブルの管理は絶対的で完全だ。まちがうこともない。しかし何かが狂っていた。管理が混乱してしまった。その働きが逆転し完全に後戻りしてしまった。自滅的な無益さ。あまりにも完全すぎたのだ。ノブを握ると彼は勢いよくドアを開けた。

廊下に立っていたのは四人の男だった。地味な灰色の制服を来て帽子をかぶっていた。そのうちの一人は帽子を脱ぎ何か書きこんだ紙をちらっと見た。それからコートランドに向かって丁寧に頷いた。

「今晩は」彼はにこにこしながらいった。たくましい男で幅広い肩、もじゃもじゃの濃い褐色の髪が汗で光る額に垂れている。「私たちは――その――少々道に迷いまして。ここまで来るのに時間がかかりました」

アパートの内部をのぞきこみながら重い革のベルトをぐいと引き上げ、道筋案内地図をポケットに突っ込んだ。そして大きな手をこすり合せた。

「階下のトラックに積んであります」彼はそう告げ、コートランドと居間の全員に話しかけた。「どこに置いたらよいか決めて下さい。すぐにお持ちしますから。かなりのスペースを用意して下さい――あちらの窓側がいいですね」きびすを返すと彼と係員たちは精力的に荷物用エレベーターの方に歩いて行った。「この最新型スウィブルはかなりの空間を占めますよ」

展示品

Exhibit Piece

「ずいぶん珍しい服を着ておられますね」公衆輸送車のロボット運転士はもの珍しげに見ていた。車のドアが開き舗道の縁石のところで停まった。「その丸い小さなもの、何ですか？」

「ボタンだ」ジョージ・ミラーは説明した。

「半分は実用的なものだが、半分は飾りなんだ。これは二十世紀の古風なスーツでね。仕事柄いつも着ているんだ」

彼は料金をロボットに支払い、ブリーフケースをつかむと歴史局への傾斜路《ラムプ》を急いだ。局のビルはもう開いていた。寛衣《かんい》姿の男女がいたるところで行き交っている。

ミラーは個人用エレベーターに乗った。〈西暦前〉部門から乗った二人の大柄な監督官の間にはさまれ、すぐに自分の階〈二十世紀中期〉部門に運ばれて行った。

「おはよう」原子力エンジン展示台の前でフレミング監督官と顔を合わせたミラーは小声であいさつした。

「おはよう」フレミングは無愛想に答えた。「なあ、ミラー。そろそろきっぱりとかたをつけようぜ。きみのような服装をみんなが真似したらどうなる？　政府は服装について厳しい規則を設けている。たまにはそのひどい時代錯誤《アナクロニスムス》を頭から追い払えないかね？　君の手にしているものはいったい何だい？　ジュラ紀の潰れたトカゲかい？」

「これはワニ皮のブリーフケースだ」ミラーは釈明した。「この中には私の研究用フィルムが入っている。ブリーフケースというのは二十世紀後半の管理職にとっては身分を表すシンボルだったんだ」彼はブリーフケースを開けた。「いいかい、フレミング、私は自分の研究している時代の日用品に慣れることで、単なる知的好奇心から本当の共感を得られるようにと、自己改革の最中なんだ。私が時々妙な発音をすると、あんたはよく注意してくれるだろう。そのアクセントはアイゼンハワーが大統領だった時代の、アメリカのビジネスマンの使っていたものなんだ。わかりる?」

「えっ?」フレミングは怪訝《けげん》な顔をした。

「わかりる、というのは二十世紀の表現なんだ」ミラーは机上にフィルムを置いた。「何かほかにも私に用事があるのかい?　これから仕事にかかりたいんでね。二十世紀のアメリカ人は自宅の床タイルは貼れても、自分の衣服は縫えなかったという事実を示す面白い証拠を見つけたんだ。このことで展示物を替えたいんだ」

「伝統信奉主義者みたいな狂信者とは違うんだぞ」フレミングは歯ぎしりした。「二百年後の世界にいるんだぞ、きみは。過去の遺物や細工品に溺れるなよ。きみのは破棄された何の役にも立たないものの模造品ばかりじゃないか」

「この仕事が大好きでね」ミラーは穏やかにかわした。

「だれもきみの仕事ぶりに文句をつけているわけじゃない。仕事以前の問題だ。きみはこの社会の政治的、社会的一構成分子にすぎない。これは警告だぞ、ミラー!　幹部評議会はきみの奇行の報告書を握っている。仕事に対する献身ぶりは認めるが……」彼の眼は意味ありげに細くなった。「しかしきみは行きすぎだ」

「私は自分の技能にまず忠実なんだ」ミラーはいった。

「きみの何だと？　それはどういう意味だ？」

「二十世紀の用語だ」ミラーの顔には優越感がむき出しになった。「あんたは巨大な機構の中の下っぱ役人にすぎない。非人間的文化総合体の一歯車だ。自分自身の基準というものは何ひとつ持っていない。二十世紀においては人間は個人的技量の基準を持っていた。職業的技能だ。自分の業績に対する誇りだ。こんな言葉もあんたにとっては馬の耳に念仏だろうな。あんたには魂がない——人間に自由があり心情を語ることができた二十世紀の黄金時代から何も学び取っていない」

「だまれ、ミラー！」フレミングは臆病に蒼ざめ、声を落とした。「おまえたちはエセ学者ばかりだ。そんな過去のテープからはなれて現実を見ろ。こんなことを喋っていればそのうちきっと問題を起こすぞ。自分の好きなように過去を美化するがいい。だがな、これだけは憶えておけよ——もうそれは過ぎ去り、埋没した時代だ。時代は移り変わり社会は進歩するものだ」

彼はその階を占めている展示物に向かって憤懣《ふんまん》をぶつける身ぶりをした。「たかが不完全な模造品じゃないか」

「あんたは私の研究を非難攻撃するのか？」ミラーは激昂した。「この展示品は絶対に正確なものだ！　それは常に新しい資料で訂正している。二十世紀に関して私の知らないことは何ひとつない」

フレミングは首を振っていった。

「何の役にも立たん」

彼はきびすを返すと大股でうんざりしたように階下へと傾斜路を降りて行った。

ミラーは襟のカラーと手製の派手なネクタイを直した。細い縦縞のブルーの上衣を整え、二百年も前の古いタバコをつめたパイプに慣れた手つきで火をつけた。

どうしてフレミングは自分を放っておいてくれないのだ？　フレミングみたいな大階級組織の目付役はねばっこいクモの巣のように全世界に拡がっている。各産業、専門分野、居住区の中にもいる。

ああ、二十世紀の自由！　彼はテープ走査器《スキヤナー》の速度をしばらく遅くした。夢見るような表情が顔を横切る。活力と個性の時代、人間が人間らしかった時代……

彼はまた研究の魅力にとっぷりと浸っていた。ちょうどその時のことだった。ふと不可解な物音を耳にした。それは展示品の中心部、慎重に並べられた複雑なインテリアの内部から聞こえてくる。

展示品の中にだれかいる。

それは裏側から、ずっと奥の方から聞こえた。何者か、あるいは何かが、一般の見物人を隔てる防柵《ぼうさく》を越えたのだ。ミラーはテープ走査器を止め、ゆっくりと立ち上がった。それから胴ぶるいをすると注意しながら展示品の方に歩み寄った。バリアーを切り、柵を乗り越えコンクリートの舗道へと出た。
二、三人の見物客が怪訝な顔で目をしばたたいた。奇抜な服装をした小男が、展示されている二十世紀の複製品の間にもぐりこみ、内部に消えて行ったからだ。
ミラーは息せき切って舗道を急ぎ、気を配りながら傾斜した砂利敷きの小道に入って行った。評議会の手先の監督官かもしれない。彼の評判を落とすようなものはないかと嗅ぎ回っていることも考えられる。展示の不正確さ——些細なあやまりを探しているのだろう。汗が額から吹き出た。怒りが恐怖に変わった。

彼の右手に花壇があった。真紅のバラ、ポール・スカーレットや下生えのパンジーが咲いている。露をおびた芝生、ドアの半分開いた真っ白いガレージ、一九五四年型ビュイックの光沢ある後部——そして住宅があった。

彼は気をひきしめた。もしそれが評議会からの回し者だとしたら、政府を相手にすることになる。そいつは大物かも知れない。世界幹部評議会のニューヨーク支部の最高幹部、評議会議長エドウィン・カーナップということもありうる。ミラーは慄えながら石段を三段登った。そしていま展示物の中心部に建てられた二十世紀の住宅の玄関口に立っていた。

こぢんまりとした瀟洒《しょうしゃ》な住宅だった。もしもその時代に戻って生活するのであれば、自宅として欲しいほどの家屋だった。三つの寝室を持つ牧場風のカリフォルニア平屋建て住宅だった。

彼は玄関のドアを押し開け、居間に入った。部屋の隅には暖炉がある。濃いワインカラーのカーペットが敷きつめてある。現代風長椅子と安楽椅子、堅い木製のガラス貼りコーヒーテーブル、銅の灰皿、シガレットライター、雑誌棚、すべすべしたプラスティックとスチール製の床ランプ、本箱、テレビ、前庭を見渡せる一枚ガラスの大窓。彼は部屋を横切り廊下に出た。

この住宅は驚くほど完璧に作られていた。床暖房で足の裏がポカポカとしてきた。最初の寝室を覗いた。女性用私室で、シルクのベッドカバー、糊《のり》の効いた白いシーツ、厚手のカーテン、化粧台、ビンとジャー、丸い大鏡、タンスの中には衣服が見える。椅子の背に掛けたガウン、スリッパ、ベッドの脚下にたたんで置かれたナイロンストッキング。

ミラーは廊下を通って次の部屋を覗いた。明色の壁紙には、道化、象、綱渡りの男女が描かれている。子供部屋だ。二人の子供用に可愛らしいベッドが二台。模型飛行機、鏡台の上にはラジオ、櫛《くし》二枚、教科書、ペナント、駐車禁止の標識、鏡に貼りつけたスナップ写真、郵便切手の収集アルバム。

どちらにも人っ子ひとりいなかった。

ミラーはモダンなバスルームを覗き、黄色いタイルのシャワールームも改めてみた。ダイニングルームを通り過ぎ、地下室の階段を一瞥した。洗濯機と乾燥機。それから裏口のドアを開け裏庭を調べた。芝生と焼却炉、小さな樹が二本。三次元投影された背景の家々は信じがたいほどくっきりと青い丘陵に溶けこんでいる。そしてそこにもだれもいなかった。庭は空っぽで――ひとけがなかった。彼はドアを閉め戻りかけた。

笑い声が台所から起こった。

女の声だった。スプーンや皿のがちゃがちゃと触れ合う音、それに匂い。とっさに学者としての神経が働きそれを吟味した。ベーコンとコーヒー、それにホットケーキの香りだ。だれかが朝食をとっている。二十世紀の朝食だ。

彼は廊下に取って返した。靴や衣類の散らばる男の寝室を抜け台所の出入口まで来た。

顔立ちのよい三十代後半の女性と十代の男の子が二人、クロムとプラスティック製の小さな朝食用テーブルのまわりに腰を下ろしていた。三人は食事を終えたところで二人の少年はそわそわと落ちつきがなかった。日光が窓を通して流しに射しこんでいる。電気時計が八時半を指していた。ラジオが隅で楽しげにおしゃべりを流している。空の皿とミルクカップと銀器に囲まれたテーブルの中央には、ブラックコーヒーの大きなポットが置かれている。

女性は白いブラウスに、チェックのツイード地のスカートをはいている。二人の少年は色あせたブルージーンズに、ゆったりしたセーター、テニス靴をはいている。まだかれらはミラーに気づいていない。彼は戸口で釘づけになっていたが、その間も笑い声とおしゃべりは絶えなかった。

「お父さんに訊いてからよ」女性はわざとこわい顔でいった。「帰ってくるまで、待ちなさい」

「お父さんはいいといっていたよ」少年の一人が文句をいった。

「でもね、もういちど訊きなさい」

「お父さんはいつも朝は機嫌が悪いんだもの」

「今日はちがうわ。昨夜はぐっすり寝られたからね。花粉アレルギーも起こらなかったし。

お医者さんが新しい抗ヒスタミン剤をくれたのよ」彼女は時計を見上げた。「お父さん、何をぐずぐずしているのか見てきて、ドン。会社に遅れてしまうわ」

「朝刊を探していたよ」少年の一人が椅子を引くと立ち上がった。「ポーチに投げこんだのが外れて花壇に落ちたんだ」彼はくるりとドアの方を向いた。

ミラーは少年とはち合わせしそうになった。ちらっと見て、この少年は自分を知っているという思いが心をかすめた。それもごく親しい間柄で——知人に対するような慣れなれしさがあった。少年が急に立ち止まったので彼は緊張した。

「うわっ」少年は叫んだ。「驚かさないでよ」

女性はちらっとミラーを見ていった。「そこで何をしているの、ジョージ？　早く入ってコーヒーを飲んでしまってよ」

ミラーはゆっくりと台所に入った。女性はコーヒーを飲み干し、二人の少年は立って、彼の周囲にまとわりついた。

「学校の友達と一緒に、ロシア河へ週末キャンプに行ってもいいっていったでしょう？」ドンは彼に向かって尋ねた。「お父さんはジムから寝袋を借りてもいいっていったよね。ぼくの寝袋はお父さんの綿毛アレルギーのために救世軍に寄付しちゃったんだからさ」

「うむ」ミラーはあいまいに口ごもった。ドン、それが少年の名前だ。その弟はテッド。どうしてそれを知ったのか？　テーブルにいた婦人は立ち上がって流しに運ぶために汚れた食器を集めていた。

「あなた、子供たちと約束したの？」彼女は振り返っていった。食器はがちゃがちゃと流しに投げこまれ、その上に洗剤がふりかけられた。「あの子たちはドライブに行きたい時もその手を使ったのよ。本当に承知したの？　そんなことないわね？」

ミラーはやれやれというようにテーブルに腰を下ろした。ぼんやりとパイプをいじり、それを銅の灰皿に置くと上着のカフスを調べた。いったい何が起こっているのだろう？　彼は頭を振った。いきなり立ち上がると急いで窓辺に行き、流し越しに戸外を見た。

家並み、街路、町の向こうの丘陵地帯、人々の姿と声。三次元投影装置の背景はいかにもそれらしく見える。しかしそれは本当に投影された背景だろうか？　どうやって確かめられるか？　何が起こっているのか？

「ジョージ、どうしたの？」マージョリーは尋ねた。彼女は腰にピンクの合成繊維のエプロンをしめ、流しに湯を注ぎはじめている。

「早く車を出して、仕事に出かけてちょうだい。近頃従業員の出勤が遅い、ウォータークーラーのまわりで立ち話をよくする、会社をさぼっているとデイヴィドスン社長が苦情をいっていると、昨夜話していたじゃないの」

デイヴィドスン。その言葉はミラーの心に突き刺さった。彼はもちろんそれを知っていた。はっきりとしたイメージが浮かんできた。白髪で長身痩軀、厳格な老人だ。ベストに懐中時計を忍ばせている。ユナイト・エレクトリック・サプライ社のオフィス、サンフランシスコのダウンタウンにある十二階建てのビルだ。ロビーには新聞と煙草売りのスタンド、警笛を鳴らす車の群れ、混み合った駐車場、きらきらした目付きの女事務員たち、身体の線も露わなセーター と香水がつめこまれたエレベーター。

彼はふらふらと台所を出ると、廊下を通り自分と妻のベッドルームを過ぎ、リヴィングルームに入って行った。玄関のドアが開いており、彼はポーチに出た。

大気は涼しく心地良かった。明るい四月の朝である。芝生はまだ湿気をおびている。車はバージニア・ストリートをシャタック・アベニュの方に流れている。早朝の通勤車で仕事に出かけるビジネスマンたちだ。通りの向こうでは、アール・ケリーがにこにこしながらオークランド・トリビューン紙を振っている。彼はバス停へと歩道を急いでいるところだ。

ずっとはなれたところに、ベイ・ブリッジ、イエルバ・ブェナ島、トレジャー島が見える。その向こうにサンフランシスコがある。

数分もすれば、彼もビュイックに乗って橋を渡り、オフィスに向かっていることになる。細い縦縞のブルーのスーツを着こなした幾千人のビジネスマンと一緒に。

テッドは彼を押しのけポーチに出た。

「それじゃいいでしょう? キャンプに行ってもかまわないよね?」

ミラーは乾いた唇をなめた。

「テッド、いいかい。おかしなことがあるんだ」

「何が?」

「わからん」ミラーはそわそわとポーチを歩き回った。「今日は金曜日だったな?」

「そうだよ」

「そうだったな」

だが、今日が金曜日であることをどうやって知ったのだろうか？　どうやって？　ともかく金曜日であることはまちがいない。長くつらい一週間だ――あのデイヴィドスンが首筋に息を吹きかけてくる。水曜日、ゼネラル・エレクトリック社の注文がストライキのために遅れていた時は特別だった。

「聞きたいことがあるんだ」ミラーは息子にいった。「今朝――新聞を取りに台所を出た」

テッドはうなずいた。「うん。それで？」

「席を立って部屋を出た。どのくらい戸外に出ていたのだろう？　それほど長い時間とは思えないが？」彼は言葉を探したが、心の中はばらばらな思考の迷路だった。「おまえたちと一緒に朝食のテーブルについていた。それから立ち上がり、新聞を探しに出た。そうだね？　そして戻ってきた。まちがいないな？」彼の声には元気がなかった。「起きて、ひげを剃り、着替えをし、朝食をとった。ホットケーキにコーヒー、ベーコンだ。そうだね？」

「うん」テッドは相槌を打った。「それで？」

「いつもと同じだ」

「金曜日にはホットケーキと決まっているもの」

ミラーはおもむろにうなずいた。

「その通りだ。金曜日はホットケーキだ。おまえたちの伯父さんのフランクが土曜日と日曜日には朝食を一緒に喰べにくるからな。伯父さんはホットケーキが嫌いだ。だから週末にはホットケーキは焼かない。フランクはマージョリーの父だ。第一次世界大戦の時海兵隊にいた。伍長だった」

「じゃあね」ドンがやってきたので、テッドはそういった。「今晩またね」

教科書を抱えると、少年たちはバークレー中心街の大きな近代的高校の方にぶらぶらと歩いて行った。

ミラーはまた家に戻った。そして知らず知らずのうちに、タンスの中にブリーフケースを探していた。あれはどこにいった？　ちぇっ、自分にはあれが必要なんだ。スロックモートンの請求書が入っていた。あれをどこかに忘れたら、デイヴィドスンはわめきちらすだろう。あのトルー・ブルー・カフェテリアの中で、ヤンキースがシリーズ優勝したのを祝った時みたいに。いったいブリーフケースはどこにいったのだろう？

彼はゆっくりと立ち上がった。記憶が甦ってきた。あれは仕事机の脇に置き忘れてきたのだ。調査用テープを取り出した後投げて置いたままだ。フレミングの話しかけてきた歴史局の中にだ。

彼は台所にいた妻のそばに寄った。

「なあ」彼は嗄れ声でいった。「マージョリー、今朝はオフィスに出勤できないかもしれない」

マージョリーは驚いて振り向いた。

「ジョージったら、どうしたの？」

「私は――全く参っているんだ」

「また花粉アレルギーが再発したの？」

「いや、身体じゃない。心だ。ベントリー夫人の子供が発作を起こした時、ＰＴＡが推薦した精神科医は何といったっけ？」彼は混乱した頭をめぐらした。「グランバーグだったかな。メディカル＝デンタル・ビルの」彼はドアに歩み寄った。「そこに寄って診てもらってくるよ。どこかおかしいんだ――本当に変なんだ。それに原因が何であるかもわからないんだ」


アダム・グランバーグは五十歳近い大柄な体格のよい男で、縮れた褐色の髪をし、角ぶちの眼鏡をかけていた。ミラーが話し終わるとグランバーグは咳払いをし、ブルックス・ブラザーズ製のスーツの袖を払い思慮深げに尋ねた。

「新聞を取りに戸外に出られている間に何か起こったのですな？　どのようなできごとですか？　そのところをもういちど詳しく復唱してみてください。あなたは朝食のテーブルを立ち、ポーチに出られ、植え込みを見回された。それで？」

ミラーはあいまいに額をこすった。

「わかりません。あとはすっかり頭が混乱してしまいました。新聞を探しに出たことさえ憶えていません。気がついた時には家に戻っていました。そのあとははっきりしているのです。それ以前のことはすべて歴史局と結びついています。フレミングと口げんかをしたことなど」

「ブリーフケースの話をもういちど復唱してみてください」

「フレミングはそれがジュラ紀の潰れたトカゲみたいだといったのです。それで私は——」

「そうではありません。ブリーフケースをクロゼットの中に探したのに、見つからなかったことについてです」

「私はクロゼットを改めましたが、もちろん見当たりませんでした。それは歴史局の私の机のそばに置き忘れたのです。二十世紀の階の、私の展示物のそばです」ミラーの顔に奇妙な表情が走った。「そうか、グランバーグ先生、これが展示品以外の何物でもないかもしれない、ということがおわかりになりますか？　あなたも他のすべての人も含めて——あなた方は実在ではないのかもしれません。ただの展示品のひとつにすぎないのかも」

「そいつはわれわれにとってあまりうれしいことではありませんな」グランバーグは微笑を浮かべていった。

「夢に出てくる人々は、その夢を見ている者がめざめない限りは安全なものです」ミラーはいい返した。

「ということは、あなたは私を夢に見ているのですな」グランバーグは余裕を見せて笑った。「あなたに感謝すべきですな」

「特にあなたに好意を持っているからここにいるのではありません。むしろフレミングや歴史局に我慢ならないからここにいるのです」

グランバーグはじっと考えている様子だった。「フレミングのことですが、新聞を取りに外出する前に、彼のことを考えた憶えはありますか？」

ミラーは立ち上がって豪華なオフィスのレザー張りの椅子と、大きなマホガニーの机の間を行ったり来たりした。

「この問題を直視したいと思います。私は展示品の中にいます。過去の人工模造品です。フレミングにこういうことが私の身の上に起こるだろうといわれました」

「お坐りなさい、ミラーさん」グランバーグは穏やかながらぴしっといった。

ミラーが椅子に腰を下ろすのを待ってグランバーグは話を続けた。

「あなたのお話は理解できます。周囲のすべてのものが虚構であるという漠然たる感覚をお持ちですね。一種の舞台感覚ですな」

「展示品です」

「そう、博物館の展示品ですね」

「ニューヨーク歴史局の二十世紀階、R階です」

「その漠然たる――非現実的感覚に加えて、この世の外に特定の人と場所の投影された記憶をお持ちですね。それが包含されたもうひとつの領域。まあ、いうならば一種の影の世界だけの現実でしょうか」

「この世界は私にとって影とは思えません」ミラーはレザー張りの椅子の肘を乱暴に叩いた。

「この世界は完全に現実です。それが困ったことなのです。私は雑音を調べに入ってきて、いまや戻れなくなりました。私のこれからの人生はこの複製世界をうろついて終わるのでしょうか?」

「そういう感覚は大部分の人々にとって共通であるのはごぞんじですね。特に緊張の高まる時代にあってはね。ところで新聞はどこにありましたか？　それを見つけられましたか？」

「私にとっては——」

「それがあなたの焦燥《しょうそう》の原因ですね？　新聞のことに触れるとあなたは強い反応を示します」

ミラーは弱々しく首を振った。

「それを忘れてください」

「ええ、とるに足らないことです。新聞少年は不注意にも新聞をポーチでなく植え込みに投げこんで行ったのでしょう。それがあなたには腹立たしいのです。それが何度も現われています。一日の朝、あなたが仕事に就こうとしている時のことですね。それはあなたの仕事上の些細な欲求不満や挫折をはしなくも象徴化しているように思えます。あなたの生活全体に影響しています」

「自分では新聞のことなど気にもしていません」ミラーは腕時計を見た。「そろそろ行かなければ——もう昼ですね。オフィスにいないとデイヴィドスンがどなりちらすでしょう」彼は言葉を途切らせた。「またそれに戻ってしまった」

「それというと」

「このすべてです！」ミラーは苛立たしげに窓の外を身ぶりで示した。「こんな場所。こんな世界。こんな展示場」

「私にはひとつ考えがあります」

ドクター・グランバーグはおもむろにいった。

「それを虚心坦懐《きょしんたんかい》に聞いて下さい。ピンとこなかったら答えなくともかまいません」彼は専門家としての鋭いまなざしで見つめた。「宇宙ロケットで遊んでいる子供を見かけたことがありますか?」

「ええ」ミラーはうんざりして答えた。「地球=金星間の商業貨物ロケットがラ・ガーディア空港に着陸するのを見たことがあります」

グランバーグは微笑を浮かべた。

「それですべてわかりました。質問があります。あなたは仕事の緊張しすぎですね?」

「どういう意味ですか?」

「すばらしいでしょうね」グランバーグはやさしくいった。「明日の世界を生きることは。ロボットやロケットを使って仕事がすべてかたづきます。椅子にふんぞり返って楽にしていればいい。不安も心配も欲求不満もない」

「歴史局での私の地位には数限りない不安や欲求不満があります」ミラーはいきなり立ち上がった。「グランバーグ先生、これが歴史局のR階の展示品なのか、さもなければ私が空想に逃避している中級ビジネスマンなのでしょう。直ちにどちらであるか見当もつきません。いま現在はこれが現実のように思えますが、次の瞬間には――」

「簡単に判断はつきます」グランバーグはいった。

「どうやって?」

「あなたは新聞を探していましたね。小径に降り芝生に出る。それはどこで起こりましたか？　小径ですか？　ポーチですか？　思い出してみましょう」

「思い出すまでもありません。私はまだ舗道の上でした。防柵のうしろの手すりを越えたところでした」

「舗道ね。それではそこに戻って正しい場所を見つけなさい」

「どうしてですか？」

「そうすれば向こう側には何もなかったことが自分でも納得しますよ」

ミラーはゆっくりと深呼吸した。「もしそこにあったら？」

「そんなことはありません。あなたは自分でいったでしょう。沢山ある世界のひとつだけが現実だと。この世界は現実そのもので——」グランバーグは大きなマホガニーの机を叩いた。

「だから向こう側には何も見つからないでしょう」

「ええ」しばらく沈黙してからミラーは答えた。奇妙な表情が顔を横切りそのまま残った。

「先生はまちがいを見つけましたね」

「どのようなまちがいですか？」グランバーグは怪訝な顔をした。「どんな——」

ミラーはオフィスのドアの方に歩いて行った。

「それがわかりかけてきたのです。私は誤った質問をしてきました。どちらの世界が現実かをこれから判断しようと思います」彼は硬ばった笑みをドクター・グランバーグに向けた。

「もちろん、どちらも現実ですが」

彼はタクシーをつかまえると家に戻った。家は留守だった。子供たちは学校で、マージョリーはダウンタウンに買い物に出かけていた。彼は家の中から通りにだれもいないのを確かめて小径から舗道に出た。

何の支障もなくその場所は見つかった。まだあたりは薄明るかった。駐車場のちょうど端におぼろげな場所があった。その中にぼんやりとしたかたちが見える。

彼は正しかった。そこは――完全に存在し現実だった。足下の舗道と同様に実在だった。長い金属柵は円形の端で断ち切られている。彼はそれの見分けがついた。あの展示場に入りこむために乗り越えてきた防柵だ。その先には安全確認スクリーン装置がある。そのスイッチを切ってきたのはもちろんのことだ。その向こうに階の残りの部分と歴史ビルの壁がある。

彼はあたりに気を配りながらおぼろげな霞の中に足を踏みこんだ。あたりは微かに光りぼんやりと傾斜していた。向こうにあるもののかたちが次第にはっきりとしてきた。ダークブルーの寛衣姿の人影が動いている。物好きな見物客がしげしげと展示品を眺めていた。人影は動き見えなくなった。いまや自分の仕事机が見えてきた。テープ走査器とテープリールの山。机の脇にはブリーフケースが置かれている。自分の予想通りだった。

柵を越えてブリーフケースを取ろうかと考えているうちにフレミングがやってきた。フレミングの姿を見てミラーは本能的におぼろげな場所を抜け出て元のところに戻った。それはフレミングの表情のせいだったのかもしれない。ともかくミラーは引っ返し、元のコンクリートの舗道をしっかりと踏みしめていた。フレミングは柵の向こう側で立ち止まると、顔に朱を注ぎ怒りで唇を歪めていた。

「ミラー」彼はだみ声で呼びかけた。「そこから出てこい」

ミラーは笑った。「やあ、フレミング、私のブリーフケースを投げてくれないか。机のそばの奇妙に見えるものだ。この前見せてやったろう――憶えているか?」

「ふざけるのもいいかげんにしろ。私のいうことを聞くんだ」フレミングはどなった。「これはまじめな話だぞ。カーナップの耳にも入っている。報告しなければならん」

「でかした、忠実な官僚」

ミラーはかがみこんでパイプに火を点けた。タバコを吸うと灰色の煙をぷかりとおぼろげな場所からR階の方に吐き出した。フレミングは咳こみ退いた。

「そいつは何だ?」彼は尋ねた。

「タバコさ。こちら側にあるもののひとつだ。二十世紀の一般的な嗜好品《しこう》だよ。あんたは知らんだろうな――あんたの時代はまるで紀元前二世紀、アレクサンダー大王の時代とあまり変わらないからな。そんな時代がどうして好きなのかわからない。そちらにはそれを推測する手段もないし、平均寿命は驚くほど低いし」

「何をぺちゃくちゃしゃべっているんだ?」

「私の調査した時代の平均寿命は全く高い。それに私の家のバスルームを見てごらん。黄色いタイルでシャワーもある。歴史局のレジャー地域にはそんなものは何もない」

フレミングは不機嫌そうにぶつぶついった。「いってみれば、おまえはそこに留まろうとしているわけだな」

「とても快適な場所でね」ミラーはさらりといってのけた。「私の地位も中の上なのはもちろんのことだ。たとえば、私には魅力的な妻がいる。結婚は自由だ。ここでは公的に認可されている。私には二人の可愛い子供——男の子——がいて、この週末にはロシア河にキャンプに出かけるんだ。子供たちは私や妻と一緒に住んでいる——かれらは私たちの完全な保護の下にある。政府の干渉など何もない。真新しいビュイックに乗り——」

「幻影だ」フレミングは唾《つば》を吐いた。「気ちがいじみた妄想だ」

「自信はあるかね？」

「おまえは大バカ者だ。現実を直視するには自我退行がひどすぎるとかねがね思っていた。おまえとその時代錯誤《さくご》の後退性。時には自分が理論家であるのが恥ずかしくなるよ。技術の方に行けばよかった」フレミングの唇が歪んだ。「おまえは狂人だ。歴史局所有の人工展示品、プラスティックとワイヤーと文柱の山の中に立っている。みんな過去の時代の遺物、イミテーションだ。おまえには現実の世界にいるより、その方がむしろましなんだろうな」

「不思議な暗合だ」ミラーは考え深げにいった。「同じ言葉をつい先ほど耳にした気がする。まさかドクター・グランバーグを知っているわけじゃないだろうな？　精神科医の」

前ぶれもなくカーナップ評議会議長が部下を連れ到着した。フレミングはそそくさと姿を消した。ミラーは二十二世紀の最高権力者の一人と相対した。カーナップはにっこりして手をさし出した。

「おまえが狂気の大バカ者か」彼はがらがら声でいった。「引きずり出される前にそこから出てくるんだ。さもなければおまえはおしまいだ。救いようのない精神病者として扱うぞ。つまり安楽死だ。そのいかさま展示物から出てくる最後のチャンスを与えよう――」

「言葉を返すようですが、それは展示品ではありません」

カーナップのいかつい顔には突然の驚きが刻まれた。一瞬そのどっしりとした落ちつきが消えた。「おまえはそこに留まるつもりなのか――」

「これは時の門です」ミラーは静かにいった。

「私を連れ出すわけにはいきませんよ。私には近づけません。二百年前の過去にいるのですからね。前に存在していた座標に戻ったのです。一つの橋渡しとなるものを見つけ、そちらの時空連続体から逃れてここに来たのです。もうあなたには手の打ちようもないのです」

カーナップと部下たちは急いで技術的な打ち合わせを始めた。ミラーはじっと待っていた。彼にはいくらでも時間はあった。月曜日までオフィスには顔を出さないつもりでいた。

しばらくしてカーナップは再び柵に近づいたが、手すりを越えないよう気を配っていた。

「面白い理論だな、ミラー。そこが狂人の狂人たるゆえんだ。その妄想を論理的方法で合理化しようとする。その概念はうまくできている。本質的に首尾一貫している。ただ――」

「ただ、何です？」

「真実にほど遠いだけだ」カーナップは自信を取り戻した。彼は意見交換を楽しんでいる様子だった。「おまえは本当に過去に戻ったと思いこんでいる。そう、この展示品はかなり正確なものだ。おまえの仕事ぶりはかねがね買っていた。細部の真実性において他のどんな展示品も比較にならないほどだ」

「私は仕事に最善をつくしてきました」ミラーはつぶやいた。

「おまえは古風な衣服をまとい、古くさい紋切り型のしゃべり方をしている。自分を先祖返りさせるあらゆることをやってきた。それほど自分の仕事に打ちこんできたわけだ」カーナップは指の爪で防柵を叩いた。「恥ずかしいことだ、ミラー。このような本物そっくりの展示品をみすみす破壊させることは、とても恥ずかしいことだ」

「あなたのいわんとするところはわかります」ミラーは少し間をおいていった。「その意見には賛成です。私は仕事に非常な誇りを持っています――それが破壊されるのは正視に耐えません。しかしそんなことをされても何の益にもなりません。それで成し遂げられるのは時の門をとざすことだけです」

「自信はあるか?」

「もちろんです。展示品は過去をつなぐ単なるブリッジ、リンクです。私は展示品の間をくぐり抜けましたが、いまはそこにはいません。展示品の時を隔てた彼方なのです」彼は硬ばった笑みを浮かべた。「たとえ展示品を壊しても私には手が出せません。そう望むなら私を閉め出してください。もう戻りたいとは思っていませんから。むしろあなたがこちらの生活を見られたらよいのにと思っています。ここはすばらしい場所です。自由と機会があります。立憲制の政府、人民への責任感。仕事が嫌ならやめることもできます。ここには安楽死などもありません。いらっしゃい、こちらへ。私の妻を紹介しましょう」

「殺してやる」カーナップはいった。「おまえもその狂った妄想もだ」

「私の狂った妄想を心配されているのかどうか疑わしいですな。グランバーグ先生はそうでなかった。マージョリーだって——」

「もう打ち壊しの準備は始まっているぞ」カーナップは静かにいった。「いちどきでなく少しずつな。おまえの妄想の世界をばらばらにする科学的——芸術的なやり口をたっぷりと楽しませてやるぞ」

「時間がむだです」ミラーはそういうときびすを返し、すたすたと舗道を歩いて家の玄関に至る砂利道へと向かって行った。

居間で安楽椅子に身を沈めるとテレビをつけた。それから台所へ行き、冷えたビールの缶を見つけた。それを持ってうきうきした気分で安全な居心地のよい居間に戻った。

テレビの前にどっかりと腰を下ろすと、低いコーヒーテーブルに何かが丸めて置かれているのが目についた。

彼は苦笑した。それは今朝熱心に探し回っていた新聞だった。マージョリーはいつものように牛乳と一緒にそれを取ってきて置いたのだ。そして彼に告げるのをすっかり忘れてしまっていたのだ。彼は満足気にのびをして手を伸ばすと新聞を取り上げた。悠然とそれを開いた——

そして黒々とした大見出しを読んだ。

〝ロシア、コバルト爆弾を公表
全世界の破滅、目前に迫る〟

人間狩り

Second Variety

そのロシア兵は油断なく銃を構えながら、凹凸のある丘の斜面を不安そうに登ってきた。あたりを見回し乾いた唇をなめると表情をひきしめた。ときおり手袋をした手を伸ばし、首筋を流れる汗を拭うと上着の襟にすりつけた。

エリックはレオン伍長の方を振り向いた。

「どうします？　私に任せてもらえますか？」レオンは双眼鏡の焦点を調整したので、ロシア兵の表情がレンズ一杯にはっきりと見えた。その硬ばった暗い顔には皺が刻まれている。レオンは考えてみた。ロシア兵は走らんばかりの早さで接近してくる。「射つな、待て」レオンは緊張した。「こちらに用があるとも思えないが」

ロシア兵は灰塵《かいじん》や瓦礫の山をけちらしながら足を早めた。丘の頂上に達すると立ち止まり息を弾ませ、あたりを一瞥した。空には灰色の砂塵が漂い、曇って暗かった。ところどころに丸坊主になった樹幹が突き出している。地上は見渡す限り平らで眼を遮るものもなく、岩石の破片が散らばり、黄ばんだ頭蓋骨まがいの建物の残骸が点在するだけだ。

ロシア兵は落ち着きがなかった。様子のおかしいのに気づいたのだ。彼は丘を下りはじめた。いまやこちらの掩蔽壕《えんぺいごう》から数歩のところに来ていた。エリックはいらだった。ピストルをもてあそびながらレオンをうかがった。

「心配するな」レオンはいった。「やつはここまで来られない。かれらが監視している」

「大丈夫ですか？　やつは大分接近して来ましたよ」

「かれらは掩蔽壕の近くを徘徊している。さあ、やつは危険地帯に踏みこんで来たぞ。そらっ！」

ロシア兵は急いで丘の斜面を滑り下りはじめた。ブーツが灰の山に沈みこんで行くが銃だけは下ろすまいと頑張っていた。しばし立ち止まると双眼鏡を顔に当てた。

「やつは真直ぐこちらを見ています」エリックはいった。

ロシア兵は歩き続けた。その青い石のような両眼が二人にもはっきりと見える距離まで来た。口を少し開け、剃った方がいいほど顎には無精ひげが生えていた。骨張った頬に四角い絆創膏を貼っており端が青く見える。吹き出ものらしい。上着は泥だらけで破れていた。手袋は片方だけだ。走ると放射能検知器《ベルトカウンター》が身体にぶつかって弾んだ。

レオンはエリックの腕に触れた。「そら出て来たぞ」

地面を横切り小さな金属製のものが白昼の鈍い日光に当たってきらめきながら現われた。金属の球体である。それはロシア兵を追って丘を駆け上がった。まるで飛ぶような早さだ。小さなベビータイプのやつだ。鋭く尖った鉤爪が二本、球体から突き出し、白い鋼鉄の渦のように回転していた。ロシア兵はその音を耳にすると、即座に振り返り発砲した。球体は粒子となって四散した。しかしすでに次のやつが現われて最初の役目を継いでいた。ロシア兵はふたたび射った。

第三の球体はロシア兵の脚に飛びついた。カチカチと鉤爪を鳴らし音を立てて回転しながら、肩に飛び上がると回転刃はロシア兵の喉首に喰い込んでいった。

エリックはほっとした。「やれやれ、済んだか。あいつらにはいつものことながらぞっとする。このごろ思うんですが、昔のほうがよかったですね」

「あの兵器をわが方で発明しなかったら、ロシア側が作っていたろうよ」レオンのタバコに火をつける手が慄えていた。「ロシア兵はどうして一人きりでやって来たんだろう。だれも掩《えん》護《ご》していなかったな」

スコット中尉は横穴から出ると掩蔽壕に入った。

「どうかしたか？　監視スクリーンに何か入ってきたが」

「ロシア兵です」

「一人か？」

エリックは携帯テレビを見せた。スコットは覗きこんだ。すでに無数の金属球が倒れた死体に群がり、鈍く光る金属の鉤爪をカチカチさせ、ビューンと回転させて、持ち運びやすいように、ロシア兵を解体していた。

「なんとたくさんのクロウ（金属球体のロボット）なんだ」スコットはつぶやいた。

「やつらはハエのように群がってやって来るんです。もうやつらにはたいした獲物はありません」

スコットは吐き気をおぼえ横を向いた。

「まったくハエみたいなやつらだ。でもどうしてロシア兵があんなところにやって来たんだろう。わが軍がこのあたり一帯にクロウを配置しているのを知っているはずなのに」

大きなロボットが小さな金属球の間に入っていた。長く太いチューブから眼球がとびだしており作業を指示していた。ロシア兵の死体はもう一部分しか残っていなかった。大半はクロウの群れが丘のふもとへ運んでいた。

「中尉殿」レオンがいった。「もしよければ私はここから出て、あの兵士の様子を見てきたいと思いますが」

「どうしてだ?」

「何かを持ってきたのではないかと思われますので」

スコットは考えていたが肩をすくめた。

「いいだろう。だが気をつけろよ」

「放射能バンドを持っています」レオンは手首にはめた金属バンドを軽く叩いて見せた。「襲われる心配はありません」

彼はライフルを取り上げると、コンクリートブロックとねじ曲がった鋼鉄の突起物の間の狭い通路を、足下に注意しながら掩蔽壕の出入口へ向かった。地上に出ると空気が冷たかった。軟らかい灰地を踏みしめながら兵士の遺体の方に歩いて行った。風が吹きつけ細かい灰が顔に舞った。彼は眼を細め進んだ。

彼が近づくとクロウは後退したが、いくつかは頑固に動かなかった。彼は放射能バンドに触れた。それを手に入れるためなら、ロシア兵はどんなことだってしただろう。短く強い放射能がバンドから発散してクロウを無力化し、その行動を停止させた。二つのゆれ動く眼柄を持つ大ロボットでさえ、彼が接近すると恭《うやうや》しく引き退《さが》った。

彼は兵士の遺体にかがみこんだ。手袋をした手は固く握り締められていた。その手中に何かある。レオンは指をこじ開けた。密封したアルミニウムの筒である。まだ輝いていた。

彼はそれをポケットにしまうと掩蔽壕へ戻りはじめた。その背後でクロウは息を吹き返し、ふたたび行動を起こした。行列は元どおりとなり、金属球は各々の獲物を持って灰塵の中を動いて行った。地面を引っ掻くようなかれらの足音を耳にすると身の毛がよだった。

レオンがポケットからその光る筒を取り出すのをスコットはじっと見ていたが、「それをやつが持っていたのか?」と訊いた。

「握りしめていました」レオンは光る筒の先端のネジをゆるめた。「ごらんになりますか」

スコットは手に取ると筒の中身を手のひらに落とした。きちんと巻かれたシルクペーパーである。彼はあかりのそばに坐るとそれを開いた。

「何が書いてありますか?」エリックは尋ねた。数名の将校が横穴から出てきた。ヘンドリックス少佐も姿を見せた。

「少佐殿」スコットは呼びかけた。「これを見て下さい」

ヘンドリックスはその紙片に目を通した。

「これは届いたばかりか?」

「伝令が単身で、たったいま」

「どこにいる?」ヘンドリックスは鋭く尋ねた。

「クロウの犠牲になりました」

ヘンドリックス少佐は舌打ちをした。「おい」彼はそれを部下に渡した。「これはわれわれが待っていたものだと思う。こうなるまでには敵も大分時間をかけたはずだ」

「すると、かれらも話し合いを望んでいるのですね」スコットはいった。「われわれは連中と仲良くやっていくんですか?」

「それはわれわれに決められることではない」ヘンドリックスは腰を下ろした。「連絡将校はどこだ? ムーンベースに連絡を取りたい」

レオンがあれこれ考えている間、連絡将校は外部アンテナを慎重に伸ばし、ロシアの監視機の姿はないかと、掩蔽壕の上空に眼を凝らした。

「少佐殿」スコットはヘンドリックスにいった。「クロウが突如としてたくさん現われたのは、どうも解せません。もう一年近くクロウを使ってきましたが、このところ急に激増しています」

「おそらくやつらの壕にもぐっていたのだろう」

「眼柄を持つ大ロボットの一台が先週ロシアの掩蔽壕に入りこみ、蓋を閉じる間もなく一隊を全滅させました」とエリックがいった。

「どうしてそれを知った?」

「仲間から聞きました。ロボットはその死体を持ち帰ったそうです」

「ムーンベースが出ました、少佐殿」連絡将校がいった。

スクリーンに月のモニターの顔が現われた。おろしたての制服は掩蔽壕のくたびれた制服と対照的だった。彼はひげを剃りたての顔でいった。「ムーンベースです」

「地球の前線司令部L-ホイスルより、トンプスン将軍へ」

モニターの顔が消えた。やがてトンプスン将軍の重苦しい表情が画面に現われた。「何の用だね、少佐?」

「わが軍のクロウがメッセージを持ったロシア兵を殺しました。メッセージに何か意図があるのかどうかわかりません——過去にもこのような謀略はありました」

「どのようなメッセージだね?」

「ロシア側はわが軍に政治的レヴェルの将校一名を、自軍の陣地まで送るよう要請してきました。相談があるというのですが、その内容については何も述べておりません。ただ重要かつ緊急な問題で——」彼はその紙片に目を移した。「——国連軍とロシア軍の代表各一名の間で打ち合わせを行うことが望ましいとあります」

彼はメッセージをスクリーンに向け将軍が読めるようにした。トンプスンの眼が動いた。

「いかがすべきでしょうか?」ヘンドリックスは尋ねた。

「だれか一名派遣しろ」

「罠であるとは考えられませんか?」

「そうかもしれん。だが、やつらが伝えてきた前線司令部の位置は正確だ。とにかくやってみるだけの価値はある」

「では将校を一名派遣します。結果については、帰還次第、御報告します」

「よかろう、少佐」トンプスンはスイッチを切った。スクリーンは空白に戻った。伸びていたアンテナがゆっくりと下ろされた。

ヘンドリックスは紙片を巻くと思案した。

「私が参ります」レオンがいった。

「相手は政治的レヴェルの人間といっている」ヘンドリックスは顎を掻いた。「政治的レヴェルか。私はこの数カ月外出したことがない。少しは外の空気を吸ってみてもいいな」

「危険ではありませんか?」

ヘンドリックスは監視用テレビを持ち上げ覗き込んだ。ロシア兵の遺体は跡かたもなかった。見えるのはクロウが一つだけだった。それは自ら鉤爪を引っ込めカニのように灰の中にもぐってしまった。恐ろしい金属ガニのように……

「気になることがたったひとつある」ヘンドリックスは手首をこすった。「この放射能バンドを身につけている限り、安全なことはわかっている。しかしやつらには何かある。私は正直いってクロウなど大嫌いだ。やつらを作り出したりしなければよかったと思うよ。やつらにはどこか異常なところがある。残忍極まりない――」

「われわれが発明しなければ、ロシアがしていたでしょう」

ヘンドリックスはテレビを押し戻した。「とにかく、この戦争はわが軍に分があるようだ。それはよい徴候だと思うね」

「ロシア側と同様、あなたも不安がっているように聞こえますね」

ヘンドリックスは腕時計を見た。「これから出発した方がいいな。そうすれば日の暮れる前に着けるだろう」


彼は深呼吸をして、それから瓦礫の地面に足を踏み入れた。すぐにタバコに火をつけるとあたりを見まわした。景色が死んでいる。動くものは何もない。見わたす限り数マイル灰と鉄屑、建物の残骸だけだ。葉も枝も失くした幹だけの樹が二、三本立っている。頭上にはたえまなくうねる灰色の雲が地球と太陽の間を漂っていた。

ヘンドリックス少佐は歩き出した。向こうから右側へ何かが急いで走った。丸い金属性のものだ。クロウが全速力で何かを追っていた。おそらく小動物、ネズミを追っているのだ。かれらはネズミもつかまえた。一種のひまつぶしだ。

彼は小さな丘の頂上に出た。そこで双眼鏡を覗いた。ロシア軍の陣地はここから数マイルの彼方にある。そこに前線司令部を設けていた。伝令はそこからやってきたのだ。

ずんぐりしたロボットが腕を振りながら、彼のそばを通り過ぎたが、その腕は何かとがめたげにゆれていた。ロボットはそのまま歩いて行き瓦礫の中に消えた。ヘンドリックスはそれをじっと見つめていた。このようなタイプのロボットを見かけるのは初めてだった。見たこともないようなタイプのロボットが最近めっきり増えている。大きさもさまざまな新型が地下工場から送り出されてくるのだ。

ヘンドリックスはタバコを捨て道を急いだ。戦争に人間の代用品を使うのは興味のあることだった。どうやって使い始めたか？　必要に迫られてだ。ロシアは緒戦《しょせん》に大勝利をおさめた。それは戦争を起こした側としては当然の成果だった。北アメリカの大半は地図上から吹きとばされた。もちろん報復もすみやかに行われた。戦争が始まるかなり前から空は円盤爆撃機で一杯だった。ワシントンが攻撃をうけてから数時間以内に、円盤型爆撃機はロシア全土に降下しはじめていた。

しかし、それでもワシントンは救えなかった。

アメリカ・ブロックの政府は開戦初年からムーンベースに移った。それ以外打つ手などなかった。ヨーロッパは跡かたもなく失くなった。灰塵と骨の間から黒い草の生える瓦礫の山だった。北アメリカの大半は使いものにならなかった。草木も生えず人間も生きてはいけなかった。数百万人がカナダや南アメリカで何とか暮らしをつないでいた。二年目に入って、ロシアのパラシュート部隊が降下してきた。最初は少人数だったがだんだんに増えてきた。かれらは初めて本当に効果のある放射能防止の装備をつけていた。無事だったアメリカの生産施設は政府とともに月に運ばれた。

運ばれなかったのは軍隊だけだった。残った連中は後方に駐留して精一杯戦った。あちらに数千人、こちらに一小隊という具合で、だれもその居場所を正確につかんでいなかった。かれらは留まれるところに留まり、廃墟、下水溝、地下室などに、ネズミやヘビといっしょに潜み、夜になると行動に移った。あたかもロシア兵がほとんど勝利を手中にしたかのように見えた。ただひとにぎりのミサイルが毎日、月からロシア側に射ちこまれるだけで、かれらに歯の立つほどの武器はほとんどなかった。かれらはわがもの顔で地球を闊歩《かっぽ》していた。実質的な目的としての戦争はもう終わっていた。かれらに対抗しうる威力をもつものは何ひとつなかったのである。

その時、最初のクロウが出現した。一晩で戦争の形勢は一変した。

クロウは最初不細工なものだった。動作がのろかった。ロシアはクロウが地下の横穴から這い出てくるとほとんど即座に破壊した。しかしだんだんに改良され動作も敏捷《びんしょう》になり巧妙になってきた。地球上いたるところの工場でクロウは生産された。工場はロシア軍の後方の深い地下にあり、かつては核ミサイルが製造されたが、いまはほとんど忘れ去られていた。

クロウは長足の進歩を遂げ大きなものになっていった。触手を持ったり飛んだりする新型も現われた。ジャンプするのも少数だがあった。月にいる最高の技術者が設計し、次々に複雑で適応性のあるものを作っていった。かれらはやがて奇怪な存在になっていった。

ロシア軍はかなりかれらに手こずった。小さなクロウのなかには身を隠すことを憶え、灰の中にもぐったり、こっそり待ち伏せするやつも出てきた。

やがてかれらはロシア軍の掩蔽壕にも押し入り始めた。ロシア兵が空気を吸ったり物見に蓋を上げる時を狙って忍びこむのだ。一つのクロウが掩蔽壕の中で鉤爪を出して回転する。それで充分だった。一つが入ると次のも従った。このような兵器が出現しては戦争も長続きはできない。

もう勝負はあったというところだった。

おそらくヘンドリックスはそのニュースを聞きに行くのだ。ロシア最高幹部会は敗北を認める決定を下したのかもしれない。あまりにも長すぎた。もう六年経っている。その長い戦争の間にお互いにさまざまな兵器を繰り出した。自動的報復手段として円盤型爆撃機が何万とロシア上空を荒らし回った。バクテリアの結晶も使われた。ロシアのミサイルがうなりを立てて空中を飛んだ。連鎖爆弾が投下された。そしていまロボット、クロウ……

クロウは他の兵器とは同列に扱えない。かれらは生きていた。政府がそれを認めようが認めまいが、実質的見地に立てばまぎれもなく生きている。かれらは機械ではない。不意に灰の中から飛び出して、身体を震わせ、這い、回転し、人間めがけて突進し、跳びつき、喉首に喰らいつくのだ。そうすべく作られているのだ。

それがかれらの仕事だった。

かれらはその仕事をうまくやってのけた。特に最近は新しいデザインのものも登場した。いまやかれらは自分たちの手で修理もやっていた。すべて自力でやってのける。放射能バンドは国連兵士のお守りだった。しかしそれを失えば制服がどうであろうと、人間はクロウの餌食になった。地表下の自動工場の機械がかれらを産み出していた。人間は長いことそこには留まれない。あまりに危険すぎた。だれもかれらの近くにいたいとは思わない。かれらだけが取り残された。かれらは自分たちでうまくやっているように見えた。新型はさらに敏捷になり、さらに複雑になった。そして能率も増した。

だれの目にも、かれらが戦争に勝利を収めているのは明らかだった。

ヘンドリックス少佐は二本目のタバコに火をつけた。あたりの景観は心を重苦しくさせるものだった。灰と廃墟ばかりである。独りぼっち、この世で生きているのは自分だけのような気がした。右手の方には町の廃墟が現われる。少しばかりの石壁と瓦礫の山である。火の消えたマッチを捨てると足を早めた。ふと立ち止まると銃を構え緊張した。瞬間的に何か見えた——

崩れた建物の陰から人影が現われ、こちらへゆっくり歩いて来る。ためらいがちな歩み方だ。

ヘンドリックスは眼を疑った。「止まれ！」

その少年は立ち止まった。ヘンドリックスは銃を下ろした。少年は黙って立ったまま彼を見つめていた。まだ身体も小さく幼かった。八歳ぐらいだろうか。しかし正確な年齢はわからない。生き残った子供の大半は発育不全だった。少年の色あせたブルーのセーターは汚れてボロボロで、下にはショートパンツをはいていた。髪の毛は伸び放題で、麻のように乱れている。褐色の髪の毛は顔にかぶさるように垂れ、耳まで覆っている。何かを手に持っていた。

「何を持っているんだ?」ヘンドリックスは鋭く尋ねた。

少年はそれを差し出した。ぬいぐるみのクマだった。テディベアだ。少年の眼はパッチリとしていたが、表情がなかった。

ヘンドリックスは肩の力を抜いた。「私はいらん。持っていなさい」

少年はまたクマを抱きしめた。

「どこに住んでいるんだ？」ヘンドリックスは訊いた。

「あそこに」

「あの廃墟か？」

「そう」

「地下にか？」

「うん」

「何人いるんだ？」

「何――何人って？」

「きみたちは何人で住んでいるんだ。どのくらいの施設なんだ？」

少年の答はなかった。

ヘンドリックスは眉をひそめた。「きみは一人で住んでいるのかい？」

少年はうなずいた。

「どうやって暮らしているの？」

「食べるものがあるから」

「どんな食べもの？」

「いろいろなもの」

ヘンドリックスは少年を観察した。

「いくつだい？」

「十三歳」

信じられなかった。本当だろうか？　少年はやせてひねこびていた。おそらく生殖能力もない。放射能を浴びてきたのだ、何年にもわたって。彼が発育不全なのも不思議はない。腕や足はパイプクリーナーのように細くごつごつしていた。ヘンドリックスは少年の腕に触れてみた。皮膚は乾き、ざらざらしている。放射能症の皮膚だ。彼はかがむと少年の顔を覗きこんだ。表情が変わらない。大きな眼。大きくて黒々としている。

「眼が不自由なのかい？」ヘンドリックスは尋ねた。

「いいえ、いくらかは見えます」

「よくクロウにやられなかったね？」

「クロウって？」

「丸い球さ。よく走ったり、潜ったりするだろう」

「わからない」

おそらくこの辺にはクロウはいないのだろう。かれらのいない地域も多かった。かれらは人間のいる掩蔽壕のまわりに集まっていた。クロウは生きものの体温を感知するように設計されていた。

「きみは運が良かったよ」ヘンドリックスは背を伸ばした。「ところで、どこへ行くの？　あそこに戻るのかい？」

「おじさんについて行ってもいい？」

「私にか？」ヘンドリックスは腕を組んだ。「これから遠くに行くところなんだ。何マイルもね。しかも急いでいるんだ」彼は時計を見た。「日暮れまでにそこに着かなくてはならないんだよ」

「ぼくも行きたい」

ヘンドリックスは荷物に手を突っ込んだ。「行っても何にもならないぞ、ほら」彼は持ってきた食料の缶詰を少年に与えた。「これを持ってお帰り。わかったかい？」

少年は何もいわなかった。

「私は一日かそこいらで、またこの道を帰って来る。その時きみがこの辺りにいたら、いっしょに連れて行ってあげるからね。わかったかい？」

「ぼく、いまおじさんと行きたい」

「大分あるぞ」

「歩けます」

ヘンドリックスはそわそわした。二人で歩いたりすれば格好の標的になってしまう。それに子供連れでは遅くなる。だが、この道を戻ってくるとは限らない。もしもこの子供が本当に一人だったら――

「わかった。いっしょに行こう」

少年は彼のそばに来た。ヘンドリックスは大股で歩きだした。少年は黙って付いてきた。テディベアをしっかりと抱きかかえて。

「きみの名は何ていうの？」ヘンドリックスはしばらくして訊いた。

「デイヴィド・エドワード・ダーリング」

「デイヴィド？　きみのお父さん、お母さんはどうしたの？」

「死にました」

「どうして？」

「爆弾で」

「いつごろ？」

「六年前」

ヘンドリックスの足が遅くなった。「すると、きみは六年間も一人だったのかい？」

「いいえ。しばらくよその人といっしょでした。でもみんな死にました」

「それからは一人だったの？」

「ええ」

ヘンドリックスは眼を落とした。この子は変だ。あまりにも口数が少なく引っこみ思案だ。もっとも生き残った子供たちは一様にそうだった。口数が少なく、辛抱強かった。奇妙な宿命観に囚われていた。何に対しても驚くことはなかった。かれらはやってくるものは何でも受け入れた。かれらはもはや何ひとつ正常なもの、物事の道理みたいなものはあてにできなかった。精神的にも、肉体的にも、かれらは何ひとつ期待できなかったのである。習慣とか、慣例とか、判断力とか、大人から学ぶべきものは一切失われた。ただ残酷な経験だけが残った。

「歩くのが早すぎるかい?」ヘンドリックスは訊いた。

「いいえ」

「どうやって私を見つけたんだい?」

「待っていたんです」

「待っていた?」ヘンドリックスは首をかしげた。「何を待っていたんだい?」

「捕まえるために」

「何を?」

「喰べるものを」

「ふうん」ヘンドリックスは唇をひきしめた。この十三歳の少年はネズミやモグラや、半分腐った食料の缶詰で生き長らえてきたのだ。町の廃墟の地下穴の中で。放射能が充満しクロウが徘徊し、空にはロシアの空中機雷が浮かんでいる中でだ。

「どこへ行くんですか?」デイヴィドは訊いてきた。

「ロシア軍の陣地だ」

「ロシア?」

「敵だよ。戦争を始めた連中だ。やつらが最初の放射能爆弾を落としたんだ。みんなやつらが始めたことなんだ」

少年はうなずいた。その顔にはまったく表情の動きが認められなかった。

「私はアメリカ人だ」ヘンドリックスはいった。

何も答えなかった。二人は連れ立って歩き続けた。ヘンドリックスが少し先を行き、デイヴィドがその後からついて行った。胸に汚れたテディベアを抱きながら。


午後四時頃、二人は休んで食事をした。ヘンドリックスはコンクリートの残骸の間の穴で火を焚《た》いた。草をむしり木片を上に乗せた。ロシア軍陣地はもうすぐだった。あたりは昔、果樹園やブドウ畑の続く谷間だった。少しばかりのものさみしい切り株と、ずっと向こうの地平線まで伸びている山なみを除いては、まったくその面影がない。もうもうたる灰塵が風に吹かれて、雑草や建物の残骸、崩れた石壁や、かつては道路だったところに降り積もっていた。

ヘンドリックスはコーヒーを温め、調理された羊肉やパンに火を通した。「ほら」彼はパンと羊肉をデイヴィドに手渡した。デイヴィドは焚火の端にうずくまりごつごつした白い膝を抱えている。彼は食物をためつすがめつ調べてから返してよこし、首を振った。

「いらない」

「いらない？　腹は空かないのか？」

「うん」

ヘンドリックスは肩をすくめた。この少年はミュータントかもしれない。特別な食物を採っていたようだ。そんなことはどうでもいいが、空腹になれば何か食物を探すだろう。どうもこの少年はおかしい。しかし少年だけではなく、もっと多くの奇妙な変化がこの世界に起こっているのだ。生活がもはや違うのだ。それはもう決して同じにはならない。人類はそれに気づくべき時がきているのだ。

「好きなようにしなさい」ヘンドリックスはそういって、自分だけパンと羊肉を食べコーヒーで胃の腑に流しこんだ。彼はゆっくりと喰べた。そうでないとなかなか消化しない。食事を終えると立ち上がって火を踏み消した。

ディヴィドはゆっくり身を起こすと若年寄のような眼で彼を見つめた。

「行くよ」ヘンドリックスはいった。

「はい」

ヘンドリックスは銃を持って歩き出した。二人は身を寄せて歩いた。彼は何かあった場合に備えて緊張していた。ロシア側は伝令の答礼として、アメリカ側の軍使を待ち受けていることだろう。もっともかれらが策略を使っていなければの話だ。それに常に誤解の可能性もあった。彼はあたりの風景を見回した。屑と灰、いくつかの丘、黒焦げの木々、コンクリートの壁しかない。しかし前方のどこかに、ロシア軍の陣地の最初の掩蔽壕、前線司令部があるはずだった。地下深くもぐり潜望鏡と少しばかりの銃口、それにアンテナが地上に覗いているかもしれない。

「もうすぐなの？」デイヴィドが訊いた。

「ああ、疲れたかい？」

「いいえ」

「じゃ、どうして?」

デイヴィドは答えなかった。彼は灰の上を注意しながらとぼとぼと背後からついてきた。足も靴も埃で灰色になっていた。そのやつれた顔の青白い皮膚には灰が幾重にも筋となって残っている。血の気というものがなかった。地下室、下水溝、地下壕で育った子供の典型だ。

ヘンドリックスは歩みを遅くした。双眼鏡を取り上げると前方の地平を見回した。かれらはどこで自分を待っているだろうか? 彼の部下がロシアの伝令を見張っていたように、自分もまた見張られているのだろうか? 背筋がぞくぞくしてきた。かれらは銃を構え発砲の用意をしているかもしれない。彼の部下が殺す用意をしていたのと同じように。

ヘンドリックスは立ち止まった。そして顔の汗を拭った。「ちくしょう!」彼はいらいらした。しかし彼の来ることは予期されていたはずだ。状況は変わったのだ。

彼は銃を両手でしっかり握り、灰の上を大股で歩いて行った。その背後からデイヴィドがついてくる。ヘンドリックスはあたりをうかがい唇をひきしめた。いつなんどき何が起こるか。突然、白い光と爆発音が起こった。地下のコンクリート製掩蔽壕から慎重に狙って射ったものだろう。

ヘンドリックスは手を上げ、円を描くように振った。

しかし何も答えるものはなかった。右手に長い尾根が走り頂上には枯れた樹の幹があった。樹には数本の蔓がからみつき、あずまやの残骸があった。そして黒い雑草が生えていた。ヘンドリックスは尾根を見上げた。そこには何があるのか？　監視所としては絶好の場所だ。彼は慎重に尾根に近づいて行った。デイヴィドは黙って後からついてくる。もしここが彼の管轄下であれば、歩哨《ほしょう》をその頂上に置き、管区へ侵入しようとする敵の部隊の監視をさせるだろう。その上、防衛のため管区の周辺にクロウを配置しておくだろう。

彼は立ち止まると足を開き腰に手を当てた。

「もうすぐなの？」デイヴィドが訊く。

「ああ、そんなところだ」

「どうして立ち止まったの？」

「危険を冒したくないんでね」ヘンドリックスはゆっくり進んだ。もう尾根が彼の右側に沿って横たわっている場所まで来た。彼を真上から見下ろせる。不安が増大した。もしロシア兵がそこにいたら、おしまいだ。彼はふたたび手を振った。国連軍の制服を着た将校がカプセルに入れたメモの回答を持って来るのを、かれらは待ち受けているにちがいない。すべてが巧妙な罠でなければの話だが。

「私についていなさい」彼はデイヴィドの方を向いていった。「離れるんじゃないよ」

「いっしょに？」

「私につくんだ！　いっしょにいれば危険はない。さあ、おいで」

「ぼくなら大丈夫です」デイヴィドはまだ数歩はなれて彼の背後におり、テディベアを抱えていた。

「勝手にしろ」ヘンドリックスは双眼鏡をまた覗いていきなり緊張した。一瞬だが——何かが動いた。彼は尾根を注意深く見つめた。あたりは静まりかえっている。死んでいるようだ。その頂上には生きものはいない。樹の幹と灰だけだ。ネズミが少しいるかもしれない。クロウの手から免れた大きな黒ネズミだ。この突然変異のネズミは唾液と灰としっくいのようなものをこねて巣を作っていた。自然の適応性に富んでいるのだ。彼はまた前進を始めた。

背の高い人影が尾根の上に現われ外套《がいとう》をはためかせた。灰緑色をしている。ロシア兵だ。彼の背後から、二人目の兵士が姿を見せた。これもロシア兵だ。二人とも銃を構え狙いをつけている。

ヘンドリックスはその場に凍りついた。彼は口を開けた。兵士は膝をつき斜面を見下ろしている。三番目の人影が頂上の二人に加わった。灰緑色の外套を着て背は低い。女だ。彼女は二人の後ろに立っていた。

ヘンドリックスはやっと声を出した。「止めろ!」彼は狂ったように手を振った。「私は——」

二人のロシア兵は発砲してきた。ヘンドリックスの背後でかすかなパーンという音がした。熱波が彼を包み思わず地面に身を投げた。もろに灰が顔を覆い眼や鼻に入ってきた。息が詰まる。彼は膝を突いた。やはりみんな罠だった。もうおしまいだ。彼は屠所《としょ》の羊のように殺されるためにやってきたのだ。兵士と女は尾根の斜面の軟らかな灰をけたてて滑り下りてくる。ヘンドリックスは感覚を失っていた。頭がガンガンする。何とかぎこちなくライフルを構え狙いをつけた。それは千トンもあるかと思われるほど重かった。持っているのが耐えられなくなった。鼻や頬がチクチクと痛んだ。爆風であたりはひりひりするような悪臭に包まれていた。

「射つな！」最初のロシア兵は硬いアクセントの英語でいった。

三人は彼に近づくと、取り囲んだ。「ライフルを置け、ヤンキー」もう一人がいった。

ヘンドリックスはめまいを覚えた。すべてが一瞬のできごとだった。彼は捕えられていた。

そしてあの少年は吹きとばされていた。彼がふり向くとデイヴィドの姿は消えていた。その五体は地面に散らばっていた。

三人のロシア兵は念入りに彼を調べた。ヘンドリックスは坐ったまま鼻血を拭い、灰を払い落とした。頭をはっきりさせようと振ってみた。「どうしてこんなことをした？」彼は低く呟いた。「こんな子供を」

「どうしてだと？」兵士の一人が荒っぽく彼を立たせた。そしてヘンドリックスの身体の向きを変えた。「見ろ！」

ヘンドリックスは眼を閉じた。

「見るんだ！」二人のロシア兵は彼を前に引きずり出した。「ぐずぐずするな。あまり時間はないんだ、ヤンキー」

ヘンドリックスは眼を開き、そして思わず息をのんだ。

「よく見たか？　やっとわかったろう？」

デイヴィドの身体から、金属性の歯車《ホイール》が転がり出た。継電器《リレー》、ぴかぴかの金属部品、ワイヤー。ロシア兵の一人がその身体を蹴とばした。部品がとびころがり、歯車、スプリング、ロッドなどが見えた。プラスティックの部分は溶け半分焦げていた。ヘンドリックスは慄えながらかがみこんだ。顔面が吹きとんでおり、そこに複雑な配線を施した頭脳が露出していた。ワイヤー、リレー、小さなチューブ、スイッチ、何千という小さなボルト——

「ロボットさ」銃を持った兵士がいった。「おれたちはあんたにつきまとっているそいつを監視していたんだ」

「私につきまとう？」

「それがやつらの手さ。やつらはあんたについて掩蔽壕に入りこんでくる。そういうのが常道だ」

ヘンドリックスは眼をしばたたき当惑した。「しかし——」

「行くぜ」かれらは彼を尾根の方へ連れて行った。「ここにはもう留まれない。危険だ。このあたりにも何百というやつらがうろついているに違いない」

三人は彼を尾根の斜面にひっぱり上げ灰の上を滑りながら登った。女が先に頂上に達し、立ったままかれらを待っていた。

「前線司令部は」ヘンドリックスはつぶやいた。「私はロシアの前線司令部と交渉するためにやってきたのだ」

「前線司令部はもうない。やつらにやられた。これからおいおい話していく」かれらは頂上に達した。「生き残ったのはおれたちだけだ。わずか三人だ。あとはみんな掩蔽壕の中で殺された」

「こっちよ。ここから下りて」女は地面に設けた灰色のマンホールの蓋を開けた。「入って」

ヘンドリックスは身体を低くした。二人の兵士と女は彼の後に続いた。彼は梯子を降りて行った。女は最後に蓋を閉めしっかりボルトを締めた。

「おれたちがあんたを見つけたのは幸運だった」兵士の一人がいった。「やつは目的を達するまで、あんたから離れなかったろうからな」

「タバコを一本くれない?」女がいった。「もう何週間もアメリカのタバコを切らしているのよ」

ヘンドリックスはタバコの箱を押しやった。彼女は一本抜くと箱を二人に渡した。狭い部屋の隅でランプが時折光った。部屋は天井が低く頭がつかえそうだった。四人は小さな木製テーブルのまわりに腰を下ろした。少しばかりの汚い皿が片隅に立てかけてある。ボロボロのカーテンの背後には、もう一つの部屋がのぞいている。隅には上着と毛布、衣類が壁に掛けてあるのをヘンドリックスは見た。

「さてと」彼の脇の兵士がいって、ヘルメットを脱ぎ、金髪を後ろにかき上げた。「おれはルディ・マクサー伍長だ。ポーランド生まれで二年前にロシア軍に徴用された」彼は手を差し出した。

ヘンドリックスはためらったが結局握手した。「私はジョセフ・ヘンドリックス少佐だ」

「おれはクラウス・エプスタインだ」もう一人の兵士が握手を求めてきた。薄い髪をした色の黒い小男だ。エプスタインは神経質そうに耳を引っ張った。「オーストリア人だ。徴用されたのはいつだったか忘れた。ここにいたのはルディとおれとタッソーの三人だ」彼は女を指さした。「逃げられたのはおれたちだけだ。あとの連中はみんな掩蔽壕でオダブツさ」

「すると――するとやつらが入ってきたのか?」

エプスタインはタバコに火をつけた。「最初は一人だけだった。あんたにくっついていたようなやつだ。そいつが手引きをしたんだ」

ヘンドリックスは心をひきしめた。「どんなやつだ? 一種類じゃないのか?」

「デイヴィドという少年。いつもテディベアを抱えているやつ。あれは変種第三号だ。もっとも効果的なやつだ」

「他にはどんなタイプがいるんだ?」

エプスタインは上着をさぐった。「これだ」彼はポケットサイズの写真をテーブルに放り出した。紐で結えてある。「見てくれ」

ヘンドリックスは紐をほどいた。

「なあ」ルディ・マクサーがいった。「どうしておれたち、ロシア軍が話し合いを求めたかわかるかい。一週間前にその事実に気づいたからなんだ。あんた方のクロウが自分たちの手で新しいタイプのやつを作りだしたことを見つけたんだ。前のより優秀なやつだ。おれたちの陣地の後方のあんた方の地下工場で作り始めたんだ。あんた方はやつらに製造や修理を任せたろう。そしてだんだんと複雑にしていった。こういうことになったのもそっちの責任だ」

ヘンドリックスは写真を改めた。それは盗み撮りされたものだった。ぼやけて不鮮明だった。

最初のいくつかはデイヴィドだとわかった。デイヴィドが一人で道を歩いているところ。デイヴィドともう一人のデイヴィド。三人目のデイヴィド。まったくよく似ている。同じようにボロのテディベアを抱いている。

何とも哀れな姿だ。

「他のも見てちょうだい」タッソーがいった。

次の写真はかなり遠方から撮られたもので、道傍に坐っている大柄な傷痍《しょうい》兵が写っている。その腕を三角巾で首から吊り、拡げた片足は切断され、膝の上に粗末な松葉杖が乗っている。

「それが変種第一号だ。傷痍兵タイプのやつ」クラウスは手を伸ばすと写真を取った。「クロウのやつらは人間を真似たものを作り出している。どの種類のも前のタイプよりは格段に改良されている。やつらはじわじわとおれたちの防衛網の大半を突破し陣地に入りこんできている。やつらが単なる機械、鉤爪や角や触手を持っている金属球である限りは、他の兵器と同様に各個撃破できる。目に見える限りは、死を招くロボットとして検知できる。いったんおれたちがやつらの姿を見つければ——」

「変種第一号はわが軍の北翼を破壊した」ルディはいった。「それに気がつくまでには大分時間がかかった。その時はすでに手遅れだったんだ。やつらは傷痍兵に化けてやってきた。ノックして中に入れてくれと頼むんだ。そこで入れてやる。中に入るやいなや、やつらは正体をむき出しにした。おれたちは機械には充分気をつけていたのだが——」

「その時は、それが唯一のタイプだと思われていたんだ」とエプスタインが続けた。「だれも別のタイプがあるなどとは疑いもしなかった。その写真はおれたちにも見せられた。伝令があんたの陣地に走った時には、おれたちは一つのタイプしか知らなかった。それが変種第一号だ。大柄の傷痍兵だ。それだけだと浅はかにも思いこんでいた」

「きみたちの陣地はそれにやられたのか――」

「いや。変種第三号にだ。デイヴィドとあのクマにだ。やつは巧妙に立ち回った」クラウスは苦笑を浮かべた。「兵隊なんて子供には弱いもんだ。おれたちはやつらを壕に連れこみ、食べものをやろうとした。そしてやつらの求めていたものが何であったか手厳しく思い知らされた。少なくとも掩蔽壕にいたやつらは」

「われわれ三人は幸運だった」ルディがいった。「クラウスとおれはそのときタッソーに会いに出かけていたんだ。この彼女のねぐらにね」彼は大きな手を振りまわした。「この小さな地下室にね。用事を済ませてから梯子を昇って帰途についた時、尾根からやつらが掩蔽壕のまわりに群がっているのを目撃した。戦闘はまだ続いていた。デイヴィドとクマを相手にね。やつらは数百人いた。クラウスが写真を撮ったんだ」

クラウスは写真をまた束ねた。

「それはきみらの陣地全域で起こっているのか?」ヘンドリックスは訊いた。

「そうだ」

「われわれの陣地はどうなっているだろうか?」彼は無意識のうちに腕の放射能バンドに触れた。「やつらはわれわれの陣地にも侵入できるかな?」

「やつらは放射能バンドの影響は受けない。やつらにとっては、ロシア人、アメリカ人、ポーランド人、ドイツ人の区別はない。みんな同じだ。そういうふうに設計されているからだ。本来の考え方に従っているんだ。生命体を見つければいかなるところへも追跡して行く」

「やつらは体温に反応を起こす」クラウスはいった。「そいつはあんた方が最初からそうするように作ったからだ。もちろんあんた方の作ったやつは、身につけている放射能バンドで撃退できるものだった。いまやつらはその裏をかいている。新しい変種は鉛で覆われているんだ」

「ほかにどんな変種がいるんだ?」ヘンドリックスは訊いた。「デイヴィド・タイプと、傷痍兵タイプと——それから?」

「わからない」クラウスは壁を指さした。そこには縁のギザギザした金属板が掛けてある。ヘンドリックスは立ち上がると、それを仔細に見た。その板は曲りへこんでいた。

「左側のは傷痍兵から剝いだものだ」ルディがいった。「おれたちは傷痍兵の一人を殺した。そいつはおれたちの古い掩蔽壕にやってくるところだった。あんたにくっついていたデイヴィドを殺したのと同じ方法で尾根から射ったんだ」

その金属板には〈変種第一号〉と刻印されていた。ヘンドリックスはもう一つの板に触れた。

「そしてこれはデイヴィド・タイプから剝がしたものか?」

「そうだ」金属板には〈変種第三号〉と刻印されている。

クラウスはヘンドリックスの幅広い肩越しにそれを見た。「おれたちの直面している問題はわかるだろう。もう一つのタイプがあるんだ。それは破棄されたかもしれないし、うまくいかなかったのかもしれん。しかし変種第二号というのがあるはずだ。第一号と第三号がある以上はな」

「あんたは幸運だった」ルディはいった。「デイヴィドはここまでずっとついてきたが、あんたには指も触れなかった。おそらくあんたがどこかの掩蔽壕に入ると思っていたんだ」

「一人入れれば、それで全滅だ」クラウスがいった。「動きはすばやい。残りの仲間を引きこむ。やつらは決してあきらめない。一つの目的を持った機械だからだ。たった一つのことのために作られたからだ」彼は唇から汗を拭った。「おれたちは目の当たりにしたんだ」

みんな押し黙った。

「もう一本タバコをくれない」タッソーはいった。「みんないい人だったわ。でもみんながどうだったか、ほとんど忘れてしまったわ」


夜が来た。空は真暗だった。巻き上がる灰塵の雲のために星も見えなかった。クラウスはあたりに注意しながら蓋を上げた。ヘンドリックスにも外が見えた。

ルディは暗闇を指さした。「あのあたりが掩蔽壕だ。おれたちがずっといたところさ。ここからは半マイルと離れていない。クラウスとおれがあのとき、あそこにいなかったのはまったくの偶然だった。女好きだったからさ。助平根性に救われたようなもんだ」

「あそこにいた連中はみんな死んだと思う」クラウスは低い声でいった「まったくの急襲だった。ロシア最高幹部会が結論を出したのは今朝だった。前線司令部にも連絡があったので、おれたちはただちに伝令を出した。彼があんた方の前線へ向かうのを見送った。そして視界から消えるまで掩護をした」

「彼の名はアレックス・ラドリフスキー、おれたちの共通の友人だった。彼は朝の六時頃姿が見えなくなった。ちょうど太陽が昇った頃だった。正午頃、クラウスとおれは一時間ばかり息抜きをとった。掩蔽壕からこっそりと這い出して行った。だれにも見とがめられなかった。そしてここに来た。ここは昔小さな村で一本の通りと数軒の家があった。この地下室は大きな農家のものだった。おれたちはタッソーがこの狭い場所に隠れているのを知っていた。前にも来たことがあるからな。掩蔽壕からは他の連中もここに通っていた。今日はたまたまおれたちの番だった」

「それで生命が助かったというわけさ」クラウスはいった。「チャンスは他の連中に回っていたかもしれないのだ。とにかくおれたちは用を済ますと表に出て、尾根沿いに戻ろうとした。やつら、デイヴィドの仲間を見たのはその時のことだ。おれたちはすぐに事態を察知した。変種第一号の傷痍兵の写真は見たことがあったからな。人民委員が説明しながら写真を配ったんだ。もう一足早かったらおれたちも見つかっていたろうな。ともかくデイヴィドを二人ばかりやっつけ、やっとのことで戻ってきた。やつらは数百人いたろうな。うじゃうじゃとそこらあたりにアリみたいにな。おれたちは写真を撮ると、この中に滑りこみ堅く蓋を閉じた」

「やつらが一人の時をつかまえればさほどのことはない。おれたちの動きの方がすばやい。しかしやつらは情け容赦ない。生きものではないからな。まともに向かってくる。そこでおれたちは射ったんだ」

ヘンドリックスは蓋の縁に身をもたせかけると暗闇を見すかした。「蓋を上げっぱなしにしておいて大丈夫かい?」

「気をつけてさえいればね。さもなきゃどうやって無線器が使えるんだい?」

ヘンドリックスは小さなベルト無線器をゆっくりと取り上げた。そして耳に押し当てた。金属面が冷たく湿っぽかった。短いアンテナを上げマイクに息を吹きこんでみた。かすかな音が耳に響く。「どうやらそのようだな」

しかし彼はまだためらっていた。

「もし何かあったら、あんたを引っ張り降ろしてやるよ」クラウスがいった。

「ありがとう」ヘンドリックスは送信器を肩に当てたままじっとしていた。「興味はないかね?」

「何が?」

「新型さ。クロウの新しい変種さ。われわれは完全にやつらのなすがままになっているじゃないか? いまごろやつらは国連軍の陣地にも入りこんでいるかもしれないぞ。新しい種族の誕生を目の当たりにしているんじゃないかと思えてくるんだ。新種。進化。人類の後にくる種族だ」

ルディは鼻を鳴らした。「人類のあとに来る種族なんていないさ」

「いない? どうしてだ? 現にそれを見ているのかもしれんぞ。人類の終わりと新しい社会の始まりを」

「やつらは種族じゃない。機械じかけの殺し屋だ。あんた方がやつらを人殺しのために作った。やつらにできるのはそれだけだ。やつらは仕事を持った機械なんだ」

「いまはそう見えるがね。しかし将来はどうだ。戦争が終われば殺す相手の人間がいなくなる。そうすれば本性を現わすさ」

「あんたはまるでやつらを生きものみたいに見ているな」

「違うか？」

一瞬の沈黙。

「やつらは機械なんだ」とルディがいった。「人間のように見えるがただの機械にすぎん」

「送信してくれないか、少佐」クラウスがいった。「ここにいつまでもいるわけにはいかないんだ」

送信器をきつく握りしめながらヘンドリックスは司令部の掩蔽壕を呼んだ。間をおいて耳にあてがったが応答はなかった。静まり返っていた。配線をよく調べてみたが故障はない。

「スコット！」彼はマイクに叫んだ。「聞こえるか？」

沈黙。彼はボリュームをいっぱいに上げ、もういちど呼んでみた。しかしまったくの空電だけだった。

「全然出ない。聞こえていながら出ないのかもしれない」

「緊急事態だといってみたら？」

「私がむりやり呼び出しさせられていると思うだろうな。きみたちの指図でね」そういいながらもう一度試みた。そしていままでのあらましを手短に話した。しかし入ってくるのはかすかな空電だけで沈黙したままだった。

「放射能層が送信電波を殺してしまうんだ」クラウスがしばらくしていった。「きっとそうだ」

ヘンドリックスは送信器のスイッチを切った。「むだだ。まったく応答なしだ。放射能層か？　そうかもしれん。さもなければ聞こえるけど返事をしないかだ。正直いって私でもロシア陣地から呼び出しがあればそうするだろう。うちの連中はこんな話を信じるはずはないからな。私の話をすっかり聞いてはいるが――」

「もう手遅れなのかもしれんぞ」

ヘンドリックスはうなずいた。

「蓋を閉めた方がいいぜ」ルディは神経質そうにいった。「あまり隙を見せたくないからな」

かれらはゆっくりと穴に降りた。クラウスは注意深く蓋を閉めた。かれらは台所へと入った。空気が重苦しくかれらを包んだ。

「やつらの行動はそんなに早いのか？」ヘンドリックスは訊いた。「私は正午に掩蔽壕を出た。十時間前のことだ。どうやってやつらはその間に行動を起こせたというんだ？」

「やつらはそれほど時間を要しない。一人が入りこめばあとは簡単にけりがつく。あの小さなクロウが何をするかは承知のとおりだ。あのうちの一つでさえ想像を絶した行動をとる。剃刀のような鉤爪を伸ばした狂気の塊だ」

「わかった」ヘンドリックスはいらいらとその場を離れるとかれらに背を向けて坐った。

「どうした？」ルディが訊いた。

「ムーンベースだ。畜生、もしあそこがやつらにやられていたら――」

「ムーンベース？」

ヘンドリックスは振り返った。「やつらがムーンベースを占領するはずがない。どうやってあそこまで行けるか？　そんなことは不可能だ。信じられん」

「ムーンベースとは何だ！　噂には聞いていたが確かめたことはなかった。実状はどうなんだ。あんたは心配しているようだが」

「われわれは月から補給を受けている。政府は月の表面にあるんだ。全住民と産業もね。だからわれわれはやっていけるんだ。もしもやつらが地球を離れ月へ行く方法を見つけたら――」

「一人が行くだけでいい。いったん最初の一人が入りこめばあとは仲間を引き入れられる。似たようなやつを何百人とな。一度見てみなよ、まるでアリのように同じさ」

「完全な社会主義よ」タッソーがいった。「共産国家の理想像ね。全市民に互換性があるんだから」

クラウスは怒って鼻を鳴らした。「もういい。さて？　これからどうする？」

ヘンドリックスは狭い部屋のまわりを行ったり来たりした。食べものと汗の匂いが充満している。みんなが彼を見つめた。やがてタッソーはカーテンを押し開けるともう一つの部屋に入った。

「私、ひとねむりするわ」

カーテンが彼女の背後で閉まった。ルディとクラウスはテーブルに坐ったままヘンドリックスから目をはなさなかった。

「それはあんた次第だ」クラウスがいった。「おれたちにはあんた方の状況がわからん」

ヘンドリックスはうなずいた。

「それが問題だ」ルディはコーヒーを開けると錆びたポットから注いだ。「しばらくはここにいれば安全だ。しかしいつまでもいるわけにはいかん。食料だのなんだのが不足だ」

「といっても、外に出れば――」

「外に出ればやつらに殺《や》られる。十中八九間違いない。あまり遠くに行くのは無理だ。あんたの掩蔽壕までどのくらいある、少佐?」

「三、四マイルってところかな」

「行けるかもしれん。おれたちは四人だ。四人なら四方を監視できる。やつらも背後から忍び寄ったり、そばにくっついたりすることもできなくなる。ここに三挺《ちょう》のライフルがあるし、タッソーにはおれのピストルを貸そう」ルディはベルトを叩いた。「ロシア軍は靴には不自由しているが銃だけはある。四人で武装して出ればあんたの司令部の掩蔽壕に行けるかもしれん。どうだろう、少佐?」

「もしそこがやつらに占領されていたらどうする?」クラウスがいった。

ルディは肩をすくめた。「そうさな、そのときはここに戻るしかない」

ヘンドリックスは歩みを止めた。「やつらがアメリカの陣地にすでに入りこんでいる可能性についてどう思う?」

「そいつは難しい質問だ。かなり可能性は高いな。やつらは組織化されているし、成すべきことを正確に知っている。いったん行動を開始したらイナゴの大群のように押し寄せる。動きはじめたら速い。その秘密性と速力が身上だ。奇襲さ。だれかが気づく前にもう押し入って来ているんだ」

「わかってる」ヘンドリックスはつぶやいた。

向こうの部屋でタッソーがもぞもぞして「少佐?」と呼びかけた。

ヘンドリックスはカーテンを開けて「何だ?」と訊いた。

タッソーは簡易ベッドからしどけなく彼を見上げた。

「もっとアメリカのタバコない?」

ヘンドリックスは部屋に入ると、彼女の向かい側の木製椅子に坐りポケットをさぐった。

「ない。おしまいだ」

「いやあね」

「きみの生まれはどこだ?」

「ロシアよ」

「どうやってここに来た?」

「ここに?」

「ここは昔はフランスだった。ノルマンディの一部だ。ロシア軍といっしょに来たのか？」

「どうしてそんなことを訊くの？」

「ただの好奇心さ」彼はじっと彼女を観察した。彼女は上着を脱ぎ捨てると、それをベッドの端に放り投げた。まだ若い。二十歳ぐらいだろう。ひきしまった肉体をしている。長い髪は枕の上まで伸びている。彼女もだまって彼を見つめていた。その眼は黒くて大きい。

「何を考えているの？」タッソーがいった。

「なにも。きみはいくつだ？」

「十八よ」彼女は頭のうしろで手を組んだまままばたきもせず彼を見つめた。彼女はロシア軍のシャツを着てズボンをはいていた。灰緑色のやつだ。厚い革ベルトに放射能検知器と弾倉と薬品キットが付いている。

「きみはロシア軍にいたのか？」

「いいえ」

「その制服はどこで手に入れた？」

彼女は肩をすくめた。「もらいものよ」

「いくつ――いくつの時ここに来た？」

「十六だったわ」

「そんな若さで？」

彼女の眼が険しくなった。「それどういう意味？」

ヘンドリックスは顎をかいた。「もし戦争がなかったら、きみの人生も大分変わっていたろうな。十六か。ここに十六歳で来たのか。こんなふうに生きるためにか」

「私だって生き延びたかったわ」

「別に道徳を説いているんじゃない」

「あなたの人生も違っていたでしょうよ」タッソーはつぶやいた。彼女はベッドから足を垂らしてブーツを脱ぎ、それを床にけり落とした。「少佐、ほかの部屋に行ってくれない？　私、眠いの」

「いまここにいるわれわれ四人はどうするかが問題になっているぞ。ここで生活して行くのは無理のようだな。ここには二部屋しかないのかい？」

「そうよ」

「元々この地下室はどのくらいの大きさだったのかな？　今の規模より広かったのか？　他の部屋はみんな瓦礫で埋まってしまったのか？　その一つでも空けられるかもしれんな」

「たぶんね。でも私は本当に知らないわ」タッソーはベルトをゆるめるとベッドの上で身体を楽にしシャツのボタンを外した。

「本当にもうタバコはないの？」

「あれ一箱しかなかったんだ」

「残念ね。もしあなた方の掩蔽壕に行けたら見つかるかもしれないわね」もう片方のブーツを床に落とすとタッソーは電灯に手を伸ばした。「おやすみなさい」

「寝てしまうのか？」

「そうよ」

部屋は急に暗くなった。ヘンドリックスは立ち上がると部屋から出てカーテンを閉め台所に入った。そこで凍りついたように立ち止まった。

ルディが蒼白な顔に眼を血走らせて壁に身を寄せていた。口をパクパクさせるが声が出ない。クラウスはその前に立ち、ピストルの銃口をルディの胃のあたりに押しつけている。どちらも身動きしなかった。クラウスの手がピストルをきつく握りしめ表情も硬ばっていた。ルディは蒼白になって無言のまま壁にへばりついている。

「どうしたんだ――」ヘンドリックスは口走った。その言葉をクラウスの声がさえぎった。

「静かに、少佐。こっちへ来てくれ。ピストルを。あんたのピストルを抜いてくれ」

ヘンドリックスはピストルを抜いた。「どうするんだ？」

「やつを狙え」クラウスがルディを顎でしゃくった。「おれの隣に、早く！」

ルディは少し動き両手を下げた。彼はヘンドリックスの方を向いて唇をなめた。白眼が不気味に光る。汗が額から頬に落ちた。視線をヘンドリックスに据えた。「少佐、やつは気が狂った。止めてくれ」ルディの声はかぼそく嗄《しわが》れて聞き取りにくかった。

「いったいどうしたというんだ？」ヘンドリックスが詰問した。

ピストルを構えたままクラウスが答えた。「少佐、おれたちの話を憶えているか？　変種第二号のことだ？　おれたちは第一号と第三号は知っている。しかし第二号は知らん。少なくともいままでは知らなかった」クラウスの指が銃把を堅く握りしめた。「おれたちはそれをいま知ったんだ！」

彼は引金をひいた。ピストルから白熱した爆発音が鳴りひびき炎がルディを舐《な》めた。

「少佐、こいつが変種第二号なんだ」

タッソーがカーテンを横に払って出てきた。

「クラウス！　なんてことをするの？」

クラウスは黒焦げの死体から背を向け壁の下の床にへなへなとしゃがみこんだ。「変種第二号なんだ、タッソー。それがやっといまわかった。これで三つのタイプが全部確認できたんだ。危険は少なくなった。おれは——」

タッソーはクラウス越しにルディの遺体を見つめた。黒く焦げ、まだいぶっており衣服の切れはしが残っていた。

「あんたは彼を殺したのよ」

「彼を？　やつをという意味か？　おれはじっと監視していた。それを感じたんだ。しかし確認したわけじゃない。少なくとも前には疑いだけだった。しかし今晩になってやっとそれを確信したんだ」クラウスは銃把を神経質そうにこすった。「おれたちは幸運だった。それがわからないのか？　もう一時間もすれば、それは——」

「確かめたって？」タッソーは彼を押しのけると、しゃがんで、床のくすぶっている死体を見つめた。その顔は硬ばった。「少佐、あなたも見て。骨も肉もあるわ！」

ヘンドリックスは彼女のそばにかがみこんだ。その死体は人間のものだった。焼けた肉体、焦げた頭蓋骨の一部、筋肉、内臓、血。床には血だまりができていた。

「歯車なんかないわ」タッソーは静かにいった。彼女は立ち上がった。「歯車も部品も継電器もないわ。クロウなんかじゃないわ。変種第二号じゃないわ」彼女は腕を抱えた。「あんたはこれをどう説明するの」

クラウスはテーブルに腰を下ろすと急に顔から血の気がひいた。頭に手を当てると前後にゆさぶった。

「元気を出しなさいよ」タッソーの指がクラウスの肩をつかんだ。「どうしてこんなことをしたの？　どうして彼を殺したの？」

「彼は怯えていたんだ」ヘンドリックスはいった。「すべてが敵の謀略のような気がしていたようだ」

「そうかもね」

「他に何がある？　何を考えているんだ？」

「彼にはルディを殺すある理由があったかもしれないと考えているの。たしかな理由がね」

「どんな理由だ？」

「ルディが何かを感づいていたとか」

ヘンドリックスは彼女の蒼白な顔をしげしげと見た。「何を感づいた？」

クラウスは顔を上げた。「彼女のいわんとしていることはわかる。おれの方が変種第二号だと思っているんだ。わかるだろう、少佐？　おれが彼を故意に殺したと暗に示唆しているんだ。それでおれは――」

「それじゃ、どうして彼を殺したの？」タッソーは迫った。

「それはだな」クラウスは頭を弱々しく振った。「彼がクロウだと思っていたからだ。おれだけがそれを知ったと思った」

「どうして？」

「おれは彼をずっと監視していた。すっかり疑い深くなっていたんだ」

「どうして？」

「おれはその証拠を見たような気がした。それを耳にしたと思った。おれは――」

「それで」

「おれたちはテーブルに坐ってカードをやっていた。あんた方二人は向こうの部屋にいた。まったく静かだった。その時彼からブーンという音が聞こえたような気がした」

あたりは静まりかえっていた。

「あなたはいまの話を信じる？」タッソーはヘンドリックスにいった。

「うん。信じるよ」

「私は違うわ。彼はルディをわざと殺したと思うわ」タッソーはライフルを取り上げると部屋の隅に坐った。「少佐――」

「よせ」ヘンドリックスは首を振った。「もうそんなことは止めよう。一人でたくさんだ。われわれは彼と同じく怯えている。ここで彼を殺せば彼がルディを殺したのと同じことを繰り返すことになるんだぞ」

クラウスは感謝をこめて彼を見上げた。「ありがとう。おれは心配だった。あんたはわかってくれたんだね？　いまは前のおれのように彼女が怯えている。そしておれを殺したがっているんだ」

「もう殺し合いはないよ」ヘンドリックスは梯子の下の方に行った。「地上へ出て、もう一度送信器をテストしてみる。もし応答がないようだったら、明朝われわれの陣地に戻ってみよう」

クラウスは急いで立ち上がった。「おれもいっしょに行く。力を貸すよ」

夜気は冷え冷えとしていた。地上はすっかり涼しくなっていた。クラウスは深呼吸をして肺にいっぱい空気を吸いこんだ。彼とヘンドリックスは穴から地表に出た。クラウスは仁王立ちになってライフルを構え、眼を見開き耳を澄ませた。ヘンドリックスは穴の入口にうずくまり小さな送信器を作動させた。

「うまく行きそうかい?」クラウスがしばらくして訊いた。

「いや、まだだ」

「呼び続けてくれ。そして何が起こったかを知らせてくれ」

ヘンドリックスは呼び続けたが成功しなかった。最後にはあきらめてアンテナを引っこめた。

「全然だめだ。こちらの呼びかけが聞こえないようだ。さもなければ聞こえるが返事ができないかだ。あるいはあるいは――」

「あるいはあんたの仲間がこの世にいないかだ」

「もう一度だけやってみる」ヘンドリックスはアンテナを伸ばした。「スコット、聞こえるか？　応答せよ！」

彼は耳を澄ました。空電だけだった。その時、非常にかすかながら――

「こちらスコット」

送信器を握る指が緊張した。「スコット！　本当にスコットか？」

「こちらスコット」

クラウスはかがみこんだ。「あんたの部下か？」

「スコット、聞いているか。クロウについて、私の話したことが聞こえたか？　どうだ？」

「聞きました」かすかでようやく聞き取れるくらいの声だ。彼はほとんどしゃべらなかった。

「私の話を聞いたか？　掩蔽壕はすべて無事か？　だれも入ってきた者はいないか？」

「まったく異常ありません」

「やつらは入ってこようとしなかったか？」

その声は弱々しかった。

「いいえ」

ヘンドリックスはクラウスの方を向いた。

「全員無事だ」

「やつらに攻撃されなかったのかな？」

「されていなかった」ヘンドリックスは受信器を耳にしっかり押しつけた。「スコット、そちらの声はほとんど聞こえない。ムーンベースには知らせたか？　向こうの連中は知っているか？　警戒をしているか？」

返事はなかった。

「スコット！　聞こえるか？」

沈黙。

ヘンドリックスはほっとすると同時に力が抜けた。

「消えてしまった。放射能層のせいだ」

ヘンドリックスとクラウスは顔を見合わせた。どちらも無言だった。しばらくしてクラウスが口を開いた。

「あんたの部下のだれかのような声だったかい？　その声を確認できたかい？」

「あまりにかすかだった」

「というと確認できなかった？」

「ああ」

「すると、もしかして――」

「わからん。いまは何ともいえん。とにかく降りて蓋をしめよう」

かれらは梯子をゆっくり降りて行き、暖かい地下室に入って行った。クラウスは蓋のボルトを締めた。タッソーが無表情で二人を待っていた。

「いい知らせ?」彼女は訊いた。

二人とも返事をしなかった。

「さあねえ?」やっとクラウスがいった。「どう思うかね、少佐? あれはあんたの将校の一人か、それともやつらの一人か?」

「私にはわからん」

「それじゃ、おれたちが前にいたところと同じだ」

ヘンドリックスは顎をひきしめて床をじっと見ていたが「やっぱり行ってみよう。たしかめることだ」といった。

「とにかくここには数週間分の食料しかない。どんなことがあってもその後は地上に出るしか手がないんだ」

「そいつは明らかだ」

「どこかおかしいの?」タッソーがいった。「あなたの掩蔽壕と連絡がとれたの? どうしたというの?」

「私の部下の一人であったかもしれないな」ヘンドリックスはゆっくりいった。「さもなければやつらの一人かだ。しかしここにいてはそれがわからん」彼は時計を見た。「さあ、床について寝よう。明朝早く起きるんだ」

「早く?」

「クロウの中を抜けるのに最良の機会は早朝しかない」ヘンドリックスはいった。

翌朝は晴れて清々《すがすが》しかった。ヘンドリックス少佐は双眼鏡で周辺をよく観察した。

「何か見えるかい？」とクラウス。

「いや」

「おれたちの掩蔽壕は見えないかい？」

「どちらの方向だ？」

「こっちだ」クラウスは双眼鏡を取ると距離を調整した。「どこを探せばいいかはわかっている」彼は黙って長いこと見ていた。

タッソーが穴の入口に出てきて地面に降りた。「何か見える？」

「何も」クラウスは双眼鏡をヘンドリックスに返した。「やつらはもう見えない。行こう。ここにぐずぐずしていることはない」

三人は尾根の斜面を下り軟らかな灰の中を滑って行った。平らな岩面をトカゲがちょこちょこ横切って行った。かれらは一瞬その場に釘づけになった。

「そいつは何だ？」クラウスが呟いた。

「トカゲだ」

トカゲは走り続け急いで灰の中に入って行った。

「完全な自然適応だ」クラウスはいった。「おれたちが正しかったことが証明されたぜ、同志ルイセンコ」

かれらは尾根の鞍部《あんぶ》に達すると、そこで身体を寄せて立ち止まり、あたりを見まわした。

「さあ、行こう」ヘンドリックスは歩き出した。「ちょうどよい散歩だ」

クラウスは彼と並んで歩き、タッソーは油断なくピストルを構えたままその後からついて行った。「少佐、あんたに訊きたいんだが、どうやってデイヴィドと出会ったのかね？　あんたにくっついていたやつさ」

「私は道を歩いていて出会ったんだ。廃墟でね」

「そいつは何かいったかい？」

「口数は少なかった。独りぼっちだといった。それだけだ」

「そいつが機械だったとは見抜けなかったかね？　生きている人間みたいだったかい？　何の疑いも抱かなかったのか？」

「あまりしゃべらなかった。不自然だとは気づかなかったな」

「それは変だな。あんたがこけにされるほど人間もどきというわけか。まるで生きているみたいな。最終的にはどうなってしまうのかな」

「やつらはあんたたちヤンキーが設計したとおりに動いているのよ。生きものを狩り立て、それを殺すように作ったでしょう。人間を見つければみさかいもなく殺すようにね」タッソーがいった。

ヘンドリックスはクラウスをじっと見つめた。「どうしてそんなことを私に訊くんだ？　何を考えているんだ?」

「なにも」クラウスは答えた。

「クラウスはあなたが変種第二号だと考えているのよ」タッソーは二人の背後から静かにいった。「今度はあなたに目をつけたんだわ」

クラウスの顔が紅潮した。「それがどうした。おれたちは伝令をヤンキーの陣地へ送り、そして彼がやってきた。彼はここで格好の獲物が見つけられると思ったかもしれん」

ヘンドリックスは嗄れた声で笑った。「私は国連軍の陣地から来たんだぞ。まわりはみんな人間ばかりだ」

「あんたはロシア軍陣地に入りこめる機会を見つけたのかもしれんし、その機会を利用して来たのかもわからん。あるいは――」

「その時にはロシア軍陣地はもうやつらに占領されていたじゃないか。きみたちの掩蔽壕は、私が陣地を出てくる前にすでに侵略されていたんだぞ」

タッソーは彼のそばにやってきた。「証明するものは何もないわ、少佐」

「どうしてだ?」

「変種間にはほとんど交流がないように見えるわ。各々が別々の工場で作られているのよ。かれらはいっしょに行動することはないようよ。あなたは他の変種の行動については何も知らないままに、ロシア軍陣地へ来たのかもしれないし、さもなければ他の変種のことはまったく知らなかったのかもしれないし」

「どうしてきみはクロウについてそんなに詳しいんだ?」ヘンドリックスはいった。

「私はやつらを見ているもの。ロシア軍陣地が乗っ取られた時、よく観察していたのよ」

「それにしても知りすぎている」クラウスがいった。

「実際、おまえはそれほどよく見ていたわけでもない。どうしてそれほど鋭い観察ができたか不思議だよ」

タッソーは笑った。「あんた今度は私を疑っているの?」

「もうよせ」ヘンドリックスが口を挟んだ。三人は黙って歩き続けた。

「ずっと歩いて行くの?」しばらくしてタッソーがいった。「歩くのはあんまり得意じゃないわ」そういって目路《めじ》の届く限り四方に続いている灰の平原を見まわした。「なんてわびしいんでしょう」

「ずっとこうだ」クラウスがいった。

「見方を変えればやつらの攻撃が始まった時に、あんたがその掩蔽壕にいたらよかったのにと思うわ」

「もしかするとおれではなくて、だれか他のやつがあんたといっしょだったかもしれないわけだな」クラウスがつぶやいた。

タッソーは笑って手をポケットに突っ込んだ。「私もそう思うわ」

かれらは前に拡がる広大な静寂の灰の平原に目を配りながら歩き続けた。

太陽は沈みかけていた。ヘンドリックスはゆっくりと前進するとタッソーとクラウスに下がっているよう手を振った。クラウスは銃尻を地面に立ててうずくまった。

タッソーはコンクリートの平たいかけらを見つけて、そこに腰を下ろし溜息をついた。

「休めるのはありがたいわね」

「静かに」クラウスが鋭くいった。

ヘンドリックスは目の前の小さな丘の頂上にのぼった。ここは昨日ロシアの伝令兵が姿を見せたところだ。ヘンドリックスは伏せると身体を伸ばし双眼鏡で眼下に横たわるものを見つめた。

何も異常は認められなかった。灰とまばらな樹だけだ。しかし、五十ヤードとはなれていないところに前線司令部の掩蔽壕の入口があった。ヘンドリックスは無言のまま監視を続けた。動きもなければ生命のしるしもなかった。何一つ動かない。

クラウスが彼のそばに這い上がってきた。「どこだ?」

「その下だ」ヘンドリックスは双眼鏡を彼に渡した。灰塵雲が夕方の空に渦巻いている。あたりは暗くなりかけていた。明るいのもせいぜいあと一、二時間。おそらくそれほどないかもしれない。

「おれには何も見えん」クラウスはいった。

「あの樹のところ、瓦礫の山のそばにある切株のところ、あの右が入口だ」

「あんたの言葉をそのまま信じよう」

「きみとタッソーはここから私を掩護してくれ。ここなら掩蔽壕へ行くまでずっと見張れる」

「あんたは一人で行くのか？」

「私は放射能バンドを付けているから安全だ。掩蔽壕の周囲はクロウの活動範囲だからな。やつらは灰の下に集まっている。カニみたいなものだ。放射能バンドをもっていなければ生命がない」

「仕方がないな」

「私はゆっくりと歩いて行く。私がたしかな証拠をつかんだら、ただちに――」

「もしやつらが掩蔽壕に入りこんでいるとしたら、あんたはここに戻ってくることは不可能だ。やつらの行動はすばやい。あんたが気づいた時にはもう遅いぜ」

「どうしたらいい？」

クラウスは考えこんだ。「わからん。とにかくやつらを地上に出すことだ。そうすればあんたにも見える」

ヘンドリックスはベルトから送信器を取り出すと、アンテナを伸ばした。「さあ、始めるぞ」

クラウスはタッソーに合図した。彼女は慣れた様子で丘の斜面を這い上がり、かれらの坐っているところにやってきた。

「彼は一人で行く」クラウスは説明した。「おれたちはここから掩護する。彼が身をひるがえしたら、すぐにその背後を射て。やつらの行動はすばやいからな」

「あんたってそれほど楽観主義者じゃないわね」タッソーはいった。

「そうさ、楽観なんかしていない」

ヘンドリックスは銃の遊底《スライド》を開けるとよく点検した。「あるいは何のことないかもしれん」

「あんたはやつらを見たことがなかったわね。何百人と集まって、それがみんな同じなのよ。アリのようにぞろぞろと出てきてね」

「入口まで行かなくてもそれはわかると思うよ」ヘンドリックスは銃をロックし、片手に送信器、片手に銃を握った。「さて、幸運を祈ってくれ」

クラウスは手を差し出した。「たしかめるまで下りてくるな。ここからかれらと話してみた方がいい。かれらに姿を現わすようにさせるんだ」

ヘンドリックスは立ち上がった。そして丘の斜面に一歩足を踏み出した。

すぐに彼は枯れた切株のそばの煉瓦と石塊の堆積までゆっくりと歩いて行った。そこに前線司令部の掩蔽壕の入口があった。

何も動かなかった。送信器を取り上げるとスイッチを入れた。

「スコット？　聞こえるか？」

静寂。

「スコット！　こちらヘンドリックスだ。聞こえるか？　いま掩蔽壕の外にいる。そちらから私が見えるはずだ」

彼は無線器をしっかり握り耳を澄ました。何の返事もない。ただ空電だけだった。彼は歩き出した。クロウが灰の穴から出て彼の方に走ってきた。しかし数フィート先で立ち止まると、ここぞ逃げ出して行った。次のクロウが現われた。触手の付いたもう少し大きなやつだ。それも彼の方に来てしばらく様子を探っていたが、それから後ろに回り恭しく数歩はなれて後をつけだした。静かにゆっくりと掩蔽壕の入口に歩いて行く彼のうしろをクロウは追っていった。ヘンドリックスが立ち止まると、彼の背後でクロウも止まった。彼はだんだんと近づいて行き、いまや掩蔽壕の階段のそばまで来た。

「スコット！　聞こえるか？　私はいま掩蔽壕の上にいる。外だ。地上だ。私の声が聞こえないのか？」

彼は銃を小脇に抱え受信器を耳に当てて待機した。刻々と時間が過ぎる。彼は耳を澄まし続けた。しかし沈黙したままだった。静寂とかすかな空電。

その時、遠くで金属的な――

「こちらスコット」

その声は感情がなく冷たかった。ヘンドリックスはその声を聞き分けることはできなかった。イヤフォーンが小さすぎた。

「スコット！　聞いてくれ、私はいまおまえたちの真上に立っている。地上から掩蔽壕の入口を見下ろしている」

「はい」

「私が見えるか？」

「はい」

「監視テレビを通してか？　私の姿を捉えているか？」

「はい」

ヘンドリックスは迷った。彼の周囲を灰色の金属体のクロウの一群が静かに取り巻いていた。

「掩蔽壕の中は異常ないか？　おかしなことは起こらなかったか？」

「まったく異常ありません」

「地上へ出てこないか？　ちょっと顔を見たい」ヘンドリックスは深呼吸した。「ここまで上がってこい。おまえと直接話したい」

「降りてきて下さい」

「これは命令だぞ」

沈黙。

「来られないのか？」ヘンドリックスは聞き耳を立てた。しかし応答はなかった。「地上に出てこいと命令しているんだ」

「降りてきて下さい」

ヘンドリックスは顎を掻いた。「レオンと話させろ」

長い沈黙があった。彼は空電を聞いていた。細く硬い金属的な声がした。前のと同じような声だ。「レオンです」

「ヘンドリックスだ。いま地上にいる。掩蔽壕の入口だ。おまえたちの一人に、ここへ上がってきてもらいたい」

「降りてきて下さい」

「どうして私が降りて行くんだ？　これは命令だぞ！」

沈黙。ヘンドリックスは受信器を耳から外した。そしてあたりを注意深く見直した。入口は目と鼻の先にある。足が届きそうだ。彼はアンテナを引っ込めると、すばやく無線器をベルトに差し込んだ。慎重に銃を両手で握りしめると同時に一歩前に進んだ。もしかれらがヘンドリックスを見ているとしたら、入口に向かって歩いてくると思うだろう。ほんの一瞬彼は目を閉じた。

そして彼は下に向かっている石段に足をかけた。

その時二人のデイヴィドが下から上がってきた。二人ともまったく同じ顔で表情がない。彼が発砲すると二人とも木っ端みじんになった。すると次のが無言のまま上がってくる。次々とめじろ押しだった。それらは寸分たがわぬ同じ格好をしていた。

ヘンドリックスは身をひるがえすと掩蔽壕からはなれ丘に向かって走り出した。

丘の上ではタッソーとクラウスが発砲していた。小さなクロウがすでにかれらの方に駆け上がり、きらきらする金属球がめちゃめちゃに灰の中を走りまわっていた。しかし彼にはそんなことを考えている余裕がなかった。地面に膝を突くと頰に銃を当てて掩蔽壕の入口を狙った。デイヴィドたちは群れを成し、どれもテディベアを抱きかかえ、細い骨の見える足を上下しながら階段を駆け上り地上へと出てきた。ヘンドリックスはその身体の中心を狙って射った。かれらは爆発してバラバラになり歯車やスプリングが四散した。彼は微粒子の靄《もや》を通して何度も射った。

大きなぶざまな姿をしたものが掩蔽壕の入口に現われた。ヘンドリックスは一瞬息をのみ驚いた。その男は兵士だった。一本足で松葉杖にすがっていた。

「少佐!」タッソーの声がした。そして射ってきた。その大男が前に出るとデイヴィドたちが周囲に群がった。ヘンドリックスは思わずぞっとした。変種第一号だ。あの傷痍兵だ。彼は狙って発砲した。兵士は粉みじんになり部品や継電器がすっとんだ。気がつくと大勢のデイヴィドが掩蔽壕からぞろぞろと地上に出ていた。

彼は何度となく射ちながら背をかがめ、狙いをつけながらゆっくりと後退した。

丘の上からクラウスが射ち下ろしていた。丘の斜面をクロウが登っていた。ヘンドリックスは背を丸めて走りながら丘へと後退した。タッソーはクラウスからはなれ、ゆっくり右の方へ円を描きながら丘から遠ざかった。

デイヴィドの一人がつまずきながらも彼の方にやってきた。その小さな白い顔は表情がなく、褐色の髪の毛を眼に垂らしている。それは急に身体をそらすと手を拡げた。テディベアが跳ねながら突進してきた。ヘンドリックスは射った。テディベアもデイヴィドも消滅した。彼はにやっとして眼をしばたたいた。まるで夢を見ているようだった。

「こっちよ!」タッソーの声がした。ヘンドリックスは彼女の方に走り寄った。彼女は建物の廃墟のコンクリート壁のそばに身を寄せていた。彼女はクラウスにもらったピストルで彼の背後を射ち続けていた。

「ありがとう」彼は息をはずませながら、彼女のところまで辿りついた。彼女はコンクリートの後ろからベルトにつかまらせて、彼を引っぱり上げた。

「眼を閉じて！」彼女は腰から手榴弾を取るとキャップを急いでゆるめ作動させた。「眼を閉じて、伏せるのよ！」

彼女は爆弾を投げた。慣れたものでそれは弧を描いて飛ぶと掩蔽壕の入口に弾んで行った。二人の傷痍兵が煉瓦の山のそばにおぼつかなく立っていた。デイヴィドは後から後から続々と地上に吐き出されていた。傷痍兵の一人が爆弾の方に近寄りぎこちなくかがんで、それを拾おうとした。

その時爆発した。激しい衝撃が彼を巻きこんだ。ヘンドリックスは顔から地面に叩きつけられた。熱風が彼を包みこんだ。しばらくして薄明の中をタッソーの方を見ると、彼女はコンクリートの柱の後ろに立って、爆発の灰塵の中から現われるデイヴィドをゆっくりと規則正しく射ち斃《たお》していた。

背後の丘の上ではクラウスがぐるりと取り巻いたクロウを相手に孤軍奮闘していた。彼は射っては退きその輪を脱出しようとしていた。

ヘンドリックスはやっと立ち上がったが頭が痛かった。意識がもうろうとしていた。全身がやられていた。右腕は動かなかった。

タッソーが彼の方に戻ってきた。「さあ、行きましょう」

「クラウス――彼がまだあそこにいる」

「行くのよ！」タッソーはヘンドリックスを引きずるようにしてコンクリートの柱からはなれて行った。ヘンドリックスは頭を振ってはっきりさせようとした。タッソーはきびきびと彼をうながして進んだ。その大きな明るい眼は爆破を免れたクロウはいないかとじっと見つめていた。

デイヴィドが一人噴煙の中から現われた。彼女はそれを射った。もう現われなかった。

「クラウスは？　彼をどうする？」ヘンドリックスは足を止めるとふらふらしながら立っていた。「彼は――」

「行くのよ！」

かれらは後退し、だんだんと掩蔽壕からはなれて行った。小さなクロウがいくつかしばらく後をつけてきたが、やがてあきらめて引き返し消えた。

やっとタッソーは立ち止まった。「少し休んで息を整えましょう」

ヘンドリックスは瓦礫の山に腰を下ろした。息をはずませながら首筋を拭った。「とうとうクラウスを置き去りにしてしまったな」

タッソーは何もいわなかった。彼女は銃の遊底を開けると新しい弾薬を装塡《そうてん》した。

ヘンドリックスは当惑したように彼女を見つめた。「きみはあえて彼を置き去りにしてきたのか？」

タッソーは銃をカチッと元に戻した。彼女はまわりにある瓦礫の山を無表情で見つめていた。何かを探しているようだった。

「何をしているんだ？」ヘンドリックスは訊いた。「何を探しているんだ？　何か来るのか？」彼は頭を振って理解しようとした。彼女は何をしているのか？　何を待っているのか？　彼には何も見えなかった。周囲は灰と瓦礫だけだった。ところどころに葉も枝もないひどい姿の樹の幹が見える。「何が――」

タッソーはそれをさえぎった。「静かに」彼女の眼つきがけわしくなった。いきなり銃を構えた。ヘンドリックスは身体をひねり彼女の視線を追った。

かれらが後退してきた道に一つの人影が現われた。それはふらふらとこちらへ歩いてきた。衣服はずたずたに裂け足をひきずりながらゆっくりと慎重にやってくる。そして時々休んではまた気を取り直し歩きだす。一度はもう倒れるところだった。それはしばらく踏み留まって身体を安定させようと努めていた。やがてまた歩き出した。

クラウスだった。

ヘンドリックスは立ち上がった。「クラウス！」彼はクラウスの方に歩き出した。「きみはいったい――」

そのときタッソーが射った。ヘンドリックスは慌てて振り返った。彼女はふたたび発砲した。炎が彼をかすめて飛んだ。焼けるような熱さだった。熱線がクラウスの胸を捉えた。彼の身体は爆発しギアと歯車がすっとんだ。その瞬間彼はまだ歩き続け、やがて身体が前後にふらつき地面に音を立てて倒れ腕が千切れて転がった。いくつかの歯車がころころとこぼれ出た。

あたりは静寂に戻った。

タッソーはヘンドリックスの方を向いていた。「どう、これで彼がルディを殺したわけがやっとわかったでしょう」

ヘンドリックスはその場にゆっくりと坐りこんだ。彼は頭を振った。呆然自失した。思考能力を失っていた。

「見たでしょう?」タッソーはいった。「わかったでしょう?」

ヘンドリックスは無言だった。あらゆるものが、彼の周囲からすばやく崩れて行くような気がした。めまいがし暗黒の中に引きこまれそうになった。

彼は眼を閉じた。

ヘンドリックスはゆっくり眼を開けた。身体の節々が痛んだ。彼は起き上がろうとしたが、針で刺されるような痛みが腕や肩を貫いた。彼の息遣いが荒くなった。

「そのままにしていて」タッソーはかがみこむと冷たい手を彼の額に当てた。

もう夜だった。わずかな星が漂う灰塵雲を通して輝いていた。ヘンドリックスは横になると歯をくいしばった。タッソーは冷静に彼を見つめた。それから木片や雑草を集めて火を焚いた。炎がちょろちょろ上がり、その上に乗せた金属製のカップを舐めた。あたりは静寂に包まれていた。火の向こうの暗闇には何も動くものはなかった。

「やはり彼は変種第二号だったのか」ヘンドリックスはつぶやいた。

「私は前からそう思っていたわ」

「それじゃどうしてもっと早く仕留めなかったんだ?」彼はそれを知りたかった。

「だって、あなたが止めたじゃないの」タッソーは火の上にかがみこんで金属カップの中を覗きこんだ。「コーヒーよ。もう少しすれば沸いてくるわ」

彼女は浮かせた腰を元に戻し、彼のそばに坐った。やがてピストルを取り出すと発射装置を分解しはじめ、それを興味深そうに調べた。

「すてきな銃ね」彼女は少し高い声でいった。「構造が緻密だわ」

「やつらの方はどうした? クロウは?」

「手榴弾の衝撃でやつらの大部分は使いものにならなくなったわ。非常にデリケートなのね。あまりに高度に機械化されているせいだと思うわ」

「デイヴィドも?」

「そうね」

「あんな手榴弾をよく持ちあわせていたな?」

タッソーは肩をすくめた。「私たちが作ったのよ。あなた方は私たちの技術を侮《あなど》るべきでないのよ、少佐。あの手榴弾がなかったら、あなたも私もこうして生きていられなかったわ」

「かなりの威力だな」

タッソーは足を伸ばすと火で暖めた。

「彼がルディを殺した後も、あなたがその正体に気づかないのには驚いたわ。どうしてあなたは彼が——」

「それはいっただろう。彼は怯えているのだと思ったんだ」

「本当なの？　ほんのしばらくだけど私はあなたを疑ったのよ。だって彼を殺すことを押し留めたんですもの。あなたは彼をかばっているのかもしれないと思ったわ」彼女は笑った。

「ここなら安全か？」しばらくしてヘンドリックスは訊いた。

「ほんのしばらくね。やつらが他の地域から応援を仰いでいる間だけよ」タッソーはボロで銃の内部をきれいに磨き出した。それを終えると丁寧にまた組み立てた。そして出来上がると銃身に指を走らせた。

「われわれは幸運だった」ヘンドリックスはつぶやいた。

「そうね。非常に幸運だったわ」

「私を彼から引きはなしてくれて、ありがとう」

タッソーは何もいわずじっと彼を見つめていた。その眼は焚火の光で輝いていた。ヘンドリックスは自分の腕を調べた。指が動かなかった。全身がしびれ、体内に鈍痛を感じた。

「どう、痛むの？」タッソーが訊いた。

「腕をやられた」

「ほかには？」

「内臓もやられている」

「爆弾が破裂した時、地面に伏せなかったの？」

ヘンドリックスは無言だった。タッソーがコーヒーをカップから平たい鍋に注ぐのを見ていた。彼女はそれを彼に渡した。

「ありがとう」彼は飲むのに四苦八苦した。それは非常に飲みにくかった。胃がひっくりかえり鍋を押し戻した。「いまはあまり飲みたくないんだ」

タッソーは残りを飲んだ。刻々と時が過ぎた。灰塵雲はかれらの暗い上空を動いて行った。ヘンドリックスはあまり考えごとをせず休んだ。しばらくするとタッソーが彼の上に立ちはだかって見下ろしているのに気づいた。

「何だい？」彼はつぶやいた。

「気分はよくなった？」

「少しね」

「ねえ、少佐。もし私があなたをここに連れてこなかったら、あなたはやつらにつかまり、死んでいたわ。ルディのようにね」

「そのとおりだ」

「なぜ私があなたをここに連れてきたか知りたいでしょう？　あなたを置き去りにすることもできたのよ」

「どうして私をここに連れてきてくれたんだい？」

「それはね、私たちがここから脱出するためによ」タッソーは棒で焚火をかき回し静かにその中を覗きこんだ。「ここでは人間は生きて行けないわ。やつらの援軍が来たら私たちにはもうチャンスはないわ。あなたの意識がはっきりしない間、私はどうしようか考えたのよ。やつらが来るまでおそらく三時間ぐらいはかかるわ」

「それで私に脱出方法を教えろというのかね?」

「そのとおりよ。あなたならここから脱出できると思って」

「どうして私が?」

「だって私じゃ西も東もわからないわ」彼女の眼がかすかな光の中に輝いた。明るく落ちついていた。「ここから脱出できなければ、私たちはあと三時間以内に殺されるわ。それ以外私にはまるで先が読めないわ。ねえ、少佐、どうするつもり? 夜通し待っていたわ。あなたが意識を失っている間、私はここに坐り、待ちながら聞き耳を立てていたのよ。もう夜明けも近いわ。まもなく明るくなるわ」

ヘンドリックスは考えこんだ。「変だな」彼はややしばらくしていった。

「変って?」

「私ならここから脱出できるときみが考えたことがだ。どうして私ならできると思ったのか不思議だ」

「あなたならムーンベースに連れて行ってくれるでしょう?」

「ムーンベースに? どうやって?」

「何か方法があるはずだわ」

ヘンドリックスは首を振った。「だめだ。私の知っている限りでは方法はない」

タッソーは黙りこんだ。しばらく彼女の落ちついた視線が動揺した。頭を垂れ、顔をそむけた。急に立ち上がると「もっとコーヒーは？」と尋ねた。

「いらない」

「お好きなように」彼女は黙って飲んだ。彼はまともに彼女の顔が見られなかった。彼は地面に横になったまま深刻に考え、何とかそれをまとめようとした。考えること自体無理だった。彼の頭はまだ痛み痺れたようなめまいが残っていた。

「一つだけ方法はあるかもしれない」彼は急にいった。

「ええっ？」

「夜明けまで何時間ある？」

「二時間。太陽はじきに昇ってくるわ」

「このあたりに宇宙艇があるはずだ。私は見たことはないが、それがあることだけ知っている」

「どんな種類の宇宙艇なの？」彼女の声は鋭かった。

「ロケットクルーザーだ」

「それでムーンベースに行けるの？」

「そのはずだ。緊急用だ」彼は額をこすった。

「どうしたの？」

「頭が。考えがまとまらない。集中力がまるでなくなった。爆弾のせいだ」

「この近くにそのロケットはあるの？」タッソーは彼のそばににじり寄り、腰をおちつかせた。「ここからどのくらいのところにあるの？　どこなの？」

「それを思い出そうとしているんだ」

彼女の指が彼の腕にくいこんだ。「この近くなの？」彼女の声は冷酷だった。「どこなの？地下に埋めたのかしら？　秘密の地下に？」

「そうだ。地下格納庫の中だ」

「どうしたら見つかるかしら？　目印はあるの？　そこを示す目印か何か？」

ヘンドリックスは考えを集中した。「ない。マークも目印もない」

「それじゃ何があるの？」

「サインだ」

「どんなサイン？」

ヘンドリックスは答えなかった。明滅する光の中で両眼はかすんで視野を失った眼球だった。タッソーの指が彼の腕にくいこんだ。

「どんなサインなの？　それは何なの？」

「私は――私は考えがまとまらない。少し休ませてくれ」

「いいわ」彼女は会話を打ちきり立ち上がった。ヘンドリックスは地面に横になったまま眼を閉じた。彼女はポケットに手を突っ込んだまま彼のそばをはなれた。岩をけとばしたり空を見上げたりした。夜の暗さはもう薄れはじめて灰色になっていた。朝が来ようとしていた。

タッソーはピストルを握ったまま焚火の周りを行ったり来たりした。地面に横たわったヘンドリックスは眼を閉じたまま動かなかった。空の灰色が次第に高くなって行った。あたりの景色が見えるようになってきた。灰塵の平原が四方に続いている。灰と建物の廃墟、あちこちに壁やコンクリートの塊、むき出した樹の幹が見える。

空気は冷たく肌を刺した。どこか遠くの方で鳥が嗄れた声で鳴いた。

ヘンドリックスは身じろぎした。彼は眼を開けた。

「夜明けか？　もう？」

「そうよ」

ヘンドリックスは少し起き上がると「何か知りたいことがあったようだな。それを私に尋ねていたな」と彼女にいった。

「やっと思い出したの？」

「そうだ」

「それは何なの？」彼女は緊張した。「何なの？」鋭く繰り返した。

「井戸だ。涸《か》れ井戸だ。それは井戸の地下格納庫の中にある」

「井戸なの」タッソーはほっとした。「それじゃその井戸を見つけましょうよ」彼女は腕時計を見た。「あと一時間しかないわ、少佐。一時間で見つかるかしら？」

「手を貸してくれ」ヘンドリックスはいった。

タッソーはピストルをしまうと彼に力を貸し立たせた。「これじゃ行くのは無理だわ」

「そのとおりだ」ヘンドリックスは唇をひきしめた。「そんなに遠くまでは行けないよ」

かれらは歩き出した。顔を見せたばかりの太陽はかれらにわずかのぬくもりを与えた。大地は平坦で不毛で灰色にずっと続いており、見渡す限り生命のしるしさえなかった。

数羽の鳥が二人のはるか上空をゆっくり輪を描いて飛んでいた。

「何か見えるか?」ヘンドリックスはいった。「クロウか何か?」

「いいえ、何も見えないわ」

かれらはコンクリートや煉瓦が直立するいくつかの廃墟を通り過ぎた。セメントの床をネズミが急いで逃げて行き、タッソーが驚いてとび退いた。

「ここはかつて人の住んだ跡だ」ヘンドリックスはいった。「村だ。田舎の村だった。ここは昔ブドウ畑だった。いまいるところがな」

雑草が茂りあちこちに割れ目のできている無人の通りを、二人はとぼとぼ歩き続けた。

「注意しろ」彼は警告した。

竪穴が口を開けていた。地下室だった。ねじ曲がったパイプのぎざぎざした先が突き出している。壊れた家の跡を通り過ぎると脇に風呂桶《ふろおけ》が転がっていた。壊れた椅子、スプーン、陶器の皿の破片。通りの中央の地面が沈んでいる。くぼみは雑草や瓦礫や骨片でいっぱいだった。

「この辺だ」ヘンドリックスはつぶやいた。

「こっちかしら?」

「右の方だ」

二人は重戦車の残骸を越えた。ヘンドリックスのベルトの放射能検知器が不気味な音を立てた。重戦車は放射能汚染されていた。重戦車から数フィートのところにミイラ化した死体が口を開けたまま転がっていた。道路の向こうは平原だった。石と雑草と割れたガラスの破片。

「そこだ」ヘンドリックスはいった。

石で囲った井戸が突き出している。縁はぎざぎざで割れていた。数枚の板がその上に渡してある。井戸の大部分は瓦礫の中に沈んでいた。ヘンドリックスはよろめく足を踏みしめながらそちらへ歩いて行った。彼の脇にタッソーが寄り添っていた。

「ここに間違いないの?」タッソーは念を押した。「そんなようには見えないけれど」

「確かだ」ヘンドリックスは井戸の縁に坐って歯をくいしばっていた。息遣いが荒かった。顔の汗を拭った。「これは高級将校の脱出用に用意されたものだ。もし何かあった場合に備えてな。掩蔽壕がやられたとか」

「それはあなた用なの?」

「そうだ」

「どこにロケットがあるの?　ここに?」

「われわれの立っている足下にだ」ヘンドリックスは井戸の石の表面に指を走らせた。「アイロックが私に感応するんだ。他の者じゃだめだ。これは私のロケットなんだ。あるいはそのはずだった」

鋭くカチッという音がした。やがて二人の耳に下の方からきしむ音が聞こえた。

「退《さ》がれ」ヘンドリックスはいった。彼とタッソーは井戸からはなれた。

地面の一部がゆっくりと開いた。金属体がゆっくりと灰の中から押し上げられてきた。瓦礫や雑草が押し除けられた。ロケットの先端が見えてくると動きは止まった。

そのロケットは小型だった。それは太くて短い針のように金属網《メッシュ》の中に吊り下がり、静かに横たわっていた。ロケットが上がるにつれ灰の雨が機体から暗いくぼみに振り落とされた。ヘンドリックスはそちらへ歩いて行った。彼は網にまたがるとハッチをゆるめ引っ張った。ロケットの内部に操縦装置と気密操縦席が見えた。

タッソーがやってきて彼の隣に佇んだ。そしてじっとロケットに見入った。「私、ロケットの操縦には慣れていないんだけれど」彼女はしばらくしていった。

ヘンドリックスは彼女を見つめた。「私がやろう」

「あなたが？　座席は一つしかないわ、少佐。これは一人乗りに作られているんでしょう」

ヘンドリックスの息遣いが変わった。彼は内部をよく点検した。タッソーのいうとおりだ。座席は一つしかない。一人だけを運ぶように作られているのだ。「なるほど。そしてその一人はきみだ」彼はゆっくりといった。

彼女はうなずいた。

「もちろんよ」

「どうして？」

「あなたは無理だわ。とても飛行に耐えられないわ。怪我をしているし月までは行けないと思うわ」

「興味ぶかい指摘だね。でもだよ、私ならムーンベースの位置を知っているが、きみは知らないということだ。何カ月もそのまわりを飛び続けても見つけられないかもしれん。そこはうまく隠されているからね。何も知らずに探すことは――」

「これは一つの賭だわ。私には見つけられないかもしれない。とにかく私一人ではね。だけどあなたがいろいろと教えてくれるだろうと思っているわ。なにしろあなたの生命はこのロケットにかかっているんですもの」

「どうして?」

「うまく私がムーンベースを見つければ、あなたを救うためのロケットを出すように頼めるわ。それを見つければの話よ。見つからなければあなたにはチャンスはないわ。この艇にはかなりの食料を積んであるんでしょう。だから私はかなり生き伸びられるし――」

ヘンドリックスはすばやく行動した。しかし怪我した腕が思うように動かなかった。タッソーはしなやかに脇にとんで身体をかわした。彼女は腕を振り上げると電光石火に振り下ろした。ヘンドリックスは銃尻がもろに来るのを見た。それを避けようとしたが彼女の方が早かった。金属の銃尻が耳の上のこめかみに当たった。しびれるような痛みが全身を貫いた。痛みと暗黒のうずまく雲。身体が沈み地面に崩れた。

おぼろげながらタッソーが立ちはだかり爪先で自分を蹴っているのに気づいた。

「少佐、眼を醒ますのよ!」

彼は眼を開け唸った。

「私のいうことを聞いて」彼女はかがみこんだ。銃口が彼の顔に向けられていた。「急がねばならないわ。もうあまり時間がないのよ。ロケットは飛ぶ用意ができているけど、飛ぶ前にぜひ聞いておかなければならないことがあるの」

ヘンドリックスは頭を振ってはっきりさせようとした。

「急いでよ！　ムーンベースはどこにあるの？　どうやったら見つかるの？　何を目当てに行けばいいの？」

ヘンドリックスは無言だった。

「返事してよ！」

「悪かったね」

「少佐、このロケットには食料が積んであるわ。私なら数週間は保《も》つわ。ベースも見つけられる。あなたが乗ったら三十分ともたないわ。あなたの生き伸びる唯一のチャンスは――」彼女の声がとぎれた。

斜面沿いのいくつか崩れかけた建物のそばで何かが動いた。灰の中に何かがいた。タッソーはすばやく振り返ると狙いをつけ射った。炎が飛んだ。何ものかがこそこそ逃げ、灰の中を転がって行った。彼女はまた射った。クロウは爆発して歯車がとんだ。

「いまの見た？」タッソーがいった。「斥候《せっこう》よ。もう長いことないわ」

「きみが私を助けるために救援隊を頼んでくれるか？」

「ええ。できるだけ早く」

ヘンドリックスは彼女を見上げた。そしてじっと彼女の様子を探った。「本当だろうな?」奇妙な表情が彼の顔に浮かんだ。それは生への貪欲さだった。「きみは私のために帰ってきてくれるだろうね? 私をムーンベースに連れて行ってくれるだろうね?」

「ええ連れて行くわ。そのまえにムーンベースのありかを教えてよ! もうあまり時間がないのよ」

「わかった」

ヘンドリックスは岩のかけらを拾い上げると身体を起こして坐った。「いいか」

ヘンドリックスは灰の上に線をひきはじめた。タッソーはそばに立って岩のかけらの動きを見つめていた。ヘンドリックスはざっと月面図を描いた。

「これがアペニン山脈、ここがアルキメデスのクレーターだ。ムーンベースはこのアペニンの端の向こう側約二百マイルのところにある。私も正確な場所は知らん。地球にいる者はだれも知らん。しかしきみがアペニンの上に来たら赤と緑の信号を送り、すぐにまた赤信号を二回送るんだ。ベースのモニターがきみの信号を記録する。もちろんベースは地下にある。磁気誘導装置できみのロケットを地下に案内してくれるよ」

「操縦は? 私にもできるかしら?」

「操縦はすべて自動だ。きみのなすべきことは適当なときに適当な信号を送ることだ」

「わかったわ」

「発進のショックはほとんど座席に吸収される。空気や温度は自動的に調節される。ロケットは地球をはなれ自由空間に放り出される。そして真直ぐ月に向かい月面から百マイルほど上空の軌道に入る。その軌道からベースに行ける。アペニン地域に入ったら信号ロケットを切りはなすんだ」

タッソーはロケット内にすべりこんだ。そしてかがんで気密操縦室におさまった。アームロックが自動的に彼女を囲んだ。彼女は操縦装置に触れた。「あなたが行けないのはお気の毒ね、少佐。全部あなたのために用意されていたのにね。でもとても旅行は無理だわ」

「ピストルを私に残して行ってくれ」

タッソーはベルトからピストルを抜き出すと手中で考えるように重みを計っていた。「あまり遠くに行かないでね。探すのに大変だから」

「わかった。この井戸のそばにいるよ」

タッソーは発進スイッチを握り、指をなめらかな金属面に走らせた。「すてきなロケットね、少佐、よくできているわ。あなた方の工業技術には感心するわ。いつでもすぐれたものを作れるのね。すばらしいものだわ。その技術、創造力はあなた方の偉大な成果だわ」

「ピストルをくれ」ヘンドリックスはいらいらして手を差し出した。彼はやっとのことで立ち上がった。

「さようなら、少佐」タッソーはピストルをヘンドリックスに投げてよこした。ピストルは地面に当たって音を立て弾んで転がった。ヘンドリックスはそれを慌てて追いかけた。彼は身体をかがめそれを拾い上げた。

ロケットのハッチがパタンと閉まった。ボルトが締まった。ヘンドリックスは後ろに退った。内側のドアが閉められた。彼はやっとのことでピストルを持ち上げた。

切り裂くような轟音がした。ロケットは金属かご《メタル・ケージ》の中からとび出し、背後の金属網《メッシュ》を溶かした。ヘンドリックスは身体をちぢめあとずさった。宇宙艇は渦巻く灰塵雲の中を矢のように飛んで空の彼方へ消えた。

ヘンドリックスはその噴射雲が消えるまで長いこと見送っていた。何も動くものはなかった。朝の空気は冷たく静かだった。彼はやってきた道をあてもなく戻りはじめた。動き続けている方が良策だ。救援が来るまでにはかなり時間がかかりそうだ。——来たらの話だが。

彼はポケットを探ってタバコの箱を見つけた。あまり吸う気もなかったが一本に火をつけた。かれらはみんなタバコを欲しがったがタバコは貴重品だった。トカゲがするすると彼のそばを這って灰の中にもぐりこんだ。彼は立ち止まると身体を堅くした。トカゲは姿を消した。太陽は宙天高く昇った。ハエが数匹、彼の脇にある平たい岩にとまった。ヘンドリックスはそれを足で蹴った。

だんだんと暑くなってきた。汗が顔からしたたり落ち、襟に入る。口が乾いてきた。やがて彼は足を止めると瓦礫の上に腰を下ろした。救急袋を開けると麻酔のカプセルをいくつか飲みこんだ。彼はあたりを見回した。ここはどこだ?

前方に何か横たわるものが見えた。地上に伸びており物音も立てず動かない。ヘンドリックスは急いでピストルを引き寄せた。人間のように見える。その時彼は思い出した。クラウスの残骸だ。あの変種第二号だ。ここはタッソーが彼を射ったところだ。灰の上に散らばる歯車や継電器や金属部品が見えた。それらは日光に当たりきらきらと光っていた。

ヘンドリックスは立ち上がるとそちらへ歩いて行った。足の爪先でその動かなくなった残骸を突っついて少しひっくり返した。金属の胴体、アルミニウムの骨が見える。ワイヤーがはらわたのようにはみ出している。ワイヤーとスイッチとリレーの堆積。数え切れないモーターやロッド。

彼はかがみこんだ。倒れた時の衝撃で頭蓋が砕けていた。人工頭脳がよく見える。彼はそれを見つめた。電気回線の迷路、ミニチュアのチューブ。髪の毛同様の細いワイヤー。彼は頭蓋に触り転がした。型板が見える。ヘンドリックスはそれを調べてみた。

そしてみるみる蒼白になった。

〈変種第四号〉と刻印されていた。

長いこと彼は型板に見入っていた。変種第四号。第二号ではない。かれらは間違えていたのだ。もっとタイプがあったのだ。三種類だけではなかった。おそらくもっとたくさんあるのだ。少なくとも四種類は確実だった。そしてクラウスは変種第二号ではなかった。

しかし、もしもクラウスが変種第二号ではなかったとしたら——

突然彼は緊張した。丘の向こうから灰の中を何かがこちらへ歩いてくる。あれは何だ？　彼は眼を凝らした。人間だった。人間の群れが灰の中をゆっくりこちらへやってくる。

彼の方にやってくるのだ。

ヘンドリックスはすばやく姿勢を低くすると銃を上げた。汗がポタポタと眼の中に入った。その姿が近づくにつれこみ上げてくる惧《おそ》れを鎮めようと努めた。

最初は一人のデイヴィドだった。デイヴィドは彼を見つけると足を早めた。もう一人その後から急いでやってくる。二人目のデイヴィドだった。次いで三人目が。三人のデイヴィドが同じように何の表情もなく、細い足を上げたり下げたりしながら、静かにこちらにやってくる。いずれもテディベアを抱えていた。彼は狙いをつけて射った。最初の二人のデイヴィドは粉々になった。三人目は足も止めない。その後から別の人影が現われた。灰を横切り静かに彼の方へと登ってくる。デイヴィドを見下ろすように立ちはだかる傷痍兵の姿。そして——

そして傷痍兵の背後から二人並んでやってきたのは、タッソーだった。重いベルト、ロシア軍の兵隊ズボンにシャツ姿、長い髪。彼がたったいままで見てきた彼女とそっくりだった。ロケットの気密席に坐ったあの姿だ。二人ともすらりとして静かで、まったく同じ格好をしていた。

かれらはかなり接近していた。デイヴィドは突然かがむとテディベアを落とした。ベアは地面を走り出した。無意識のうちにヘンドリックスの指が引金を引いていた。ベアは霧となって消えた。二人のタッソーは無表情に並んで灰の中を歩き続けた。

彼女たちがすぐそばにやってきたときヘンドリックスは銃を腰だめで射った。

二人のタッソーは消えた。しかしすでに新たな一団が登りはじめていた。五、六人のタッソーが一列になって彼の方へ駆け上がってくる。彼はタッソーに自分のロケットを与え信号も教えた。自分のために。彼女は月へ、ムーンベースへと向かっている。それは自分のおかげなのだ。

結局手榴弾についても自分の考えが正しかった。それは他のタイプ、デイヴィド・タイプや傷痍兵タイプやクラウス・タイプの存在を知った上で作られたものだった。人間の作ったものではない。人間との接触のない地下工場の一つで作られたものだ。

タッソーの列が彼の方へやってくる。ヘンドリックスは自分を引きしめた。そして静かに彼女たちを見つめた。見慣れた顔、ベルト、だぶだぶのシャツ、手榴弾は所定の位置にある。

手榴弾――

タッソーの列が迫ってくるにつれ、最後の皮肉な考えがヘンドリックスの頭をかすめた。それを考えると彼は少し気分が楽になる気がした。手榴弾は変種第二号が他の変種を破壊するために作ったものだ。その目的だけのために作られた。

やつらはすでにお互いをやっつけるための武器を作りはじめていたのだ。

解説

仁賀克雄

わたしがフィリップ・K・ディック（一九二八〜八二）に初めて興味をもったのは、高校時代に出版されたSFアンソロジー『宇宙恐怖物語』（一九五五、元々社。後にハヤカワ・SF・シリーズで再刊）に掲載された短編「にせ者」である。一九五三年の作品だからほぼ同時代で読んでいたわけである。本書にも再訳したが、いま読み直してもよくできた作品である。ある日、突然に自分がケンタウリ・アルファから地球の爆破に送り込まれたエイリアンのスパイではないかと疑われ、親友に月まで拉致されて殺されかける。主人公の恐怖感とサスペンス、そして鮮烈なラストシーンには強い印象を受けた。しかし当時のアメリカSF界ではディックの短編は全く買われておらず、アンソロジーにもこの作品だけが繰り返し収録されていた。

この作品には早くもディックのパラノイア的妄想のシミュラクラが投影されている。主人公は自分が人間だと思っているのに、他人からは人間ではないと疑われている。自分は人間だと考えていても、それが果たして真実なのか、こうした疑問が後にディックの最大のライトモチーフとなる、それでは人間とはいったい何であるか、という深刻な懊悩に通じていくのである。その疑問の芽生えは「パパふたり」に現れている。自分の父親にも機嫌の良し悪しで、怒ったり、笑ったりする二種類のパパがいるのではないかという疑問は子供心にもつことは自然である。あえて寓話仕立てにしないところが、この作品を評価できる点だ。

その後、わたしがディックの作品に再会したのはSFマガジン創刊号の「探検隊還る」（五九）だった。長編『宇宙の眼』（五七、別題『虚空の眼』）にはそのアイデアと展開に全く感心した。時空連続体が放射能の影響で変化し、他人の思考の世界が時間をおいて自分の脳髄を支配するアイデアは抜群の面白さだった。SFに初めて接した第一世代としては、レイ・ブラッドベリの『火星年代記』、アーサー・クラークの『幼年期の終わり』、ロバート・ハインラインの『夏への扉』などと並んで思い出に残る作品だった。

しかし、それからはこれといったディック作品にも会わずに忘れていた。一九六九年ごろだったと思う、都築道夫さんのお宅に伺ったときに古いSF誌を二、三冊戴いてきた。その中にたまたまディックの短編が載っていた。「あてのない船」と「植民地」である。読んでみるとどちらも面白い。未訳なのでぜひ紹介したいと思い、翻訳してミステリ・マガジンに載せてもらった。二作とも読者の評判がよかったので、他にも面白い短編はないかと探したが、六〇年までディックはエースのダブルブックで中編を書き下ろしている程度の三流SF作家であり、短編集など殆どなかった。イギリスで出版された *A Handful of Darkness*（五五）ぐらいであった。

それで仕方なくディックの短編の掲載されたSF誌のバックナンバーをアメリカの古書店に注文して集めた。それらをかたはしから読んでみたが、わたしにとって興味があり、面白かったのは一九六〇年以前の作品ばかりだった。六一年にディックは一年休筆し、翌年書いた『高い城の男』で長短編とも作風が明らかに変化している。短編は以前ほど乱作しなくなり、長編の書き下ろしに力を注いでいた。しかしわたしには五二～九年に八十数編書いた中短編の方がはるかに面白かった。本書タイトル作「人間狩り」（五三）はそのころの中編である。ここには米ロ戦争下の兵士の人間関係がかもし出す一触即発のサスペンスが充満しており、しかも主人公以外は行動を共にする男女兵士のだれが人間で、だれがロボットであるか分からない。緊張した猜疑心と不安感が読者を捉えて放さない。

ちょうど五〇年代にはＳＦでも、レイ・ブラッドベリ、フレドリック・ブラウン、ロバート・シェクリイ、ウィリアム・テン、リチャード・マシスン、ジャック・フィニイ、シオドア・スタージョン、フリッツ・ライバーなどの優秀な短編を書く作家が輩出した時代だった。その短編はアイデア・ストーリーと呼ばれ、思いつきだけとか、科学性がないとかばかにされたが、わたしにとってはアイデアが抜群で、奇想天外さやサスペンス、落語を思わせるユーモアや意外性にも富んでいた。その傑作短編は『幻想と怪奇』や『異色作家短編集』に収録され、現在でも数多くの読者に読まれているではないか。

集めたディックの未訳短編を全部読んでみて、独断と偏見でＡＢＣＤに価値のランクをつけてみた。その結果、彼の短編には駄作がほとんどないことに驚いた。五三～四年の二年間には実に五十八編も書いているのにどれも奇想に満ちていた。Ａ級作品から訳していく作業はとても楽しかった。訳者冥利に尽きるという感じを得たのは、Ｃ・Ｌ・ムーアのノースウエスト・スミス・シリーズ以来である。それらの短編はミステリ・マガジンやＳＦマガジンに掲載され、のちに『地図にない町』（ハヤカワ文庫）や『人間狩り』としてまとめた。

ＳＦには科学知識が必要であるし、最新科学知識も五〇年もたてば古めかしくなってしまう。しかしそこに盛られた優れたアイデアとか、独自の思想とかは時代を超えて読みごたえを保っている。ディックはその数少ない作家である。当時本国よりイギリスや日本のファンの方が早くから彼の作品に注目していたというのは、アメリカのＳＦ界の鑑識眼の無さである。しかしＳＦ作家としては一流のランクに入り、彼の熱心なファンも増えた。ディックがめざした純文学で三流作家となるよりも、優れて読者の記憶に残るＳＦ作家でよいではないか。人間にはやはりその人に合った器量というものがあるのだから。

ディックは一九八二年三月に亡くなったが、そのあとリドリー・スコット監督が映画化した『ブレードランナー』（原作『アンドロイドは電気羊の夢を見るか？』）で急に人気作家になった。彼が晩年好んだ疑似神学論風の小説はエンターティンメント小説を逸脱している。エンターティンメント小説であれば、主義や思想を露骨に出して主張するより、アイデアの新鮮さやプロットの巧みで読ませる方が上等である。純文学ならむしろカフカの作品を読んだ方がよいし、ディックのよさはむしろスタニスワム・レムの作品と共通するＳＦ感覚で、そこが彼の作品の読者に愛されるゆえんである。

なお『人間狩り』には、これまでに収録内容の異なる二冊が出版されている。集英社版（八二）とちくま文庫版（九一）とであるが、本書はちくま文庫版に準拠しているが、収録作品のうち「ゴールデン・マン」と「植民地」のみ紙数の関係で割愛した。

二〇〇六年八月

フィリップ・K・ディック（Philip K. Dick）
フィリップ・キンドレッド・ディック。1928年シカゴ生まれ。カリフォルニア大学に入学するも兵役忌避のため退学。52年に短編「輪廻の豚」でデビュー。代表作に、ヒューゴー賞を受賞した『高い城の男』（62）、『ヴァリス』（81）などがある。また、『ブレードランナー』などのＳＦ映画の原作者としても知られている。82年没。

仁賀克雄（じんか・かつお）
1936年横浜生まれ。早稲田大学商学部卒。評論家、翻訳家。著書に『リジー・ボーデン事件の真相』、訳書にＪ・Ｄ・カー『死が二人をわかつまで』、Ｒ・ブロック『ポオ収集家』、Ｆ・グルーバー『フランス鍵の秘密』他多数。

ダーク・ファンタジー・コレクション　1
人間狩り

2006年 8月15日　初版第 1 刷印刷
2006年 8月25日　初版第 1 刷発行

著　者　フィリップ・Ｋ・ディック
訳　者　仁賀克雄
装　丁　野村 浩
発行者　森下紀夫
発行所　論創社
東京都千代田区神田神保町 2-23　北井ビル
tel. 03（3264）5254　fax. 03（3264）5232
振替口座 00160-1-155266
印刷・製本　中央精版印刷
ISBN4-8460-0760-X